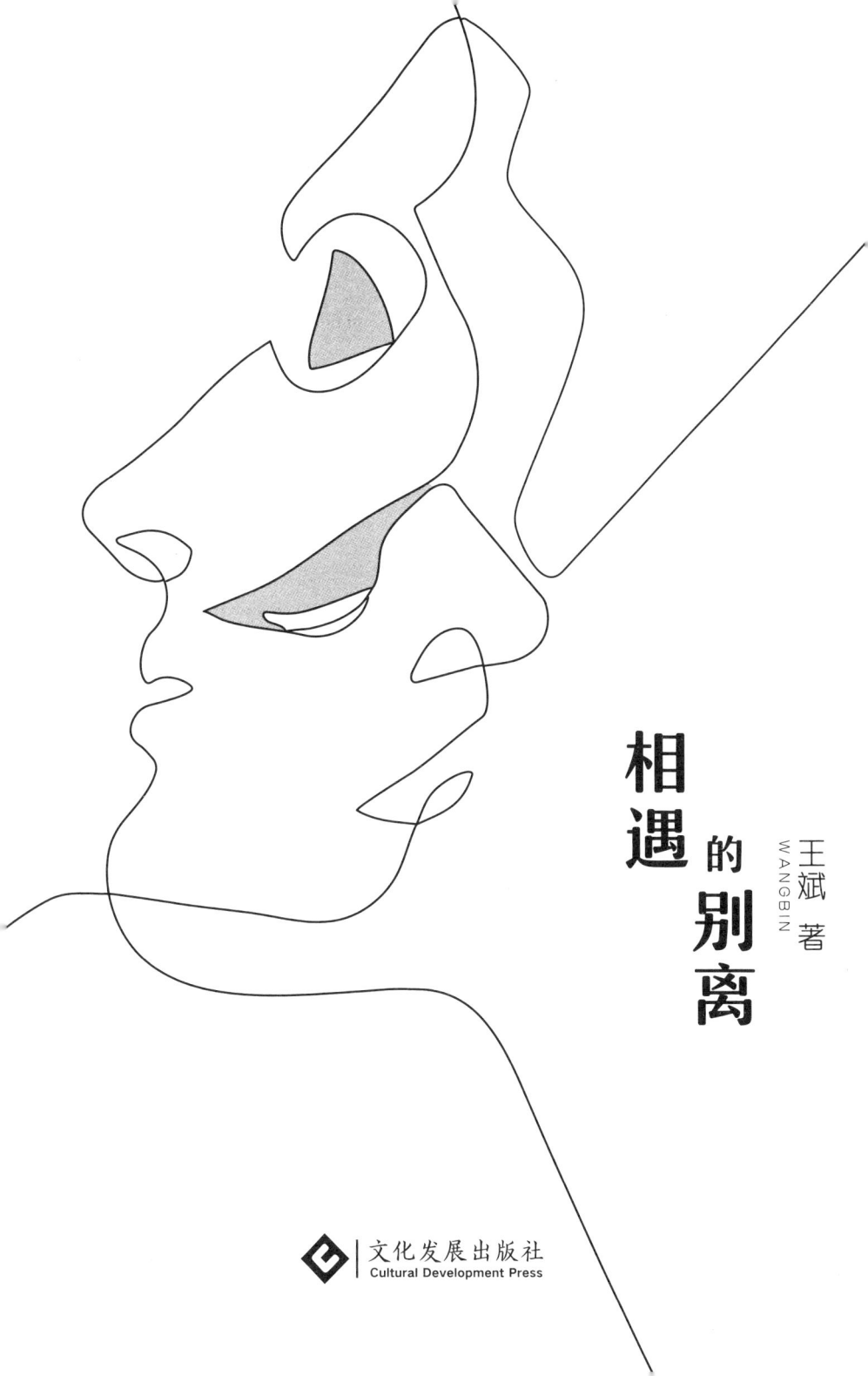

相遇的别离

王斌 著
WANGBIN

文化发展出版社
Cultural Development Press

图书在版编目（CIP）数据

相遇的别离 / 王斌著 . – 北京：文化发展出版社，2018.1
ISBN 978-7-5142-2162-6

Ⅰ.①相…Ⅱ.①王…Ⅲ.①言情小说－中国－当代Ⅳ.①I247.5

中国版本图书馆 CIP 数据核字 (2018) 第 013215 号

相遇的别离

王斌 著

策划编辑：肖贵平		责任校对：岳智勇	
责任编辑：孙 烨		责任印制：杨 骏	
执行编辑：罗佐欧		责任设计：侯 铮	

出版发行：文化发展出版社（北京市翠微路 2 号　邮编：100036）
网　　址：www.wenhuafazhan.com
经　　销：各地新华书店
印　　刷：北京兰星球彩色印刷有限公司

开　　本：787mm×1092mm　　1/32
字　　数：191 千字
印　　张：8.5
印　　次：2018 年 4 月第 1 版　2018 年 4 月第 1 次印刷
定　　价：39.80 元
ＩＳＢＮ：978-7-5142-2162-6

◆ 如发现任何质量问题请与我社发行部联系。发行部电话：010-88275710

再版前言

一晃十年过去了——我的这部小说处女作：《遇》。是的，它的原初之名乃曰《遇》，一个颇显别致又意味深长的名字。我喜欢这个名字。但因了某个不可言说的特殊原因，我不得将其更名为《相遇的别离》。虽然此名多少有点儿"俗"，倒也切合小说的内容，终究还是不如《遇》那么的耐人寻味，但也无妨了，毕竟只是一个虚名，最终读者要看的，还是小说的内容。

写下这部小说时的心境，我皆在小说后记中说了。那是我的真实感受。自出版后，这部小说一直受到读者的高评，几乎无人不喜欢，哪怕是一些具有女权主义倾向的女性读者，她们质疑的也仅是小说中的男主人翁陆岛：为什么竟会有那么多女孩喜欢且追求他？但这些颇富微词的女权主义者们，又同时承认她们喜欢这部小说，看着欲罢不能，只是不认同女人主动追求男人；而男性读者则几乎无人提出这一问题，相反，他们羡慕陆岛。当然，这是藏有男人的私心的，这是另一个话题，但此现象还是让我闻之有趣。

还有一些喜欢小说的朋友告诉我，《相遇的别离》的小说品质，具有一定的经典价值，我稍感吃惊。这种评价我当然高兴，但又会让我想起当初写下它时的那种不自信，以致搁在抽屉里雪藏了长达九年，那是因了我不知道写下的是不是一部小说。我无法做出判定。毕竟那是我第一次写长篇；还有，便是小说中的那位名叫齐霁的女孩，她是我虚构的一个人物，1999年在我写下这部小说时，这一类人物似乎还没有走上社会，或者说没有"诞生"，她们走上社会是以后的事了——那是在九年后我的这部小说问世时，许多女孩主动地"认领"了她，说："我就是齐霁。"她们这么说让我震惊。一个我当初写时私下以为很可能会遭骂的"瞎编"人物，经过了九年，居然让人喜欢了，且有相当多的80后、90后认领者，这于我，多少显得有些怪异。

被认领的不仅是齐霁。我可以坦率地说小说中的几个人物全有不同的人认领——"我就是他（或她）！"很多人这么告诉我。这是件多么让人高兴的事儿！一部纯粹的虚构小说，其中出现的诸多虚构人物，竟然引起了这么多不同层面读者的共鸣，且将小说中的某个人物"引为同道"，对于一个初次尝试小说写作的我来说是事先万万没想到的，但又心生惊喜，因为这是对作者最好的奖赏。难道不是吗？

从《相遇的别离》之后，我又陆续写下了七部长篇小说，于今想来，《相遇的别离》就像是我的一次奇遇，或是一个启示，让我沿着由这一奇遇所导致的启示之径，开始了我的长途跋涉般的文学长征，不再彷徨。一切都仿若是命中注定，由《相遇的别离》起步，从而成就了我久远的文学之梦。

现在再回首看望，虽然《相遇的别离》幸运地诞生在20世纪90年代的最后一年，时代亦已发生了巨大的变化，又有两代人长大成人了，并成了我们这个时代的中流砥柱，若单从物质的层面上说，今日与往昔已然今非昔比了，人心自然也与过去迥然相异了，毕竟那时的中国，还尚未进入互联网化的消费时代。彼时，这一切仍像是一个遥远的传说。

但令我惊讶的是，几乎我们历经的每个时代看过这部小说的人，都认定《相遇的别离》写的是当下，也就是今天，一如80后、90后的读者，皆认为写的是她们自身在当下的境遇一般。这中间，似乎几个不同时代的喧响被一种神奇的东西串联在了一起，难分彼此，变化中的时代在这里悄然消失了，只存在某种不可思议的"共性"，让不同时代的读者没有丝毫的隔离和陌生之感，反而感到亲切和真实。

那么接下来就要问一句了，这个所谓的"共性"究竟意指什么？是什么因素让不同时代的人会在同一本《相遇的别离》中获得共鸣乃至情感的强烈认同？我想在此也不用多言了，这就是共同的人性。

无论时代如何的变化，无论生活发生了怎样天翻地覆的改变，无论我们的当下之意识顺应的时代之变又有了多少不同的感受，人性——此一深潜在我们深在意识中的，又如影随形地伴随着我们人生的质素，始终是恒常而又持存的。一切意识的表象之变，并不能从根本上改变人之本性。人作为人，有一些最基本的人性元素并不会随着外界的变异而被轻易地改变，它只会做出随机应变似的下意识的"自我"调整，而不会真正被改变，至多只是基于性格之不同，在面对某个应激之物时做出不同的反应之举，从而有了不同的选择而已——也正是因为此，这才有了不同的人具有不同的个性差异，亦由此差异导致了人生的不同面向。

为了这次的再版，我对原小说《遇》又做了一次精心地文字修订，以便让它读起来更加朗朗上口。与此同时，我亦调整了小说最后的结局之因，因为有个别的读者朋友告我最后的"巧合"有点儿过于的戏剧化，当然，也有人认为无关宏旨，生活中这类巧合太多了，无须多虑。但我倒是满重视读者意见的，又向来对小说的情节逻辑是看重的，我不希望出现情节上的突兀与失衡之感，所以，为此我找到了一种解决方案，既让那个巧合般的相见变得逻辑上合理，与此同时又让其中的一个主要人物又多了一重心理层次，如此一动，我的这部《遇》就没有什么遗憾的了。唯一可惜的是，迫于某种不可抗之原因，小说中的几处编辑不得不奉命删改，这对小说的完整性是有伤害的，但没办法，在某种不可抗的情境之下，妥协又是必要的。

今天，当我再一次回望这部仿佛在我遥远的过去写下的《遇》时，我可以自豪地说，我真切且鲜活地塑造了几个我们这个喧嚣时代的典型人物，他们几近没有阻隔地穿越了变化着的时代之域，而最终抵达读者的心灵。好的小说当如是，它能昂然地超越时代，穿越时空，让任何时代下的读者皆能从中发现和认识自己，为此，我当感到无愧于心了。

最后，我得特别感谢文化发展出版社的曹振中和肖贵平，为了我的这本书你们费心了，也由衷地感谢你们对我这部小说的信任、欣赏和支持。

2018年1月24日

一

"今晚去哪儿？"

杨洋撇了撇嘴，一副懒洋洋的样子问。杜马好像没有听见杨洋的询问，漫不经心地打了一个呼哨，神经质地从凳子上"腾"地一下站起，像是有了一个伟大的发现，两眼放光，快步地来到桌前，在杂乱无章的桌面上鼹鼠觅食一般寻找着什么。

他失望地发现那里什么也没有。

"我靠，这怎么可能？"杜马将抻长的脖子，迅速地在空中旋转了180度，颈骨随即发出骇人的"喀哒"声。

"嘿，你干吗？"杨洋瞪大了眼睛，不解地问。

杜马此刻一如木雕泥塑般定定地站在桌前，曲着腰，脖子上仰，目光炯然，像是在思考着某个重大的哲学问题。

"你不懂！"杜马不屑地说。

"哲学？"杨洋被杜马神情迷住了，他觉得杜马经常做出一些思想家的姿态让他着迷，而且他也永远搞不清杜马脑子里成天在转悠着什么？只是他坚定地相信杜马的这个与众不同的脑袋一定颇具分量，这也是杨洋崇拜杜马的原因。

"哲学？"杜马的鼻子抽搐了两下，仿佛哲学是一种气味，正在他鼻子的周边四处弥漫着。"这是个问题，哦，哲学！"

"你找着了吗?"杨洋兴奋地问。

"找着什么?"杜马眨巴着眼,不解地看着杨洋,问。

"哲学。"

杜马突然爆发出一阵狂然大笑。可是他的狂笑却在中途戛然而止,犹如一阵狂风骤起,又迅速恢复了风平浪静。仅仅是一秒钟的停顿,杜马瘦弱的身子便像子弹般飞了出去,扑向了床边,急不可耐地把被子枕头通通掀翻在地,终于爆发出一声惊天动地的大叫:

"找到了!"

"哲学?"杨洋情绪亢奋了起来。

此时的杜马,完全是一副饥不择食的饿狼神态,手指神经质地抽搐着,狭长的脸庞因高度兴奋而涨得通红,他小心翼翼地将一张用皱巴巴的旧报纸包着的东西从床头拿到了床沿,仔细地打开,五指甚至在微微地颤抖。那是一堆咖啡色的干枯叶片。然后拿出一张半透明的白纸,将这叶片状的东西,撮上几缕,码在纸片上,卷成了一个喇叭筒。

打火机迅速点燃了,杜马贪婪地猛吸了一口,鼻翼耸动,随即浓烟笼罩了他狭长的脸庞,一股特别的气味在房间里弥散开来。

随着香味的扩散,杨洋的蒜头状的鼻子也开始奇怪地翕动了起来,他深深地吸了一口气,仿佛弥漫在空气中的这股沁人心脾的气味,也能追随他肺部的扩张运动而被充分吸纳。

"可惜!"杨洋发出一声由衷的感叹。

杜马双眼微闭,陶醉地享受着他的幸福时光,杨洋的感叹让他莫名其妙,他停止了吸食,瞪大了眼睛不解地问:

"可惜?可惜什么?"

"哲学！我以为你是在寻找哲学。"杨洋失望地说。

"傻逼，"杜马愤怒了，"你是傻逼你知道吗？除了那两句没完没了的'哲学'，你还会说点别的什么吗？"

"是你说的。"杨洋的小嘴委屈地撇了撇说。

"我说什么了？"杜马快步地走到杨洋身边，咄咄逼人地盯着杨洋问。

"你说你每天都在发现伟大的哲学。"

"哦，我说过吗？我说过这句话吗？"杜马穷追不舍地问。

"当然。"杨洋肯定地说。

"那我准是疯了，这是在说胡话呢！"杜马突然拽气地说，脸上刚才还绷紧的肌肉迅速地垮塌了下来。

杜马的瞳孔快速地在眼圈里运动了几下，斜叼着粗大的烟卷，仰着青筋毕露的脖颈抽搐了几下：

"没错，就是这样的！"杨洋快乐地大叫起来，"没错，你那天就是这种神情，然后说出了那番话。"

杜马的目光疑惑地转向了杨洋："什么神情？"

杨洋心虚了，避开杜马灼人的眼神，低声地嘟哝了一句："你能不能不用这种目光看我。"

"你说我那天就是这种姿势？"

"不，是神情，不是这种，是刚才的那种。"

"然后我说出了我每天都在发现伟大的哲学？"

"一点没错。"

"这就对了。"杜马得意地说，脸颊上的肌肉再次绷紧了，流露出一丝冷峻的威严。

"可你现在发现的却是一支烟。"

"你太聪明了，杨洋，"杜马手舞足蹈地说着，"烟，不错，这是一支普通的烟吗？你仔细瞧瞧。"杜马说着，将"烟"递到杨洋的鼻子前。

那味道太刺激了，散发出一股特别的焦糊味。杨洋被诱惑地伸长了他的鼻子，翕动着蒜瓣般的鼻翼，乜斜着眼，像只馋猫嗅食般贪婪地嗅着。

"嗨，"杜马大叫一声，"我需要的是你的眼睛，而不是你那讨厌的鼻子。"

"可它现在就在我的鼻子前。"杨洋嘟囔着说，像受了委屈一般瞪着一双惶惑的眼睛。

"那你闻到的是什么？"杜马逼问。

"你知道的！"杨洋有些害怕地缩紧了身子。

"看来你的鼻子比起你的眼睛要更加聪明！"杜马自鸣得意地说。

杨洋像个婴儿般地笑了，用小手轻抚着自己的鼻翼，仿佛在杜马的提示下他才发现自己的鼻子居然和聪明二字取得了神秘的联系，这让他感到了快乐。

"你刚才已经发现了，"杜马振振有词地说，"这是一支非同寻常的烟，因此这个星球上最富有智慧的物种，也就是我们伟大的人类赋予了它一个响亮的名字……"

杨洋随声附和着抢断了杜马的话。

杜马的话语突然中断了，他觉得平时思如泉涌的大脑蓦然间被什么东西给堵塞了，这使他有些尴尬，为了给自己留下充分思索的时间，他转身问杨洋：

"那你明白我的意思了吗？"杜马心虚地问。

杨洋似懂非懂地点点头,因为在他看来杜马是一伟人,妙语惊人,他坚定地相信杜马的大脑是一个奇迹,里面装满了各种神奇的不可思议的思想。

"你还是不明白,"杜马终于找到感觉了,"在人类理性思维终止的地方,这神奇的东西却及时地给予了他们一片想象的天空。"

"是蓝色的吗?"

杜马一愣,一时没能明白杨洋在说什么。"什么意思?"

"意思?"

"蓝色?你说的蓝色。"

"那是天空的颜色,你说的天空是蓝色的吗?"

"靠,北京还有蓝天吗?天空未必只有蓝色,就像现在的天空,灰扑扑的也是天空的颜色,明白了吗?"

"明白了,可我还是喜欢蓝色的天空。"杨洋嘟起嘴角又嘀咕了一句。

杨洋心悦诚服地望着杜马,实践再一次地证明了杜马没有让他失望,他在对杜马钦佩之余,还多了一分敬畏,可是他现在不知该说些什么了。他预感到杜马刚才的那番宏论中潜藏着惊人的智慧,可这过于玄虚的高论又的确让他如坠云雾之中。杜马在望着他,显然想知道他此时此刻的反应。他知道杜马对于他的需要就是在于他的反应。每当杜马的惊人之语横空出世时,他的及时反应便会使杜马有一种由衷的成就感。杨洋觉得他和杜马的关系颇像苏格拉底和他的弟子的关系,他对这种关系是十分满意的,因为他觉得自己几乎每天都能聆听到杜马的伟大思想,并在这种思想的培育下茁壮成长。

杨洋微笑地望着杜马,发现杜马等待他反应的时间实在是太长了，因为他狭长的脸上已显露出极度的不耐烦。

"你是说这东西，能取代人类的思维？"杨洋小心地问。

"傻逼，"杜马发出一声断喝，"你是傻逼你知道吗？"

"不知道。"杨洋一惊，哆嗦了一下，茫然无措地望着杜马。

"思维是没有什么东西能够取代的，除非……"杜马停顿了一下。

"除非什么？"杨洋迫切地问。

"死亡！"杜马义正词严地说。

"死亡？那么这东西呢？你不是说人类的理性思维终结后就是它吗？而且还能在想象中漫游。"

"哦，杨洋，你太让我失望了！"杜马悲天悯人地感叹了一声。沉思片刻，忽然咄咄逼人地盯着杨洋问："你尝过它的味道吗？"

"没有。"杨洋沮丧地说。

"这就难怪了！"杜马又开始兴奋了，"那你来两口，尝尝。"

杜马说着将"烟"递给杨洋，这也正是杨洋所需要的，所以他如获至宝地将"烟"接在手里，悉心地打量着这个神奇的玩意儿，袅袅飘散出的烟雾再次让他感到无限迷醉。

"你认为它好玩吗？"杜马狡猾地问。

"好玩。"杨洋说。

"但它是吸的，不是玩的。"杜马不屑地说。

杨洋学着杜马的模样，两指夹着，将烟头送进嘴里，惬意地轻吸了一口。浓烟只在他的口中旋了一个舒缓的小转，又缥缥缈缈地从口中飞逸而出。

"有感觉吗？"杜马故意问。

杨洋认真地体味了一下，摇摇头，不好意思地说："好像没有。"

"当然没有，你就没有吸进去，你丫的连烟都不会抽吗？吸进去，用嘴把烟包住，让它顺着你的喉咙进入你的肺叶，然后它才会温柔地抚摸你的身体和大脑，"杜马说，"你再试试。"

杨洋觉得自己真是惭愧，因为刚才的举动辜负了杜马对他的一片期望。他再次夹紧"烟"，放在嘴里猛吸了一口。可不幸的是喉咙迅速地被烟雾堵塞了，他紧紧地抿住自己的大嘴，尽量不让烟雾从口中散逸出来。

只觉得一股浊气顺肠而下，在他犹如叶片般的肺部翻腾了一阵之后，又逆流而上，直冲喉头，他可怜的胖脸霎时被涨得通红，求救般地抬眼望向杜马，希望能得到杜马的新提示。可是没有。杜马只是微笑地看着他，脸上似乎还荡漾着一丝温柔。杨洋终于受不了了，大嘴像蛤蟆似的张开了，滚滚浓烟犹如滔滔江水奔腾而出，接着就是撕心裂肺的大咳不止。

"你真是不可救药了，亲爱的杨洋。"杜马摇摇头，怜悯地看着杨洋。

电话铃声响了。

杜马偏头瞅了一眼，"你打电话约人了？"杜马问。

"没呐。"杨洋一脸茫然。

"那会是谁打电话，谁？"

"你一接电话不就知道了吗？"

杜马像是不认识杨洋似的认真地打量了他一眼。"聪明，"杜马说，"你的话里藏着哲理。"

"是吗？"杨洋高兴地叫了起来。

电话铃声还在急促地响着。

"我去接。"杨洋说着起身向电话座机走去。

"别动,我来接。"杜马说。

杜马神经质地拿起了电话。刚开口说出一声"喂"时,便像一只受了惊吓的公鸡似的一惊。

"是陆岛吗?"一个娇滴滴的女声从电话那头传来。

杜马赶紧捂住话筒,转身对杨洋说:"嗨,是一妞儿。"

"你真幸福!"杨洋羡慕地说。

"是谁都不知道,何论幸福?"

"那这电话是什么意思?"杨洋纳闷了。

杜马不再理睬杨洋,拿着话筒犹豫了一会儿。

"谁给你的电话号码?"杜马好奇地问。

"装什么呀,你不是叫我这时候给你打电话约吗?"女孩在电话里埋怨道。

"是陆岛给你的电话?"

"你再装,我就放电话了。"对方的口气已经开始不耐烦了。

"哎,别,别着急呀,你听我说,我真不是陆岛,我也不知道他为什么给了你这个号码,你明白我的意思吗?"

"不明白!"

"不明白?我靠,怎么给你说明白呢,我的意思是说,这号码是我的,不是你要找的那个陆岛的,现在该明白了吧?"

"不明白!"女孩肯定地说,

"还不明白,为什么?"杜马好奇地问。

"我相信陆岛的诚实。"

"于是你就相信了这个号码?"杜马问。

"当然。"女孩说。

"咦，真没觉得陆岛还会演戏呐！"杜马说。

"不许你这么说陆岛！"女孩说。

"哟，陆岛跟你都怎么啦，你这么护着他？"

"没怎么，但我还是不准你说他。"女孩坚定地说。

"这事儿我就闹不明白了，你说你跟他……陆岛也没什么，我怎么就不能说他陆岛了呢？"杜马的确糊涂了。

"说他就等于说我。"

"越说越离谱了，你不会有病吧？我说他陆岛跟你又套上什么关系啦？"杜马觉得此时他的智慧受到了极大的侮辱，不满地说。

"你说他会演戏，我又相信了一个会演戏的人，我不成一'傻逼'了吗！"女孩说。

杜马语塞了，他发现遇上了一个真正的对手，一个智力超常的对手，这是他始料不及的，他的话也开始支吾了起来：

"合着我不也成了……"

"傻逼，当然。"女孩愉快地说。

杜马发现自己已经没词了，拿着电话愣在那里，正琢磨着怎么接下句呢。

杨洋眨巴着眼，一直坐在沙发上盯视着杜马，面露惊愕，因为他从未见过杜马在与人交流时会陷入这样的尴尬，尽管他尚不清楚电话那头的女孩都说了些什么，但从杜马沮丧的神情中他已然知道了杜马眼下的处境，他觉得他有些可怜杜马，因为他真不该陷入这样的语言困境，这从来不是他的风格。

"怎么不说话啦？"女孩在电话里的声音显得很快乐，"既然陆岛不是这个电话，我还真犯不着和你这种人多费口舌，拜！"

"慢点,你要是真想找陆岛,或许我还真能帮上你。"杜马赶紧说。

"你不是说这不是陆岛的电话吗?"

"不是他的电话,是我的,但并不等于我不认识你要找的这个叫作陆岛的人呀。"杜马对自己现在的回答很满意。

"哦——"女孩在电话里犹豫了一会儿。

就这样,杜马和女孩约定,晚上在"天天向上"酒吧见面,他负责找到陆岛后一同带去。杜马刚放下电话,杨洋就开口问道:"她是个什么人?"

"你什么意思?"

"厉害,我从未见过你和人谈话是这种表情!"

"什么表情?我能是什么表情?你说。"杜马在试图掩饰他刚才与女孩聊天的失败。

"尴尬,你的表情非常的尴尬。"杨洋认真地说。

"换了你恐怕连尴尬都顾不上了!"杜马干笑了两声说。

"那我能怎样?"

"歇菜,你肯定就歇菜了你。"

"不明白,你为什么不能有效地发挥你的哲学。"杨洋讨好地说,"我记得你和人交锋时一向是所向披靡。"

"可你忘了一条真理。"杜马故作神秘地说。

"什么真理?"杨洋挺直了身子,他显然感到了兴趣。

"女人是哲学的绝缘体,她们是欲望的动物,只知享乐,却从不与精神为伍,"杜马停顿了一下,又说:"她们的灵魂是需要拯救的。"

"用哲学吗?"杨洋迫不及待地问。

杜马沉默了，缓慢地抬起他狭长的小脸，伸出了一只手，像是在示意着什么。杨洋心领神会地赶紧从桌上取出一支烟，小心地放在杜马的张开的两指间，然后点燃了打火机。打火机点着火的脆响在这个突然寂静下来的空间里显得格外响亮。

杨洋知道这种时候杜马绝对需要安静，他熟悉杜马此时此刻浮现出的沉思状，每当这种表情在杜马的那张小脸上憩息时，他的高耸的鼻尖便会发出一道与众不同的蓝光，上面有露珠般的汗粒在影影绰绰地闪烁，他知道，思想就要诞生了，他需要做的只是耐心等待。

"这是个需要思考的问题！"杜马沉吟道。

杨洋有些失望了。他原以为杜马又要口出惊人之语，他觉得刚才的耐心等候有了种被愚弄的感觉。

"这太不像你了，杜马！"杨洋由衷地说。

"是吗？"杜马冷笑。

"是的，因为你说你每天都会有新的发现，所以你就应该有所发现。"

"思考是发现的前奏，杨洋，你也太性急了。"杜马耐心地解释说。

杨洋终于被说服了，甚至感到了一丝惭愧。是啊，发现是源于思考，没有思考哪来的发现呢？他这才意识到一个精妙的思想并不是脱口而出的，它的确需要一个酝酿和发酵的过程，杜马没有马上给予他一个所期待的结论，恰恰是一种成熟的表现。杜马说得对，自己的确是太性急了。

"那我们今晚干什么？"杨洋开始转移话题。

"也许我们该寻找一下陆岛了。"杜马略有所思地说。

"就因为刚才那个电话？"杨洋问。

"也许。"杜马探过头去，将叼在嘴里的香烟从杨洋递过来的打火机上点着了，然后猛吸了一口，一如咒语般地念道："这个陆岛，又在跟我们玩什么把戏呢？"

杜马的确不明白陆岛为何将他的电话号码交给了一个陌生的女孩，他听得出来，女孩要见到陆岛的心情相当迫切，可陆岛为什么要玩这种移花接木的游戏呢？男人都以为女人秀色可餐，可他偏偏借花献佛，杜马觉得自己永远也搞不懂他的这位朋友心里想的究竟是什么？

这么多年了，陆岛在他的心中始终是一个莫测高深的人，他经常会神秘失踪，然后隔一段时间又会神秘地出现了，也不向任何人申明他失踪的原因和去了什么地方。陆岛就是这样一个人，像是这个世界上的一个来去无踪的幻影，或是匆匆过客，时不时地隐身或显形。他已经好长时间没接到过陆岛的电话了，他搞不清楚陆岛现如今在不在北京，如果不是今天这位女孩的贸然打扰，他都差点把陆岛这个人给忘了。

莫非失踪数月的陆岛又出现了？杜马的脑海里出现一个大大的问号，只是他不明白陆岛为何以这种方式先声夺人地出现？他决定给陆岛的家里打一个电话，他知道陆岛很少动用手机，手机对于他而言基本是一个偶尔一用的小摆设。

"陆岛家的电话号码是多少来着？"杜马发现他居然将陆岛家的电话都给忘了，随口问了一句。

"68863636。"杨洋脱口而出。

杜马笑了："你丫记忆还行。"

"尤其是数字。"杨洋炫耀地说。

杜马拿起了电话,按照杨洋刚才提示的数字,拨通了陆岛家的电话。

线路是通的。这说明陆岛在家。杜马知道陆岛的生活习惯,只要出门,陆岛便会将他的电话听筒拿下,以便用忙音的方式通知朋友他又要"失踪"了。

他就是这么一个怪人,一个不可思议的怪人。杜马想。

二

两天前的一个黄昏陆岛回到了北京。下了火车后并没有马上回家。他出了站台,随着汹涌的人流来到了车站广场。广场上人山人海,空气中混杂着各种奇奇怪怪的难闻的味道,天空中乌蒙蒙的一片烟雾,见不到一丝落日余晖,亦不见蓝天。这就是北京,他想,这就是他所热爱,同时也令他感到烦躁和焦虑的北京。肩背着那个旅行用的大背包,他感觉到了它的沉重。

陆岛仰起头喘了一口粗气,然后又开始漫无目的地在熙熙攘攘的广场上转着圈,他发现自己并不急于回到他的小小蜗居,心里多少有些诧异。昨天,当他踏上回归北京的列车时,忽然意识到自己的心里有一种说不上来的隐隐的冷漠,他自己都觉得奇怪。以往,这种例行性回归对于他几乎没有什么感觉了,因为他已经习惯了这种来来去去的生活,就像是与生俱来蛰伏在生命中的一种需要，如此而已，反而是当他要告别那些陌生的地方时会让他怅然若失。

他在记忆中搜寻着"失踪"的那一段日子里所经历过的影影绰绰的影像，它们历历在目，清晰又似遥远。

他也不知道为什么，那天就这样莫名其妙地来到那个南方小镇。他是中途下车的，只是觉得这里有一种无声的神秘的诱惑在召唤着他。

空气中有种湿漉漉的感觉，小镇在云雾中若隐若现，显现出版画似的意境。他坐在小山坡上远远地看着，心里居然平静如水。他觉得奇怪。心里常揣着的那个躁动不安的"魔鬼"溜哪儿去了？他知道自己也是在这个魔鬼的驱动下才云游四方的，可现在，却平静得让自己都感到了不可思议。他就这么呆呆地坐着，像个傻瓜似的。

夕阳的余晖斜斜地照射着山脚下的小镇。薄雾正在淡淡地散去，像是在夕阳的威逼下，害羞似的一点点褪去它神秘的面纱。他这才想起该做点什么了。他从包里拿出摄像机，微曲着腰，不断移动着身子，通过镜头的推拉摇移，选取一个最佳的景别，从不同角度，将小镇风貌一点点地摄入镜头。

他开始向小镇走去了。

进了小镇才发现这里确然别有洞天，这让他感到惊奇。

贯穿小镇中央的大道，居然是用上好的青石板一块块地铺砌而成的，在霞光的辉映下闪烁着波浪般的一道道青光，让人产生一种亲切的感觉。

亲切，陆岛觉得自己在心里感受到的这个词是准确的。城市里尘土飞扬的柏油路固然是现代化的标志，但与我们并不显得亲切,仿佛它只和城市建设以及文明的规模和程度有关,与人则是冷漠和疏离的。在城市时,他从未想过"路"和人会存有一种亲切的关系;可是在这里,一个偏远的南方小镇,却让他有了宾至如归的感觉。是因为脚下的这一块块青石板吗?他在心里默默地问着自己。由于长年累月路人的踩踏,青石板的表面已被磨得如石蜡一般光滑和润泽,晚霞映照下所泛起的青光返照在他的脸上,有了一种暖暖的惬意。

他注意到这里的路人,三三两两懒懒散散地走在青石板的路面上,脸上透着一种悠闲和散淡,似乎在享受着漫步的乐趣,这让他有了一丝感动。他想自己一定是行色匆匆的,似乎有某种使命在暗中召唤他,而现在则觉得那些所谓的使命是扯他妈的淡,人生的至高乐趣就这样在无形中被这莫名其妙的使命给榨干和扭曲了,他希望自己也拥有一张与他擦肩而过的路人的脸:悠闲而又散淡。

路两旁低矮的房屋都是由木质材料建成的,木板上刷着赭色的油漆,也许是年代久远缘故,漆色已渐斑驳脱落,但却无形中透出悠远的古朴气息。他用摄像机一边走,一边拍着……

一个小女孩忽然出现在了镜头中,她是从一座木板房里探出头来的,一张充满稚气和天真的面容正冲着他的镜头打量。他停下了脚步,镜头就一动不动地紧紧地盯着她。

"阿叔,你是拍电视的吗?"小女孩好奇地问。

"不是。"他微笑地说。

"那你干吗拿着这个东西?"

"好玩呗。"陆岛微笑着说。

"好玩也能拿这个东西呀?"小女孩走近,正对着镜头问。

他觉得无法回答小女孩的问题了。身处这个古朴的小镇，在她们的眼中用这种机器的人必然是和拍电视联系在一起的，而且她们一定是把他当成电视台的人了，实际上他什么都不是，只是一个地道的云游四方的自由人，镜头所摄下的东西也仅是自用，他觉得这是留给自己的履历，至于为什么要这样做连他自己都无法说清。

"你觉得我在电视上好看吗？"女孩天真地问。

他注意到小女孩已经把这台摄像机和电视台直接联系起来了，他知道再解释也是徒劳的。

"好看极了！"他说。

"那我也能上电视了，是吗？"

"是的，"他说，"你能上电视。"

他不忍心让这个可爱的小女孩失望，撒了一句谎。我是没有能力让这个小女孩的形象出现在电视上的，他想。

"你能让我看看吗？"女孩好奇地说。

"能。"他笑着说，将摄像机的显示屏打开，倒了下带子，然后让女孩凑过来看。

女孩屏息静气地看着，看得认真，脸上漾出可爱的笑意，充溢着幸福和快乐。

"谢谢阿叔，那我去告诉我妈妈。"

小女孩欢呼了一声，转身跑进屋了。陆岛在镜头里一直看着小女孩消失在屋子里，这才继续向前走去，心里却有些许的愧疚。他知道自己刚才欺骗了小女孩，但他又不能不这样做。

善意的谎言，他想。

他找了一家小旅店，将行李安置好后冲了一个澡。现在轻松多了。挎上摄像机,他又出现在街道上。夕阳已沉落在了远处的山峦里了,天空开始出现一片灰蓝。天色暗得很快,稀稀落落的有几户人家已点燃了灯火。不知从哪里飘来一丝炒菜的诱人香味,直接刺激着他的胃,他这才发现饿了,肚子里咕噜之声清晰可闻。他顺着石板路找着饭馆,终于在不远处发现了一家。

馆子不大,只是摆放着几张简单的桌椅,灯光有些昏暗,已经有几个人趴在桌上正吃着了,不时还碰着杯,猜拳行令,声音粗野地一如野兽,脸膛通红,青筋突起,但操着的却是当地的口音。

他注意到了他们的衣着,一水的劣质西装,这身衣服罩在他们的身上更显滑稽,如同杂技团的小丑故意穿错衣服以便博人一笑,他已经判断出了这些人是当地的干部,因为小镇上的人几乎没有人是这么着装的,而且,以他习惯对人观察的结果,只要是干部,那张脸一准是挂着不堪入目的官相:不可一世的愚蠢。他暗暗地咒了一句,转身离去了。

他随便转了转,发现附近还真没别的饭馆,无奈之下只好转身回来,重返刚才的那家店。他找了一个位置刚刚坐下,老板娘便热情扑面地迎了上来。

"想吃点什么?"老板娘问,并把菜单递给他,手里拿着笔和白本,等着他报菜名,"不想先来点小酒?"

"不了,"他摇了摇头,"来一大碗肉丝面就成。"

老板娘应声而去。邻桌的人仍在一边吃喝着,在这不大的小房间里轰隆隆地炸响着,这直接影响了他的食欲。入乡随俗,他在心里告诫自己。可他又忍不住想把这些场面拍下来,只要和他心情有关的东西他都想拍下来,不管是好或坏。但他知道大张旗鼓地拍摄会引起对方的注意和反抗,最好的办法是偷拍。他悄悄地将摄像包拿到桌面上,趁他们正陶醉在酒兴中时,把机器从包里拿了出来,镜头悄无声息地转向邻桌。就在这时,他发现邻桌的动静陡然消失了,屋子里一下子安静了,他的手在开关按钮上也停了下来。他知道被对方注意到了。

"干吗的,电视台的?"一个粗声大气的声音说。

他装着没听见,继续装模作样地摆弄着机器。

"嗨,说你呢,听见了吗?"

有人从椅子上站了起来,走到他面前。他抬起了头,一张醉醺醺的脸正在怒视他。

"电视台的?"来人又呵斥了一句,"电视台算个球,在这地界你以为我们会怕谁吗?"

"你搞错了,"他说,"我是来玩的。"

"来玩的?来玩的拿这玩意儿给谁看哩?"来人怀疑地说。

眼前的情景让他明白了,这台摄像机是不可能再发挥作用了,现在唯一能做的就是将机器收起来。他将摄像机重新放进包里,抬起头望着来人:

"它现在已经在包里了。"陆岛说。这时他才注意到,在房子的一角,还坐着一个人,是一个女孩,她正在用眼角偷偷地瞥向这边。

"别拿这玩意儿吓人,明白不,老子还真不怕这个。"来人愤愤地说,又回到了他的位置上。

面条上来了,刚出锅的面条香味四溢,热气腾腾的,他的食欲又一次地被刺激了起来,他开始大口大口地吃着面。这时他听见邻桌的人又一次粗声大嗓地嚷嚷了起来。

"嗳,那位姑娘,陪我们喝两杯,来呀。"

显然，他们已经喝大了。

女孩没动，继续吃她的饭。可邻桌的声音不依不饶地响着。她突然站了起来，端起她的饭菜，毅然决然地向陆岛这边走了过来，面对面地坐在了陆岛的桌边。

"可以吗？"女孩倔倔地问。

"你不是都已经坐下了吗？"陆岛略带调侃地笑着说。

"嗨，给脸不要！"邻桌不知是谁发作了，摇摇晃晃地要站起来。

"算啰算啰，"陆岛听到另一个人说，他听到他压低了嗓子又说了一句："如果真是电视台的不是给自个儿惹麻烦吗？你坐下。"

他们终于停止了制造麻烦，又一次地进行他们吆三喝四的猜拳行令。

"你真是电视台的？"女孩悄声问。

"怎么？"陆岛嘴角挂着一丝笑。

"这样我会感觉安全些。"女孩老实地说。

"如果我不是呢？"陆岛故意反问一句。

"不知道，也许也会感觉安全。"

"为什么？就因为有我吗？"陆岛问。

"可能。"停顿了一会儿，女孩意味深长地说。

"那我很荣幸，因为我，一个女孩感觉到了安全。"陆岛说。

"哎，他们现在在干吗？"女孩背对着邻桌，压低了声音问。

"别回头看他们，装着什么都看不见，麻烦就不会找上你了。"陆岛镇定地说。

"真的呀？"女孩问。

"当然，这种人你越看，他们越来情绪，这是常识。"陆岛说。

"明白了，"女孩点点头，"真是什么样的人都有，你真是电视台的吗？你还没有回答我呢。"

"你觉得我像吗？"陆岛歪着脑袋，斜视着女孩，问。

"说不好。"女孩嘟着嘴说。

"你错了，"陆岛说，"我是个无业游民。"

"哦，一个最时髦的职业！"女孩的脸上终于露出了一丝笑容。

"为什么你会这样看呢？"陆岛问。

"这还用说吗？"女孩说，"不用上班，却有钱享受着自由潇洒的生活，这也是我的理想。"

"那你目前已在理想中了，这不挺好！"

"目前并不能说明以后，对吗？"

"现在该轮到我问你了，你是做什么的呢？"陆岛问。

"目前和你一样。"女孩故作神秘地说。

"那你目前已在理想中了，这不挺好。"陆岛说。

"可'目前'并不说明'以后'呀！"女孩天真地说。

"咦，你这话回答得有点意思，那你的以后呢？"

"像所有和我一样的女孩一样，先找份能够糊口的工作，过上几年，再设法找一个有钱的老公把自己给嫁出去，就这样，你说还能怎样？"女孩俏皮地问。

"那你怎么跑到这里来了？"陆岛对这个女孩产生了好奇。

"嘻，你终于有兴趣了解现在的我了，"女孩笑说，"我嘛，大学企业管理系刚毕业，还没想着找工作，就跑出来瞎溜达了。"

"你也太大胆了，一个女孩子出来瞎跑，会有很多麻烦的。"陆岛关心地说。

"你还真说对了，我这人没别的，就是胆大，凡是冒险的事我都有兴趣。"女孩自豪地说。

他们这时才发现,女孩眼前的碗盏里的饭菜已一扫而空,她这顿晚饭算是结束了。陆岛望着狼藉的饭桌,有些感叹地说:

"你的胃口好像不错,不会是因为遇见我了吧?"陆岛开了一句玩笑。

女孩看着陆岛,莞尔一笑:"就算是吧,你满意了?"

"虽然你这一声'吧'让我很满足,但我们真的该结束了。"陆岛有点感慨地说。

"那也未必,"女孩说,"说不定咱俩还能在哪儿不期而遇呢。"

"也许,"陆岛说,"但是天下之大,这种事的概率太低了。"

陆岛将老板娘招呼过来,"结账。"他说。

老板娘应声走了过来,用计算器飞快地算着。"这位小姐是二十三块,先生你是五块钱。"老板娘伸出一张笑脸说。

"一块结了吧。"陆岛说着递上了一张五十元的整钱。

"怎么能让你帮我结呢?"女孩有些急了,跟着递上了一张百元大票。

"你都恭维我半天了,我请你吃顿还不应该吗?"陆岛挡住女孩伸过来的钱,笑着说。

"那不行,"女孩很固执,"不行,应该由我来请你。"

"有这种道理吗?让一个女孩请我?"陆岛反问。

"当然,"女孩说,"因为你保护了我。"

"行了,"陆岛挥挥手,"就等着不期而遇的那一天你再请我吧,就这么说定了,这还是一悬念,你不觉得吗?"陆岛再一次地调侃说。

他们出了餐馆的门,漫步在青石板的小路上。路上的行人寥寥，家家的灯火都点燃了，昏黄的光影丝丝缕缕地投射在路面上，使得青石板上泛起一道道青紫色的光影，给人以一种如梦如幻般的感觉。空气是湿润的，仿佛还飘散着一丝甜涩的味道，他们就这样低着头走了一会儿，默不作声，好像一说话就会惊扰这四周的寂静，陆岛觉得这时的心境，也像这被黑暗笼罩的小镇，朦胧而又宁静。

"你住下了吗？"朦胧中传来女孩的声音。

这声音在寂静的夜晚显得脆亮动人。

陆岛抬起头看着女孩。女孩的身形在暗影里颀长而又瘦削，看不太清她的脸，只有一双眼睛在朦胧的光影中显得亮晶晶的。

"住下了。"陆岛说。

"你住哪儿了？"女孩问。

"不远，"陆岛说，"前方拐角的'为民旅店'。"

"你呢？"陆岛随口问了一句。

"再说吧。"女孩含混地说。

陆岛没有再问了，他觉得女孩也许不愿暴露自己的住处，这是她的权利，只是他觉得稍稍有些失落。自作多情，他暗暗骂了自己一句。

"那我们就在这分手吧，"陆岛说，他伸出了一只手，"我们可以再见了。"

他觉得女孩犹豫了一下，然后仰起头，给了他一个俏皮的微笑。

"那我们什么时候还能再见呢？"

"不知道，也许真有我们不期而遇的那一天，也许，谁知道呢！"陆岛诚实地说。

"你还没告我你叫什么呢？"女孩突然问。

"哦，陆岛。"

"咦，一个不错的名字，好听！"女孩说。

"是吗？那你呢，你叫什么？"

"还是留着以后说吧，"她说，脸上挂着神秘的微笑，"也许真有那一天，我再告诉你，好吗？"

"你不觉得这样不够公平吗？"

"是吗，那下一次就公平了。"

陆岛无奈地看着女孩，没话了，只好伸出手。

"那好，就此握别。"

女孩拉了拉陆岛的手。陆岛发现女孩的小手柔软而又温暖。

女孩转身走了。这让陆岛多少感到有些意外。她好像还应该再说点什么？陆岛想，就这么走了？这才发现刚才他们俩人的聊天居然是那么让他愉快，他把自己的脚步放慢了下来，静静地听着女孩远去的脚步声。

脚步声的确在远去，在夜晚的石板路上显得格外的清晰脆亮，像是有节奏的鼓点声。他出现了幻觉，女孩停住了远去的脚步，正回头一步步地向他迎面走来。幻觉转瞬即逝了，女孩的脚步声越来越远，淹没在了黑暗中。

三

陆岛漫无目地地沿街走着,女孩的那张脸总在他的眼前晃悠。不是你提出来的"再见"吗,你怎么又恋恋不舍了呢?他在心里责怪自己,既然这么的不愿意依依惜别,当初你就该邀请她与你同行,不是吗?他觉得自己这时开始变得可笑了,居然像个"小资"似的多愁善感。我这是怎么了?和女孩打交道也不是一次两次,而且,自认为已经在女人面前百炼成钢了。

以往的经验告诉他,在女人的问题上,谁先动了感情,就意味着谁已经不战自败了。在他看来,这甚至是一门"学问"。这门"学问"在他的朋友杜马那里可以被提升到哲学的高度。想起杜马时他笑了,这位神神道道的朋友在生活中简直就是一个"异类",一个永远能让无聊的生活变得有趣的"异类"。他这才想起已经很长时间没有见到杜马了。

时间还早,他还不想马上回到旅店,反正无事可干,就漫无目的地在小镇上遛遛达达转悠着,也不知怎么着就莫名其妙地转到了这个略显喧闹的地方,沿街的两溜儿扎着不少张灯结彩的小店铺,里面都是兜售一些日用杂物,兼带着销售一些当地的特产和有点地方特色的小礼品。来这里逛街的人并不是太多,但从装束上看大多是像他一样的外地旅行者,他很盲目地走进了一家小店，店主热情地和他打着招呼，他点了点头。

"随便看看。"他说。

他的目光在一个小物件上停住了，那是用红丝线精巧地构连起来的"幸运结"，由于这"结"编织得别具匠心，让他眼睛为之一亮。店主显然注意到了他的目光，便将"幸运结"给他递了过来。

"带在身边会给你带来好运的。"店主笑眯眯地说。

他在手里细心地把玩着这个"幸运结"，其实心里已经决定买下它了，他觉得这是他回京后能送给袁璐的最好的礼物。

袁璐是陆岛的情人，他们结识已有两年多了，每次出门回来，他都会带一件小礼品送她，这好像已经成了例行公务，但这一次，他还破例地帮自己也买了一个。

他转到了一家发廊，玻璃上的理发、洗发几个大字似乎在诱惑着他，他站在门口犹豫了一下，终于还是走了进去。他觉得自己应该洗个发放松一下，让小姐按摩按摩他的头部和背部，他感到累了。

几个小姐笑脸相迎地站了起来，争着要为他服务，她们几乎是异口同声地说："先生洗发吗？请跟我来。"他为难地站住了，不知道该做怎样的选择，因为他不愿"伤害"她们中的任何一个人。但这时她们已开始互相推搡着争抢他，这让他感到无聊，我不应该再待在这儿，他想。

就在他皱着眉要转身离去时，他发现他的背后还站着一位小姐，她有些怯生生地看着她，对眼前的情景显然是不知所措的。

"你也是洗发的吗？"他轻声问。

小姐点了点头。

"那好吧，"他说，"我把自己交给你了。"

小姐惊讶地望着他，好像不明白这份幸运怎么就这样落在了她的头上，接着受宠若惊地点点头，领他来到一张椅子上，然后顺手抄了一条橘红色的围巾围在了他的脖颈上。

"先生，你看你爱用什么牌子的洗发水？"她的声音像溪水一般的清亮。

他通过眼前的镜子，看着站在他背后的小姐，她一直微笑地通过镜子在望着他。笑的时候，嘴角有一对小小的酒窝。

桌面上放着各式各样的洗发液，有"海飞丝""飘柔""伊卡璐"等。

"你帮我选一个吧。"他说。

"那我建议你用'飘柔'二合一，行吗？"

他笑了，真准，他想，这也正是他平时喜欢用的牌子。"行，就听你的。"他说。

他感觉到一双温柔的小手在他的头顶上，轻柔有序地来来回回地行走着，动作一张一弛都显得训练有素，整个节奏拿捏得很有分寸，这让他觉得非常惬意。他闭上了眼睛，任由那只小手在他的头上轻松自如地游走。真是放松，他在心里说，他甚至觉得自己的身体都快融化到那双小手中去了，他又睁开眼看了看小姐。小姐在很认真地运动着她的巧手，偶尔，抬起头来看他一眼，目光中没有任何内容，只是下意识的一瞥，仅此而已，可是他浑身都在酥松。

"是不是用劲太大了？"小姐轻声地问。

"不，正好。"他说。

他说的是真话，这种刚柔并济的手势让他舒服极了，使得他处于一种被催眠的状态，他迷迷糊糊地进入了梦乡。

他被一只小手轻轻地摇醒了，"先生，给您做完了。"朦胧中他隐约听到小姐的耳语般的声音，他睁开惺忪的眼，看见小姐正弯着身子，贴在离他的脸很近的地方微笑地望着他："给你做完了。"小姐又说。

小姐的南方口音很重，像是四川一带的，可这声音在他听来，像是一支好听的歌：柔软而富有弹性还夹带着委婉的韵味。"谢谢你。"他说。他深深地吸了一口气。

"你做得真好！"他说。

"是吗？"小姐的脸像一朵花似的绽放着，"那先生你还想做按摩吗？"

"按摩？"他这时彻底醒了，瞪大眼睛看着小姐。

"是呀，先生如果觉得舒服还可以接着按摩呀。"小姐声音柔媚地说。

他答应了。他觉得他的身体需要这双灵巧小手的抚摸，他觉得这双小手之于他，居然会有一种温暖的催眠作用，而且，他也愿意更深地接近这位小姐。

小姐领着他冲洗完头，把他带入了一间显得隐秘的暗室，这是在房间的旮旯里辟出的一块清静之处，空间不大，只摆放着一张小床，和略嫌狭小的活动范围，给人以安全的感觉。

他们面对面地站住了，"现在该干吗？"他微笑地问。

小姐扑哧一声笑了，"先生你该躺下了。"小姐说。

"然后呢？"他故作严肃地问。

"先生你真逗，我不信你没做过按摩，"小姐说着，把床略略整理了一下，"现在你可以躺下了。"

他直挺挺地躺在床上，心里有一种欲望在膨胀。小姐帮他褪去身上的衣服，他像个婴儿似的任其摆布，他终于赤身裸体地面对小姐了，小姐开始在他身上抹油，手掌轻轻地滑过他的身体，他下身的那个小东西也紧随着立了起来。

"你为什么不脱？"他问。

"不，先生，我只为先生推油，我不做那个。"小姐不好意思地笑着说。

"如果我想呢？"他说。

"我们这里有小姐愿意做那个，要不我找她来帮你做？"小姐说。

"那就算了。"他说，心里有些懊恼，他觉得他对眼前的这位小姐已经有感觉了，他不愿换个人，那种纯粹的性交易并非他的嗜好，他向来是凭感觉来决定是否该和女孩做爱的。这种行为对他来说还真是第一次，因为他不屑于这样做，可今天碰上的这位小姐却成了例外。他知道说给这位小姐听她肯定不信。

"你为什么不做？"他问，"这样不是可以多挣钱吗？"

"我不习惯，"小姐轻声说，"对不起，我真的不习惯。"

"没关系，"他说，"我不会强迫你做的。"

"谢谢你，"小姐说，"我会让你很舒服的。"

小姐的小手开始熟练地在他的身上自如地游动了，他觉得他的身体一下子被人轻托了起来，飘然地进入了一个虚缈之境，他闭上了眼睛，追随着这个感觉快乐地漂浮着……

回到旅店已经很晚了。他打开房门，摁亮了床前的台灯，环顾四壁，觉得有丝凉意，并不是因为天气的缘故，而是他的内心蓦然间有了一种凄楚感。刚才发廊小姐给予他的那份放松和享受依然在身上荡漾着，那种体验的确让他飘然欲仙，他以前是不可能想到在这样一种类型的小姐面前,自己居然会这么"无耻"地接受这种享乐,这在他的过去是不可想象的。他惊奇地发现享受过后并没有因此而后悔,反而对这份体验亦有隐隐的迷醉。当这一切都烟消云散之后,才意识到心里面空落落的,现在只能用一个"凉"字来形容此时的心境和对周围环境的感受。

他百无聊赖地从包里取出摄像机,亮出机器自带的小屏幕,然后将带子倒了倒,屏幕上开始呈现他今天经历过的场面。他快速地检索了一遍,然后将机器关上了。

他又从旅行包里拿出换洗的衣服,计划洗个澡,在热水池里泡一泡,这种方式可以让他的大脑暂时地处于"休克"状态。

现在太需要"休克"了。

他将卫生间的浴缸好好地清洗了几遍,然后调好了冷热水的温度,开始往浴池里放水,自己则转回到内屋,将衣服一件件地脱下,又回到了卫生间跳进了浴缸。

水温正好,他觉得惬意极了,一身的疲劳都像是被瞬间蒸发了,他憋足一口气,整个人都浸泡在了水里。

等他从水中钻出来,摇晃着脑袋上的水珠时,隐约间听到了什么声音。他侧耳听了一会儿,声音似乎又停止了,他也没太在意,心想在这个陌生的地方不可能有人来找,于是继续洗他的澡。

门外的声音再次传来,最初很轻,接着一声重似一声。

是敲门声?他泡在水池里不动了,支起耳朵来又听了听,果然是敲他的门,便冲门外喊了一声:"谁呀?"

没人回答他的询问,传来的只是固执的敲门声。他只好起身,从温暖的浴池中爬出,将浴巾裹在身上,贴着门继续问:"有事吗?"他以为是旅店的服务员找他。

"如果你不方便,我可以不进来。"门外的声音说。

他听出来了,是和他一道共进晚餐的那个女孩,她的突然出现让他感到惊讶了。

"是你?等等,我还有点事儿,一会儿就给你开门。"

他手忙脚乱地再次冲进浴室,将身上的水渍擦干,又快速地窜回房间,把刚脱下的衣服重新穿上,还没忘了在穿衣镜前把凌乱的头发梳理了一下,当把这一切做完后,才转身把门打开。

一阵清香扑面而来,是女孩身上散发出的气味。

"半天都开不了门,不会是还有人在你这吧?"

陆岛脸上的尴尬让女孩觉得这其中好像有什么问题,她话中有话地说。

"没呀,你这是什么意思?"

"我听说男人出门在外都喜欢找个小姐陪着?"女孩微笑着说。

"哦,刚才在洗澡呢。"他辩解道,但他能感觉出自己的脸上在发烫。他想起了那个发廊小姐。

"你的脸好像红了。"

女孩笑得很暧昧。

陆岛这时觉得狼狈极了,他领教了这位女孩的厉害。

"我没想到你会突然出现!"他掩饰地说。

"你的意思是根本没想再见我?"女孩又逼问了一句。

"你看,我没有这个意思,嗨,你让我跟你说什么呢!"

陆岛觉得一下子变得理屈词穷了。他认真想想觉得也没做什么亏心事呀,至多去了一趟发廊,但这事好像和任何人都没有关系，只是他自己的选择，可现在为什么会显得如此狼狈呢？眼前这个女孩是自己的女朋友吗？显然不是；他需要为她负什么道德责任吗，这也是扯淡！那为什么？他在心里不断地问自己，但是这个女孩的意外出现还是让他暗暗惊奇的。

"你是让我继续站着呢，还是允许我进去找个地方坐下来聊？"女孩俏皮地问。

陆岛这才想起，从他开门起，他俩就这么一直站在门边上说话，他知道自己表现得过于失态了，赶紧将女孩迎进屋，让座，连声说着对不起。

女孩坐下了，定睛看着他，眼神里有一种让他捉摸不透的内容，在这样的目光下，他感到了心慌。

"你是不是认为咱俩不可能就这么快地不期而遇？"女孩问。

他诚实地点点头。

"可我出现了，你就不想问问为什么吗？"女孩说。

"是的，你的出现让我吃惊。"他停顿了一下，望着她，"哦，非常吃惊。我以为你我从此就没有机会再见面了，真的！"他说。

"那你现在希望我出现在你面前吗？"女孩又问。

陆岛沉默了一会，想从她的眼睛中看出她的目的，可女孩现在的表现却是沉静的。

"当然希望，可当这一切没有发生时，你是不能去想它的。"他说。

"为什么？"

"因为人生有太多的聚散离合，你是不可能太指望它时常会发生奇迹的。"他由衷地说。

"可是奇迹毕竟出现了，可以这么说吗？"女孩问。

"是的，"他点点头，"这正是我没有想到的。"

"这也是我希望能得到的。"女孩喜笑颜开地说。

陆岛想起应该给女孩沏杯茶，他拿出一个杯子到卫生间里洗了洗，出来后从旅行包里掏出茶叶筒。这是茶叶中的上品，杭州的龙井茶，他说，"你尝尝。"

"龙井吗？"她问。

他笑了，"你好像还懂点茶，是吗？"

"过奖，"女孩说，"我仅仅是听人说过而已。"

"那好，"他说，"别人正好为我的茶做广告了，你现在可以尝尝了。"

陆岛在床沿上坐下了。女孩端起茶杯轻轻地抿了一口："是挺香的。"女孩说。

陆岛的目光落在了女孩的嘴唇上。女孩的嘴唇很厚，有点非洲人的意思，一张一翕中显得性感，他此时觉得这个嘴唇颇具诱惑地在刺激着他，隐隐地有一种感觉在他的心里悄然地弥漫开来。

"嗳，"女孩品着茶，用茶杯抵着下唇，倾斜着脸，目光飘过桌上放着的摄像机，并在它上面停留了一会儿，又转向他说，"你真是电视台的吗？"

"你好像已经是第二次问我这个问题了。"陆岛说。

"那是因为你还没有给我一个确切的回答。"女孩说。

"确切的回答是：NO。"说完，陆岛笑了，"我们难道是在法庭上吗？"

"那么这台机器呢，你为什么总要带着它？"女孩好奇地问。

"纯属个人爱好，给自己留份资料。"他说。

"这倒是一个不错的爱好。"她说。

"我能把咱俩的谈话给拍下来吗。"他问。

"为什么?"

"因为我在这个陌生的地方遇见了你,因为我又不期而遇地与你相逢在这个房间,"他说,"我珍惜这份资料。"

"或许我们有可能在另一个时空中会再次相遇呢?"

"你是说再发生一次奇迹?那好,那天,我还会将奇迹拍下来。"

"这可真像是一部浪漫小说了。"

"一部让人感慨万千的小说。"

"你是不是觉得这很重要?"

"是的,否则我不会提出这个要求。"

"就因为我吗?"

"当然。"他说。

"那好吧,如果你觉得这很重要。"

陆岛站起了身,走到桌前,打开了摄像机,并将机器的角度调整了一下。

"我在镜头里是不是很难看?"

"不,相反,你应该有充分的自信。"

"那我该谢谢你了。"

"为什么?"

"因为你赞美了我,女孩子的自信有时候是需要得到别人的肯定,尤其是男人,尤其是……"

女孩忽然停住了,望着他。

"你的话似乎没说完?"陆岛说。

"是的,我不知道说出来合适不合适。"女孩说。

"你说吧,我很想知道你下面想说什么。"陆岛说。

"尤其是……"女孩的脸上泛起了一丝淡淡的红晕,"她喜欢的男人的鼓励。"

陆岛从她的反应上已猜到了她要说出的话,但一旦从她的口中说出,他还是有些尴尬,虽然心里是快乐的。

"以前别人没有肯定过你吗?"

"有过,但我今天需要的是你的肯定。"女孩说得非常干脆。

陆岛拿起摄像机,对着女孩拍了起来。

"你放松点,就像刚才一样。"陆岛说。

"不行,我做不到。"镜头中的女孩表现得十分别扭,她在躲避镜头。

"你真像个孩子!"陆岛笑着说,"其实你在镜头中很美。"

陆岛将摄像机送到女孩面前,让女孩在小小的屏幕上欣赏自己的形象。

"现在你可以看见你自己了,"陆岛说,"怎么样?我说过了,你很美。"

女孩这时和陆岛挨得很近,一绺发丝不经意地轻拂着陆岛的脸部,让陆岛心里痒痒的,他甚至能感觉到女孩的呼吸和心跳声。

女孩突然不说话了,脸上的笑容也渐渐地收敛了,目光开始悠然地飘忽起来,然后转过脸,目不转睛地看着陆岛。

陆岛立刻感觉到了什么,心里先是一紧,接着,刚才就开始隐隐作怪的感觉像小虫似的在他心里蠕动了起来,直往脑门上蹿,喘气也开始变得困难了。

女孩的目光在他的身上像电流似的炙烤着,他觉得自己在一点点地融化。我得说点什么了,他在心里说,必须说点什么了,否则，我快要挺不住了。他避开女孩射来的目光，转起身，将摄像机放在了桌上，装着给自己也沏上一杯茶。他喝了一口，把刚才的情绪拼命地压下去，偷偷地吁了一口气。

"我给你说个笑话吗？"他知道自己的声音有些干涩，但屋里的气氛让他透不过气来，他必须没话找话地说些打岔的话来缓解自己。

"我有一个朋友叫杜马，一个奇怪的名字不是吗？"陆岛飞快地说，他在尽量地让自己显得轻松，"他喜欢谈论哲学，有一次他请朋友们吃饭，原因是他又结交了一个新的女朋友，让朋友们见见，也不知怎么了那天他就莫名其妙地闹肚子，弄得一桌人都很扫兴，等他第五次从那个该死的卫生间里冲出来时，忽然兴致勃勃地告诉大家他在卫生间里悟出了关于大便的哲学。"

陆岛眉飞色舞地说着，一边说一边在观察女孩的反应，他希望能得到她的情绪响应。

"你知道他的哲学到底是什么吗？我这就告诉你，他说：人类有无数的哲人和诗人在赞颂美丽的花朵，但其实所谓的花朵是植物的大便，因此我们可以以此类推，人类的大便也即是人类的花朵，我们何必费尽笔墨去讴歌植物的大便，而不去赞美人类自己的花朵也就是我们体内的排泄物呢？"

陆岛又偷看了女孩一眼。

"那顿饭就因为杜马的这番高论，让大家倒了胃口而纷纷离席，他的那位刚结交的女朋友也因此和他'拜拜'了，只剩下他一个人还在那振臂高呼：我崇拜大便，话音未落，他再一次提着裤子冲进了卫生间。"

说完，陆岛大笑了起来。

女孩没笑，而是神情忧郁地看着大笑不止的陆岛：

"这真是你想要说的话吗？"

陆岛语塞了，大笑凝固在了他尴尬的脸上。

女孩缓缓地又朝他走近了一步，目光炯炯地逼视着他。

陆岛的大脑轰地一下炸开了，一股热流不受控制地蹿了上来，他不由自主地将女孩一把揽到了怀里，狂吻不止，犹如一只疯狂的猛兽。

女孩最初闭着眼，貌似漠然地承受着陆岛狂风暴雨般的亲吻和抚摸，可是当陆岛颤抖的手指，终于几经试探之后，奋勇挺进到她的隐秘之处时，女孩突然"噢"了一声，身体像被强大的电流击中了一般，抖动得犹如风中的叶片；接着，女孩疯了似的双手捧着陆岛的脸，嘴贴嘴地粘住他的嘴唇，拼命吮吸着，陆岛觉得自己整个人的魂被她吸走了，头脑晕眩，下体的男人的敏感那个装置也像是被人突然启动了一般，迅速地在鼓胀，他觉得他真的快受不了，手忙脚乱地剥开裹在女孩身上的衣服，可是他的这一动作刚刚实施，双手便被女孩揪住了。

"不行。"女孩气喘着说。

"你不能阻止我，我要疯了，你明白吗？"陆岛说。

话音刚落，就被女孩重重地推在了床上，还未等他反应过来，女孩已开始帮他解开衣带，这可大大地出乎陆岛的意料，他赶忙说："让我自己来。"

陆岛的身子刚刚仰起，便被女孩再次推倒在床上，衣带已被解开了，女孩抓住他的裤角，轻轻一抖，整条裤子便出溜了下来，接着他的内裤也被褪下，整个身躯便赫然地暴露无遗了。

陆岛惊讶地发现自己居然成了一位被动者，而且这一切又发生得太快，甚至来不及对此做出反应，他目瞪口呆地仰视着这个在他面前迅速脱去外衣的女孩，浮现在她脸上的居然是一副冷峻的表情，虽然她的脸烧得通红。

他承认女孩的确"酷"到了极致，她的狂放无忌的风格连他都自叹弗如，他没有想到遭遇到的是一位性爱高手。现在的女孩真是了不得，陆岛想，她们已开始在做爱上掌握主动的权力，以后男人还敢在女孩面前"牛逼"吗？他想。

女孩在他面前一件件地褪去她身上的衣服，现在只剩下内衣了。

"你别动。"女孩说，脸上依然没有任何表情，她缓缓地爬到陆岛的身体上，俯视了几秒钟，然后在他的脸上轻吻了起来。她吻得很细致，带着温度的舌头像蛇信般温柔地舔着他的脸部。陆岛闭上了眼睛，紧张的肌肉开始松弛下来，这是他从未有过的体验，他想，这种体验让他充满了新鲜的刺激，他觉得此时正在空中悠悠然地飘荡，身体似乎也失去了重量。

女孩已经离开了他的脸部，顺着他的身体一点点地下移。陆岛正在空中飘游的身体突然恢复了重量，迅速下坠，下坠的速度让他血脉贲张，血液一下子被激情点燃了，他一个鲤鱼打挺翻过身来，将骑在她身上的女孩掀翻在他的身下，疯了一般想将女孩彻底占为己有。

他没想到这时会遇到女孩顽强的抵抗。女孩在他的身子底下拼命挣扎着，嘴里发出抗议的声音。

"你现在不能阻止我。"陆岛说。

女孩仍在挣扎着，双手抗拒着他赤裸的身体："我还没准备好，真的，求你等我一下。"女孩哀求地说。

女孩的话让陆岛感到惊异。在他的理解中,面前的这位女孩无疑在性爱上已久经沙场,此前的所有表现都足以证明,可现在为什么又忽然拒绝他的进入呢?他糊涂了。他原以为女孩仅仅是半推半就,欲拒还迎,就像通常他所遇到所有女人一样。

可现在从女孩的表情和动作中,他惊疑地发现,女孩是真的在抗拒他的进入。这是怎么了?

陆岛不是非要强迫女人跟自己做点什么的男人,并非要扮演高尚的道德君子,而这是他一贯的原则,因为做爱应当是两相情愿的事儿,否则男女交欢便会索然无味,起码他自己是这么理解的。

狂热正在迅速消退,激情也随之冷却了下来,他说了声"对不起",翻过身躺到了床上。

"哦,是我不好。"女孩的脸涨得通红,低声说,顺手抄过毯子盖在自己的身上。

陆岛的好奇心被充分唤起了,这种匪夷所思的经历的确让他犯迷糊,躺在他身边的这个女孩在他看来近乎是一个谜。

"我不明白,"他说,"我们为什么不做下去?"

"不知道,"她说,眼睛里是一片迷惘,她侧过身子,抱住了陆岛,"对不起,我知道这样不好。"

"没什么,"他说,"我原来以为你想在我们之间发生点什么呢,看来我错了。"

"不是,我想,相信我,否则我就不会来找你了。"女孩急切地说,把他搂得更紧了。

"我不明白,既然希望发生,为什么又中途停止了呢?"陆岛不解地问。

"我会告诉你的。"女孩用臂肘撑起身子,含情脉脉地俯看着他,亲吻了一下陆岛的眼睛。

"你别再挑逗我,"陆岛调侃地说,"我这人可不经逗了。"

"你向我保证,我说出来了你不会笑话我。"

陆岛觉得眼前这个女孩现在就像个没长大的孩子,与刚才的伶牙俐齿判若两人,但他仍然无法猜出女孩究竟想说什么,他只是好奇,好奇女孩为什么中途要停止,在他看来女孩并不反感他,甚至是愿意与他做爱的,那究竟是出于什么原因呢?

"你为什么认为我会笑话你呢?"他把女孩抱到他的胸前吻了一下,"我们现在就像亚当和夏娃似的躺在一起,应该可以无话不谈的,对吗?"

"我是个处女!"女孩挺直了身体,坐在他的身上,忽然说,脸上则泛着一片红晕。

陆岛最初的反应是怔了一下,因为女孩要说的话完全超出了他的想象,他可以想象女孩因为身体不好而妨碍了性事的发展;或者热情没到一定程度拒绝做爱;最坏的可能是玩你一把,看男人欲罢不能时再甩开,自己却不让男人占到一点便宜,然后扬长而去。可他就是没想到这一层:"我是个处女!"简直是天方夜谭,完全不可思议,怎么可能呢,她居然会是处女?就在刚才,她对他发起的凌厉攻势已让他目瞪口呆,一个处女是不可能以如此娴熟的方式来亲近他的身体的,这也太匪夷所思了。

"怎么可能?"陆岛瞪大了眼睛,百思莫解地看着女孩,目光惊疑。

"我知道你可能不会相信,但我要告诉你,是真的!"女孩羞涩地说。

"那我是不是要告诉你,我还是个处男呢?"陆岛玩笑般地说。

女孩的表情沉了下去,空茫地望着陆岛,静默了一会儿,才幽幽地说:"你让我很失望!"

"我这是开个玩笑,你别生气。"陆岛见女孩生气了,哄着她说。

"我只是想对你诚实一点,可没想到你会是这种态度!"女孩说。

从女孩的表情看,陆岛相信了她没有撒谎。女孩的眼眶里甚至在盈动着泪珠,这是深受委屈后的反应,陆岛知道伤害了这个无辜的女孩,由于委屈她的那张脸现在更显楚楚动人,让他顿生怜爱之心。

他将她更紧地搂在怀里,抚摸着她的前额,愧疚地说:

"是我不好,我只是觉得太难以置信,就像真的发生了一次奇迹。"

"什么奇迹?就因为我是处女吗?你们男人是不是觉得只有和处女做爱才会有成就感?才会感觉舒服?是这样吗?"女孩情绪激动地问。

"你误会了,"陆岛说,"只是处女在今天这个时代就像是消失的历史遗迹,我指的是在你这个年龄段。"

"这也就是为什么,我要在你这结束这个历史,让它成为消失的遗迹。"

"这也是我好奇的原因,"陆岛说,"为什么要结束?为什么又偏偏选中了我?"

女孩终于说出了让陆岛百思莫解的原因:她出生于军人世

家，在家中是一独女，因此父母对她的管教甚严，从小就严禁她和男孩子接触，一直到懂事的那天，母亲在她耳边谆谆教诲的便是男人如何会占女孩的便宜，因此从小学直至高中，她和男生就一直保持着距离，久而久之，在心理上与男生打交道便有了障碍，只要和男生交往，她就会下意识地紧张惊慌。这种状态一直延续到她上大学。

在大学里，她几乎以校花著称，追求者自然甚众，可是都被她以冷漠和高傲的姿态给挡住了。她并不是不想和男生交流，只是她发现这种交流只要是稍一深入，男生目光中流露出的东西就把她给吓回去了，为此她很苦恼。同宿舍的女生，会经常聚集在一块议论一下男女之事，她发现自己在讨厌这类谈话内容的同时，居然还悄悄地滋生着好奇和激动，可举目四顾，她的周围又几乎没有能让她从内心里真正激动起来的男生，这种内心的矛盾一直在折磨着她。她并非不想尝试一种新的生活方式，而是没有找到让自己满意的合适对象。

四年的大学生活，就这样在她内心的矛盾和冲突中悄然结束了，她却多了一份惆怅和惋惜。是对自己吗？她常扪心自问，她忽然意识到，在这个时代守身如玉并非值得炫耀的一件事，周围几乎任何一个女孩，都在寻找着隐秘的快乐，青春不可能长久，每一个人都应该知道懂得去珍惜，不至于让光阴虚掷，因为身体是自己的。这是女同学经常挂在嘴边的话，当她们知道她依然是一个处女时，都会像打量一个怪物似的看着她，甚至有些话题开始回避她。女孩子们在一块时常涉及男女间的苟且之事，交欢的快感程度甚至成了一种私下里炫耀的资本，可她没有这个资本，自然也就成了人们回避她的理由，有时她发现自己是孤独的——

就因为她还是处女。

毕业后，她开始了漫无目的的旅游，就凭着一张地图，随感觉来确定方位，然后就勇往直前。出发时她就告诫自己，如果在路上发生奇遇（就像她在许多小说中看到的那样），碰上一位潇洒风流的翩翩男士，她就彻底地让自己冲破内心的禁区，去体验一下男女间的那种所谓的快乐。就这样，她意外地遇见了陆岛。

陆岛从骨子里透出来的随意和幽默，一下子就让她的心为之一颤，她觉得和他聊天很舒服，也很放松，有种一见如故的感觉，她过去的生活中还真没遇见过这种男人。也许我只适合和年龄比我大许多的男人打交道？她想，过去周围聚集的都是一些小孩（虽然同龄，但她都觉像小孩，聊的话题也没劲），难怪没感觉，这是不是就是其中的原因呢？陆岛则不同，说话不仅妙趣横生，而且处处透着狡黠（她把这看作是聪明的一种表现形式），她欣赏他的这一点。其实当他们从餐馆里出来时，她已经在心里下定决心要和他发生点什么了，可临到分手时又退缩了，不是因为缺乏这种愿望，而是突然丧失了勇气——他会怎么看我呢？好在她灵机一动地问了陆岛落脚的住处，否则她真是要悔死了。

她一回到自己的旅店，就匆匆收拾好行囊，到服务台结了账，服务台小姐用不解的眼光看着她："你不是刚住下吗？"

"是的，"她说，"可是我临时改主意了。"

就这样，她搬迁到了陆岛住的旅店，查到了陆岛的房间号，故意选择了一个和陆岛相邻的房间住下。她用这种方式来促使自己下定决心，她不想再让自己后悔了。结果她惊讶地发现，在此过程中，内心里竟充满了兴奋和快乐，仿佛有一个声音在暗示她，自己做了一个正确的选择。她钻进浴室先洗了一个澡，感觉清爽多了。

当陆岛的脚步声在楼道里响起的时候,她还是感到了一阵紧张,心脏"嘭、嘭、嘭"直跳着,仿佛一下子提到了嗓子眼,她知道这时候如果去见陆岛一定会惊慌失措的,她得设法先让自己平静下来,她不想让陆岛觉得自己是个没见过世面的女孩。

十几分钟后,她敲开了陆岛的门。

"可是你刚才的行为,真让我觉得你在这方面很有经验。"陆岛半信半疑地说。

"所以你才怀疑我在撒谎?"

陆岛不好意思地点了点头。

"那我现在告诉你是为什么,还是那句话,我说了你别笑话我。"

"当然,你已经让我感动了。"陆岛说。

"感动?你为什么突然提到感动?"女孩不解地问。

"我没想到你从未和男人做过这种事,真的,而你的'第一次'又选择的是我。"

"就为这?"

"是的。"

"那我接受了,并且我还要告诉你,这也正是我希望从你那得到的反应。"

"你真调皮!"

"你不喜欢吗?"

"喜欢,只是我们好像跑题了。"

女孩这才想起,其实她想要告诉陆岛的,是自己从未对人说过的秘密——她的那点可怜的性经验的真正来源。

"我看了一些这方面的影碟。"她羞涩地说。

"影碟？什么影碟？"

陆岛一时还没反应过来。

"你真笨，就是关于这方面的影碟呀。"

陆岛终于明白了，开始大笑。

"你真坏，你答应过不笑话我的。"女孩娇嗔地说。

"不是，"陆岛还是忍不住笑着说，"我只是没想到你的那点经验居然是出自碟片，我还以为你饱经风霜呢。"

"不许你瞎说，你坏。"女孩无地自容地捶打着陆岛，陆岛也乐着闪避着。

女孩说的是实话，她偷偷地向好朋友丹妮借来的碟片，的确开阔了她对男女之事的眼界，她记得第一次在画面上目睹了那些疯狂的苟合时，看得脸红耳热，内心居然有种强烈的犯罪感，同时，还伴随着跃跃欲试的念头在颤动。就在那一天，她决定要结束自己的贞洁时代，她告诉自己，她所要选择的第一个男人必须是她生活圈之外的男人，必须是对自己以往的生活一无所知的人，而且这个人肯定不是她未来的丈夫，因为她私下里觉得，倘若这个男人一旦是自己未来的终身伴侣，那么，她的第一次性爱是不可能淋漓尽致的。她希望她的"第一次"能够在她从影碟上学来的技巧中被悄然掩盖，她不想让当时还在想象中的男人发现自己是个毫无经验的处女，她觉得一旦被发现是件挺丢脸的事，毕竟二十三岁了，这是一个应当什么都已尝试过的年龄，一个在性上已经成熟的年龄，为什么要让人觉得她在这个人生最重大的经验上还是一个空白呢？这就是为什么，她一上来就要将陆岛置于被动的位置。

但她没想到的是，当事情发展到关键时，一种无法用理智控制的反抗便开始了。她内心突然充满了惊恐，这才明白，其实自己的心理准备还远远不够。尽管在此之前，她确确实实觉得陆岛是她遇见过的最理想的男人，她心甘情愿地把她的"第一次"给他。他的幽默和风趣都让她格外开心，她愿意和他聊天，愿意静静地欣赏他说话时的表情，以及从他身上散发出的诱人的气味，这种味道是她在以前接触过的男生身上从未感受过的，她甚至体验到了一种心动的感觉。可是她仍然在走向最后一步时退却了，她突然紧张得喘不过气来，刚刚迸发出的激情瞬间便被惊恐和惶惑取而代之，她几乎是下意识地开始了激烈地反抗。她这才明白，一个人要把自己彻底地伪装起来谈何容易？我真是很没用，她气馁地想。

"我们的行为好像应当终止了。"陆岛说。

"为什么，能告诉我为什么吗？我不好，是吗？"女孩追问。

"你知道吗，如果一切按照你原来所想象的发生了的话，对你将意味着什么吗？"

"我不清楚，真的不清楚，但我清楚地知道到了结束我的过去的时候了。"

"但你同时也结束了你的一个时代。"

"我明白你的意思了，"女孩说，"你是说我将告别我的处女时代？"

陆岛点了点头。

"你不认为这也是我所希望的结果吗？"女孩说。

"可是你刚才的行为已经说明了你在反悔。"

"那是我当时还没有完全准备好。"

"现在呢？"陆岛问。

"准备好了！"女孩坚定地说。

陆岛沉默了，少顷，他说："可是我觉得这样做会对不起你！"

"对不起我？"女孩瞪大了眼睛望着陆岛，"是我自己选择的呀。"

"你知道吗，我们不会有结果的。"

"这也是我所希望的，真的！"

"你是个奇怪的女孩。"

"我喜欢你的这句评价，我不想和别的女孩一样。"

"为什么选择了我？"

"感觉，我自己无法说清的感觉。"

陆岛再次沉默了。

陆岛从未遇见过这样的女孩，更没想过一位完全是邂逅相逢的女孩，会以这种方式来"结识"他。他当然希望得到她的身体，正像他希望得到任何一个他有所感觉的女人身体一样，这就是男人，男人在本质上渴望征服他渴望得到的女人，这种欲望的扩张也是男人征服世界的一种动力，可是今天却成了例外，当这位尚是处女的女孩自觉自愿地要将身体交付给他时，他倒犹豫了。女孩将自己如此重大的人生选择交付于他来帮助完成，这将意味着她从那一刻开始，从一个贞洁的处女，完成向女人的转变，而他承担了类似于古代祭师的角色。

对于女孩而言，这是一个仪式：一个由少女向女人的过渡仪式，一个从幼稚向成熟的转变仪式，男人的身体便是她们过渡完成仪式的媒介，这将意味着一种责任，他能承担起这种责任吗？过去也常有女孩从他身边"飘"过——他喜欢使用这个字：飘，不仅仅是因为和他的生存状态有一种暗合关系：飘来飘去了无踪影，同时，也形象地说明了他和这些女孩的真实关系：风一般地飘过来了，在身边停留了一会儿，又悠然地随风而逝，甚至没有在他的生活中留下太多的内容，更谈不上什么责任，只不过是在他的人生履历中又多了一个女人的名字而已，这多半是因为她们的随意也换来了他的随意，大家仅仅珍惜那一瞬间的快乐，无须追问再往下是什么。什么也没有，只是一个感觉上留下的小小痕迹，偶尔想起会有一点快意和惆怅。

可现在，却有感动。

是因为女孩要将她的"第一次"交给他来完成吗？是因为他将要成为仪式的承担者吗？过去和女孩交往中轻松的游戏感荡然无存，这是一种全新的感受，因为过去从未遭遇过这样的情形。

女孩就躺在他的身旁，肌体散发出的芬芳让他心醉神迷，可是他只能逼迫自己冷静下来。直到现在才意识到自己其实是一个逃避责任的人，他害怕因为对别人的牵挂而困扰自己，他需要的是一种自由的空气和生活，无牵无挂，没有任何人能来约束他，凡事都是由自己来自由选择，而非他人帮他选择。他好像忽然有些明白了，为什么在强迫自己冷静，是因为冥冥中隐约地感觉到了是女孩帮他选择了这次的行为。而且他也知道，一旦关系进行到女孩所希望的那一步，这个女孩在他的心灵深处便会留下至深印象，这很可怕，他会因此感到负累。

女孩的手又悄然地滑向他的身体，他觉得一股巨大的热流又一次排山倒海般地向他涌来，迅速将他淹没了，下体的那个小东西也开始了"怒发冲冠"，他知道自己无法抗拒这一切的发生，而且这也是自己所期望的。这就是男人德性，他想，不可救药的男人。

他喘息着再一次骑到了女孩的身上，狂吻着她的身体："你是在让我发疯，你明白吗？"他低声喃喃地说。

女孩此时已面若桃花，娇喘不已了，"我要你"，她口齿不清地说。

激情过后，他们就这样呆滞不动地待了很久时间，世间的一切声响都静止了，只有他们彼此的喘息声。

女孩温柔地抚摸着他的头发，悄声问："你好吗？"

"真好，"他说，"舒服极了。"

"你刚才真像头小狮子。"

"而且是头饿疯了的小狮子，"他说，"你呢？你感觉好吗？"

"要说实话吗？"

"当然。"他说。

"可能是太紧张了，我有点疼。"她不好意思地说。

"第一次都这样，女人都是这么过来的。"他说。

"看来你很有经验，是吗？"女孩天真地问。

他笑笑，算是响应。

"我们一块洗个澡吧？"他俯身问。

女孩听话地"嗯"了一声，和他一块起身下床，进了浴室。当热水惬意地冲刷着他们的身体时，他注意到浴缸里留下了清晰可见的血丝，那是从她的身体里流下来的。

"我不会忘记你的。"他在热水中拥抱着她说。

"可别，"她俏皮地拍拍他说，"明天我就会从你眼前消失的。"

"真的吗？"他问。

"是的。"她肯定地说。

他望着她，心里突然涌起了一丝惆怅。

当他们从浴室出来时，他的目光落到了屋里的书桌上，摄像机上的指示灯在频闪着，而且镜头正对准了床，这是他在不经意间造成的，这才想起，刚才的摄像机一直处于开机状态，这让他有种亢奋感，他觉得今天经历的这件事的确值得记录，因为这像是一次奇遇，一个梦。眼前的这位女孩给予他了特别的感受，这可能会伴随他的一生。这种奇遇不仅刺激，而且真是浪漫美好至极，他想人生之愉快也不过如此了，他希望镜头里能留下这一过程，以便以后在回首往事时能有种别样的记忆。人的经历就是这样在岁月的河流中悄然地流逝着，必须为自己留下一些永存记忆的瞬间，他想。

但现在唯一担心的是女孩会发现，他担心一旦被发现她会提出洗掉这些镜头。这就是女人，他想，女人做这种事时是羞于示人的，更何况他并不能保证是否已经博得了女孩的信任，毕竟他们只是萍水相逢。他想在女孩不注意的情况下，悄无声息地将机器关掉。显然没有这种可能，他现在的一举一动都在女孩的视线内，他不可能在女孩完全不知晓的情况下完成这一动作。

他们又回到了床上。

"你的摄像机一直没关，对吗？"女孩说。

"是吗？"他心里一惊，但装着若无其事的样子，"刚才忘了。"

"我可没忘。"女孩说。

"为什么你不提醒我关机呢？"他不解地问。

"明天再告诉你。"女孩狡黠地说。

陆岛是被清晨的阳光"吵"醒的，起码他是这么认为的。

睁开眼，眼前是明晃晃的一片灿烂，温暖灼人的阳光透过窗帘斜斜地照射在他的脸上，使他感到舒适至极。他是一觉睡到天明的，似乎连梦都吝啬得不曾光临。这一觉睡得真沉，他想。这才想起昨晚上并非是他一个人度过的，是一个女孩和他共度了这个甜蜜的夜晚，使他能快乐地阅尽人间春色，为此他心生感动。

浴室里传来淅淅沥沥的水声，他知道她正在洗澡，只是惊诧于她起床时自己居然没有听见，可见女孩是个细致的人，一定是怕惊扰他的酣睡悄悄地起身的。一股暖流又开始在他身上情不自禁地涌动，昨晚的一幕幕就像电影镜头般在他眼前一一闪过，他的欲望又一次本能地被点燃了。

女孩从浴室里出来了。

"你醒了？"她柔声问，俯下身在他的脸上轻吻了一下，他也回吻了她。

"我还怕吵醒你，结果你还是醒了。"

"有什么不好吗？"他说，"早晨睁开眼见到的第一个人就是你，这是件幸福的事情。"

"谢谢你这样抬举我，你真会说话。"女孩笑着说。她把裹在身上的浴巾掀开，露出了她曲线匀称的胴体，正准备穿上自己的内衣。

"你等等。"他迫不及待地说。

女孩的动作停住了，瞪大了眼睛望着他。

"我还想和你做爱。"他把做爱两个字音咬得很重。

女孩笑了，开始穿上她的衣服。

"昨天晚上不是有过了吗？"她微笑着说。

"不够，我还想要！"他坚决地说，起身想拉她上床。

"不行，"女孩甩开了他伸过来的手，态度坚定地说，"你应该尊重我。"

他停住不动了，疑惑地看着她，他觉得现在站在他面前的女孩和昨晚的那个人判若两人，他不明白究竟发生了什么？

"我不明白，"他说，"这不像昨晚的你，为什么？"

"我也同样不明白，"女孩淡笑道，"白天的我，和晚上的我好像是不一样，女孩子可能都这样。"

"不一样？"陆岛大惑不解，"为什么会不一样？"

女孩这时已穿戴齐整，然后站在他面前，目光复杂地望着他，似乎有许多话要说，可是她什么也没说，而是上前紧紧地拥抱了他一下，她的头倚在他的肩膀上，仿佛耳语般地：

"我会记住昨天晚上的，真的！"

陆岛木然地待着，"可是我仍然不明白，为什么？"

"不要什么都弄明白，有很多事是不能太明白的。"她幽幽地说。

她离开了陆岛的身体，转身从摄像机里拿出了那盘录像带。

"这个我要带走。"她说。

"这就是你没让我关机的原因？"

女孩点点头，"这是我的第一次，一个女孩一生中只有这么一个第一次，所以我要留下做纪念。"

陆岛怔怔地看着他，觉出她的"特别"，只好点了点头。

女孩说了声谢谢，在他的脸颊上吻了一下，轻轻地说了声："再见！"转身向门口走去。

陆岛这时还处在恍恍惚惚的状态中，女孩的转身离去让他一下子惊醒了过来,他叫住了女孩,开始穿上衣服。

女孩在门口站住了,脸上已看不出任何表情。

"我还不知道你的名字呢。"他急促地说。

"我现在是不会告诉你的,就像我也没有问你的名字一样。"她说。

"你的意思是以后会告诉我吗?"他问。

"可能,如果我们以后能再'不期而遇'的话。"

陆岛注意到,她在说到"不期而遇"时,加重了一点说话的语气。

"那好吧。"他起身走到桌前,拿出笔和纸,匆匆地写下了自己的电话和住址,递给了她,"这里有我全部的联络方式,我希望还能见到你。"

女孩犹豫了一下,还是接过了陆岛递过的纸条,下意识地看了一眼,上面写着他的姓名:陆岛,笔势秀气中透着遒劲。她将纸条默默地放进了衣兜,什么也没说,转身离去了。

房门"嘭"的一声关上了,陆岛的心也随之颤动了一下,他觉得大脑的血液在急剧下沉,心中涌起一丝连他自己都说不清的怅惘。

四

陆岛在车站广场上漫无目的地溜达着，然后找了一个站前的台阶坐下，目光呆愣地望着一如潮水般涌动的人流。他百无聊赖地拿出了摄像机，他想拍点儿旅人的各种表情，从镜头上看，尽管匆匆划过的旅人脸型各异，着装也大异其趣，但表情却有着惊人的一致：麻木而又僵硬，每个人似乎都在疲惫地奔波着，恍惚间就像是一群漫无目标的游魂。想到这儿，连他自己都吓了一跳。如果我也混迹于人群中呢，是不是在别人看来也像是一个游魂？我有自己的人生目标吗？他想着，心里有些怅然了。这时他又想起了小镇上的那些人，悠闲而又散淡的神情，此刻在他想来都像是一个遥远的梦境。他放下了机器，重新背上了行囊。

回到他的小屋时已是晚上7点多了，他放下行囊，环视了一下他这个栖居之地，房间不大，属一间一套的单元房，只有一些简单的家具和陈设，可是现在上面都落满了灰尘，空气中弥漫着一股憋闷的气息，仿佛氧气在这里突然终止了，让他感到很不舒服。他走到窗前推开了窗户，屋外喧嚣的嘈杂声便纷涌而至了。每次回到北京他都有一种不适应的感觉，这里的声音和空气都让他心情烦躁，好像这里的每一寸角落都充满了躁动和焦虑，而他又是如此地渴望宁静。这也是为什么，他在北京待一段时间又要出游的原因，他知道如果一直待下去神经会因高度紧张而濒临崩溃，所以他要逃离。

电话机依然彼此分离地躺在地上，他蹲下身去将话筒重新搁置在了座机上，并琢磨着是否要给袁璐打个电话，他想了想，又觉得好像现在没有心情聊天，只想自己先待一会儿，换换思路，适应一下，然后静一静再说。他将家简单地收拾了一下，掸去罩在家具上的尘土，然后把行囊里的脏衣服塞进洗衣机里，拧开开关，又进卫生间冲了一个澡。舒服了许多，这才躺到了床上，眯了一小会儿。

　　杜马和杨洋出现在88号酒吧时，已是晚上11点多了，这也是北京各类酒吧的气氛渐入高峰的时间，通常"吧虫"们都会在这一时间不约而同地出现在酒吧里，杜马和杨洋理所当然隶属于京城"吧虫"一员，他们是酒吧的常客，京城的哪个酒吧开始走俏，他们便会适时地出现在那里。这一阶段，原属三里屯的酒吧一条街，随着城市宾馆西北角的几个酒吧的兴起，他们这批"吧虫"便从三里屯酒吧撤离了，原因是那些酒吧在他们看来已风光不再，来往的"泡吧"之人已不是最早的他们这批"吧虫"，许许多多奇奇怪怪之人也嗅着"吧味"纷至沓来，以至于酒吧变得鱼龙混杂。杜马认为，当年他们这一族泡吧时，京城的酒吧还寥若晨星，屈指可数，那时常在酒吧晃悠的除了老外，便是他们这拨和所谓的和艺术沾点边的人，他记得他最早热衷的酒吧是设在体育馆东门旁边的"电脑洗车"酒吧，他就是在那里认识杨洋的。那时他刚从影视学院摄影系毕业不久，在东大桥附近租了间单元房，工作尚无着落，属于在京城混得比较落魄的那类，没事时，也会跟着某个垃圾剧组，在里面顶个摄影助理或副导演的头衔，挣点零花钱（他的理想是有朝一日能当上导演，拍自己理想的电影，所以他爱看书，尤其是有思想的书，他觉得必须为这一天的到来做好精神准备，到时也许能一鸣惊人）。晚上的日子对于他来说或许是最难熬的，那时他的女朋友刚刚离开他，追随一位小大款飞到了南方，他的情绪也一落千丈，就是在那段时间，他养成了泡吧的习惯。

每天晚上十一点左右，他便会幽灵般地出现在冷清的大马路上，溜溜达达着晃进了"电脑洗车"酒吧，他就住在东大桥，离那家酒吧不远。一进去就找个不起眼的旮旯坐下，要上一杯扎啤，听着音箱里震天价响的西方乡村音乐，让自己的思绪任意飞翔。在酒吧也会常见到一些熟人和名人，圈子里的一些所谓的"另类"人物时不时地会出来露露脸。

那时的"泡吧"和如今的情形迥然相异，它还不属于流行时尚，准确地说它属于带有"边缘"和反叛色彩的另类生活，从来往客人的服饰上就能看出，那种邋里邋遢的着装就鲜明地透出了他们的与众不同，但他知道这种刻意的与众不同并非缘自与生俱来的与主流文化的对抗态度，而是在貌似特立独行的姿态下掩饰着他们的苍白和无能，而杜马则认为自己拥有一颗鹤立鸡群的大脑，是用苏格拉底、柏拉图、尼采、弗洛伊德以及萨特等哲人的思想武装起来的大脑（他在大学时代狂热地迷恋上了这些哲人的思想），使他自认为有资格鄙夷众生，自命清高。

杜马的女友最初就是被他出口成章的妙语所吸引，主动投身于他的怀抱，最后发现这些虽说有趣但却十分空洞的妙语并不能给她的生活带来舒适和安全感时，又被虽然缺乏妙语但却拥有实实在在的物质基础的小大款所吸引，因为她发现，和杜马在一起时，她愿意时时倾听他关于生活和时代的高论，那种神采飞扬的连珠妙语让她的精神高度亢奋，可身体的反应却实属一般；可自从她秘密地接触到那位虽说有些粗俗但不失派头的小大款后，惊奇地发现，那种富有情调的物质生活更能让她的身体迅速地产生化学反应。

当她提出和杜马分手时，杜马一脸的错愕，他无论如何都不能理解，在他面前一向小鸟依人的女友，居然会提出这个问题。在他看来，即使分手也应该是他先提出而不是相反。杜马坚信自己在她的这位女友面前是一伟人，她是因为崇拜他杜马的思想而走进他的生活的，他相信她是蜷缩在他麾下的最虔诚的信徒，每当他声嘶力竭地吼出伟大思想之后，她总会即刻放下她高雅的仪态，像只淘气的波斯猫似的温顺地钻进他的敏感地带，让他尽情享受一番欲望的快感。

可是她现在却莫名其妙地提出分手，实在是让他猝不及防。

"你知道吗，你是唯一的一个接受过我全面滋养的女人！"杜马愤怒地咆哮道。

他当然指的不仅仅是他的那些所谓的思想，还有他身体所赐予的那一部分。

女友开始大笑，前俯后仰地大笑，甚至杜马都被她的这种突如其来的大笑弄得狼狈至极。他从未见过女友如此放肆地大笑过，她总是笑得很矜持，在他面前一直保持着一种小女人的优雅风度，因而她的大笑更让他感到毛骨悚然。他认为这样一种放肆的笑，是一个女人堕落的前兆。杜马觉得明显地在她的脸上看到了这种堕落的痕迹，一种可怕的痕迹，可怕得让他心惊肉跳，仿佛在面对一个陌生的人，一个他从未见过和认识过的人。

这可能吗？可是她的的确确在放肆地大笑，而且坚定地提出了分手。他第一次领教了一个女人，一个平时对他言听计从的女人，一旦反目竟会与她的过去完全判若两人，于是他开始没完没了地追问其分手的原因，并非是他真的爱这个女人，爱得入木三分，而是他实在是承受不了作为一个战败者的惨重打击，尤其是像他这样一位以思想者自居的人，自认为已然超越于芸芸众生，有一颗区别于他人的高贵灵魂，以至于自己一直飞翔在哲学的天空中，可现在他却重重地坠落于尘俗的硝烟之下，他不得不面临严峻的世俗问题。杜马这才意识到，所谓博大精深的哲学精神是不能拯救他所遭遇到的世俗困境的，为此他感到了巨大的失落和迷惘。

女友很不屑地对杜马说："我会告诉你真实的原因的，但不是现在。"

终于有一天，女友在他的生活中消失了，临走前，她还没忘了将他们租的小屋，收拾得干干净净，并把自己的衣物全部带走，仿佛不愿给他留下任何值得再去回忆的痕迹。杜马回到空空荡荡的小屋时，一种怅然若失之感袭上心头，曾经那么熟悉的生活就这么无声无息地逝去了，他感到无所适从。

书桌上留下了女友的一张便条，他定睛看去，上面醒目地写着几个大字：现在我可以告诉你我之所以要离开你的真实原因，只要你打开录音机，你就会知道这一切究竟为什么会发生。

录音机里传来的是让他备感陌生的呻吟声，那是一个女人在性爱的过程中发出的惊心动魄的快乐呻吟，不时地还会传出高潮来临时的嘶声号叫，当这一切声音终于遏止时，女友的声音响起了："你肯定从未听到过我会有这样的声音，但我却从别人那里得到了，这就是我为什么要离开你的原因。"杜马无言以对了，他感到了惭愧，感到了无地自容，尽管此刻他的心已被深深地刺痛。

就这样，杜马养成了"泡吧"的习惯。尤其当夜深人静的时候，他闷头喝着扎啤，微张着他那略显忧伤而又惺忪的醉眼，那一时刻，酒吧里响起的所有音乐在他听来，都有一股孤独和痛苦的味道。

一天晚上，他注意到了邻桌坐着的几个人，那位金发高鼻的外国男士和他旁边的漂亮的中国女孩他是在酒吧见过的，他俩时常出现在酒吧，总是找一个角落悄悄地说着什么，目光中脉脉含情，然后旁若无人地相拥相抱、热烈长吻，他讨厌这种腻腻歪歪当众表演的男女之情，而且固执地认为一位漂亮的中国女孩如此多情地向老外投怀送抱简直是奇耻大辱。洋人当年的洋枪洋炮都没征服得了的中国人，如今只用裤裆里藏着的那个洋玩意儿就将中国女孩给驯服了，他觉得真他妈的丢脸。

可今天，他们中间却多了一人，一位胖胖的男同胞，他的脸强烈地扭曲着，仿佛被痛苦和绝望彻底摧垮了，苦苦地在向女孩哀求着什么。

杜马注意到那个女孩，乜斜着眼，嘴角不屑地高高噘着，而她边上的那位"老外"则瞪着一双似乎无辜的蓝眼睛，像打量一对奇怪的动物似的看着他们，仿佛这里发生的一切与他无关，他只是一位偶然目击此事的旁观者。那位小胖了的嗓音开始高了起来，但很快就被酒吧里激荡的摇滚乐给淹没了，但杜马却支离破碎地听到了一两句不完整的吼叫："……欺骗我……为什么……我不明白……"而换来的只是女孩隐隐的冷笑。杜马猜到了，这里面一定是一个爱情悲剧，它无形中勾起了他对自己处境的共鸣，他同情那位已开始绝望得一塌糊涂的小胖子。这个世界已开始变得面目全非了，他想，没有所谓的纯洁的爱情，这是一个爱情消亡的时代，只有金钱、谎言和欺骗。

女孩突然站着起来,向卫生间走去,可怜的小胖子紧随其后,还在旁边激动地说着什么,女孩的脚步加快了,小胖子也疾步上前要扯住她的衣角,却被她一巴掌扇开去,女孩趁势冲进了卫生间,返身就要将门关上。小胖子赤红着脸,用肥胖的身躯重重地把门给撞开了。

接下来的一幕令杜马大吃一惊,随着卫生间的门被撞开,小胖子突然在任何人都毫无准备的情况下,"扑通"一声跪在了地上,脸上已然热泪纵横了。紧接着传来女孩的尖声惊叫。一直端坐在吧桌前的"老外",仿佛接到了报警信号一般,身体一抖便蹿了上去,刚才还一副与己无关的表情,迅疾地转换成一脸的恶相,开始对小胖子怒声吼叫,并将小胖子强行推倒在地,欲强制性地将他拖开。

小胖子忽然"腾"地站起了身,开始一步步地逼近"老外"。

"老外"的手臂一挥,小胖子的脸上重重地挨了一拳,几乎与此同时,小胖子一头扎进了"老外"的怀里,两人撕打成一团。这时杜马听到酒吧里有人开始在起哄,却没有人上去制止。那位"老外"人高马大,显然占尽优势,小胖子已明显处于下风。

杜马冷冷地看着,周边的人开始在大声地鼓噪,喇叭里传出的嘈杂的摇滚乐声,及喧嚷的喊叫声混成了一片,几乎所有的人都疯了,像是在过狂欢节一般亢奋,可是只有杜马旁若无人一般看着,缓缓地将杯中酒一口饮尽,冷静地点燃了一支烟,狠狠地吸了几口,然后将烟蒂果断地狠狠地抛在地上,踩了一脚,站起了身。

他向卫生间的方向走去。

这时酒吧里蓦然间停止了喧嚣,所有人的目光都转向了杜马，只有声嘶力竭的音乐还在怪异地呐喊着，就像天边隆隆滚过的闷雷。

杜马站在了"老外"的面前，冷着脸，目光凛然地盯着他，"老外"挥动着的拳头停住了，惊疑地看着突然出现在他面前的杜马，像是不明白这个人为什么要冷不丁地冒出来。

"你是谁？""老外"用生硬的中国话问。

"这也正是我要来告诉你的，"杜马不紧不慢地抹抹嘴，然后脸色跟着一变："我是你祖宗！"

话音刚落，杜马便出击了。他上前迈近一步，右腿急速抬起，膝盖骨跟着狠狠地顶上了"老外"的下裆。"老外"发出一声怪嚎，立马像烂泥般瘫软在了地上，双手捂着私处一如怪兽般地"呜哇"乱叫，女孩惊呼着扑向"老外"。

杜马冷笑，俯下身，凑在女孩的耳边悄声地说了一句话。

说完，拉着被突如其来的变故惊得目瞪口呆的小胖子，留下因恼怒而一脸扭曲的女孩和一众看客，扬长而去。

就这样，他俩成了形影不离的好朋友。

尚未踏进"88号"的大门，杜马预感到今晚会发生在这里的热闹程度了，三三两两打扮得颇为入时的男男女女，开始陆陆续续地出现在酒吧的门前，他们相互打着招呼，然后一个个神采飞扬地推开了酒吧紧闭着的金属大门，鱼贯而入。

金属大门被推开的一刹那，强烈的音乐声便像烈性炸药一般，陡然间地呼啸而至，整个大地都能感觉到它的震动声。紧接着大门又被自动带上了，那狂轰滥炸般的声音又奇迹般地戛然而止，周围很快恢复了宁静。杨洋每次来都会对这个酒吧大门的开合所

产生的神奇效应赞叹不已,而杜马则会不以为然地说上一句:

"这就像是我们置身于此的这个世界,在表面的宁静中,掩饰着内部的极度喧嚣,你只是在偶尔之中,仅仅是偶尔,窥视到这种喧嚣的骚动,但你很不经意地就将它给忽略了,你甚至还可能将它看作是狂欢的节庆,其实它在预示着一种来历不明的危险。"

"是什么危险呢?"杨洋不解地问。

杜马沉吟了一会儿,"我不知道,所以我用的词是'来历不明',遗憾的是几乎没有多少人意识到这种危险,我觉得我们现在所有人都疯了!"

"包括你自己吗?"杨洋好奇地说。

"当然!"杜马说。

齐霁出现的时候,他们正站在门外候着。时间已过了11点15分,可是在来来往往的人流里,他们并没有发现齐霁的踪迹,这才想起她并没有给他们留下可供辨认的特征,杜马仅只是将自己的手机号告知了她,而她也只是告知了她的名字。

"她会不会'涮'我们?"杨洋怀疑地问。

杜马没有说话,心里也在不安地嘀咕上了,他真的无法确定这位神秘的女孩会突然出现,何况离约定时间已超过了15分钟,这几乎是一个危险的信号,暗示着被"涮"的可能。正在这时手机传来尖锐的鸣叫声,杜马迅速操起手机,看了一眼来电显示,是一个陌生的号码。

"也许是她。"他对杨洋说了一句。

杨洋的情绪也跟着高涨了起来。

可是电话似乎没人接听,杜马连续地"喂"了几声也无人应答,显然像一个恶作剧,杜马生气地将手机关了,嘴里开始不干不净地骂骂咧咧:"这是一'傻逼',打我的电话又不开口,你说这是'傻逼'不是?"

"毫无疑问!"杨洋附和道,"可是问题是,既然此人拨了你的电话,又为何不开口呢?"

"所以结论只能是:他是一'傻逼',否则我无法解释她的行为。"杜马愤然地说。

当杜马转过身来,正准备和杨洋走过酒吧时,他的脸一下子呈现出惊愕的表情:一位头发染成棕黄色,个头不高,但却显得颇为俏丽的女孩站在了他的面前,她的脑袋歪斜着,一只手臂半举着,手心里握着的是她的手机,正用一副不屑的眼神盯着他。杜马的手机这时又尖锐地响起了,杜马赶忙掏出来正要接听,女孩开口了。

"你不需要接了,是我拨的。"

"你就是齐霁?"杜马瞪大了眼睛问。

"为什么不是?"齐霁反问道。

杜马和杨洋顿时傻眼了,他们面面相觑,显得狼狈至极,他们没有想到女孩会以这种方式突然地站在了他们面前。

"你们难道没有想到,在彼此不认识的情况下,这是辨认对方的最佳方式吗?"女孩笑眯眯地说。

"没有,真的没有。"杜马掩饰心虚地说。

"所以真正的'傻逼'就一目了然了,对吗?"齐霁脸上仍然挂着微笑说。

这让杜马更加尴尬。

"你要知道,你刚才的行为是很不礼貌的,既然你已拨通了我们的电话，开口说话是起码的常识，我相信你不会不懂。"杨洋晃着肥胖的大脸，哼哼唧唧地说着，他在试图为杜马解围。

"对不起，我好像并不认识你，你能告我你是谁吗？"齐霁不屑地瞥了一眼杨洋说。

"哦，他是我的朋友。"杜马说。

"这么说，你们是一对'同志'啰。"齐霁嬉皮笑脸地又接了一句。

杜马吓了一跳，他没想到齐霁居然会将他和杨洋的关系往这方面说。

"你误会了，我们仅仅是好朋友。"杜马说，但他的表情说明他在生气。

"真遗憾，我以为我遇见过了一对有意思的人呢！"齐霁感叹地说。

"新鲜，你为什么觉得只有'同志'才是有意思的人呢？"

"还是因为新鲜，所以我好奇。"齐霁说，"还有一人呢？"

这时齐霁才注意到，陆岛并没有出现在他们中间，这让她感到了失望，她是为陆岛而来的，这一点她心里非常清楚，他一直觉得那个男人给予了她神秘之感，他确实非同凡响，从昨天晚上她遇见他那一刻起，她就有这种直觉，尽管临分手前他应她的请求留下的电话是假的，她依然认为这种行为正和他给予她的神秘感不谋而合，这种感觉真是刺激，她甚至觉得这简直就是可以令人高度兴奋的游戏，你可能根本不知道最终获得的结果是赢还是输，但你还是愿意置身于其中，去感受那份快感和刺激。

"陆岛没来吗？我记得你说过会带他来的呀？"齐霁问。

杜马只好向女孩解释说，他一直在试图和陆岛取得联系，但都未能如愿以偿，又无法及时通知女孩取消最初的约定，因为她根本就没留下自己的电话，于是只能自己前来赴约。

"就算今晚我请你泡吧，改日我一定将他带来见你，行吗？"

他们一行三人，进入了酒吧。巨大的摇滚乐声，犹如巨浪般地迎着他们排山倒海地冲来，他们像是置身在波涛汹涌的大海之中，随着海浪的起伏上下颠簸着。杜马行进的脚步，也不由自主地随着音乐的节奏开始转换成了"迪斯科"的舞步，颠着身子，晃着肩膀，身子一扭一斜地踏进了舞池，仅在一瞬间的工夫中，杜马犹如脱胎换骨了一般，在舞池里旋风似的摇晃起了身子，一副完全陶醉的神情；杨洋则憨憨地跟在他的后面，踮着小步以示他在"蹦迪"，只是他肥胖的身躯在这魔鬼一般扭动的人群中显得有些滑稽。

当杜马正"摇"得起劲时，感觉到有人在背后正蹭着他的身体，回头一看，竟是齐霁。

"没想到你还跳得不错。"齐霁神情快乐地说。

"这不就是小菜一碟吗？"杜马不无炫耀地说。

"常来蹦迪？"齐霁问。

"有空就来,这是一种最好的放松运动,你认为呢？"杜马问。

"看得出来，你活得挺潇洒的。"齐霁笑着说。

"是吗，这也能看出来，也许并不尽然。"杜马摆摆头说。

他们只能亮开嗓门大声说话，强劲的音乐声大得惊人，他们只能贴着对方的耳朵高声嚷嚷了。

两人跳起了双人舞。杜马像灵巧的弹簧似的让身体有节奏地起伏着，齐霁则如同水蛇一般缠绕着他，"迪斯科"的节奏越来越快，他们扭动的身躯也越发激烈了，几乎所有人都快疯了，酒吧里传来的欢呼声此起彼伏，所有的人都高举着双手随着节奏在空中摆动，杜马觉得此刻真的是刺激之极。齐霁对他身体的磨蹭激发了他潜在的欲望，趁着齐霁屈身贴着他的小腹摇摆上升时，在她的鬓发间狂吻着。现在他和她脸对脸地贴在了一起，他们四目相对了，齐霁的目光中充满了挑逗的意味，如同充满着野性的吉普赛人，杜马情不自禁地要去吻她的脸了，可是被齐霁断然推开了。

"我们可以结束了。"齐霁不快地说。

杜马很扫兴，情绪显得颇为沮丧。

"你是不是不高兴啦？"齐霁的脸上又挂起了笑容，"你别忘了我现在仍然是陆岛的朋友。"

"陆岛真的这么重要吗？"杜马问。

"起码在我心里比你重要。"齐霁乜斜着眼说。

杜马又一次语塞了，他领教到了眼前这位齐霁的厉害。

他们离开了酒吧里的舞池，顺着由金属钢架结构而成的阶梯来到了二楼，这是一个相对封闭的隐秘空间，巨大的玻璃幕墙由天顶一直通向地面，猩红色的丝绒窗帘似是而非地遮掩着这扇大窗，室内的光线很暗，视线所及的物体和人都朦朦胧胧地透着一股怪兮兮的味道，因为它们的身上都罩上了一层暧昧的绛红色光晕。巨大的音乐声在这里仿佛突然间退居于远方了，只能隐隐约约地感到它的余威。

他们找了一个角落坐了下来。杜马一屁股坐在了沙发上。沙发的弹簧十分松软，他的身子整个地陷了进去，他感到舒服至极，他向齐霁招了招手，然后拍拍沙发的坐垫：

"坐这儿，很舒服。"杜马说。

"你饶了我吧,我觉得还是坐在这儿安全些。"齐霁撇撇嘴说,在另一张单人沙发上坐了下来。

"难道我让你觉得不安全了?"杜马似笑非笑地问。

"这话最好问你自己。"齐霁也似笑非笑地回了一句。

"问我什么?"杜马问。

"问你自己心里现在在想些什么呀。"齐霁不屑地抬抬眼皮说。

杜马心里明白,这女孩说对了,他的心里现在的确骚动得厉害,他有一种要亲近她的渴望,他发现他开始在嫉妒陆岛了,他的这位高深莫测的朋友,不但平时寻常看不见,而且在生活中的各个方面总是居于领先位置,让他望尘莫及。齐霁在他的面前构成了一道迷人的风景,他觉得她浑身上下都散发着旺盛的生命活力,好像属于追求者甚众的那类女孩,可就是这样的一类女孩,为什么会这么固执地要寻找陆岛呢?陆岛身上究竟有什么东西强烈地吸引着她?杜马在脑子里打了一个大大的问号。

"你是什么时候认识陆岛的?"杜马好奇地问。

"昨天。"齐霁抿嘴一乐,说。

"昨天?"杜马瞪大了眼睛,大吃一惊地问。

"这也值得你大惊小怪的吗,干吗这种表情?"

齐霁觉得杜马的表情太夸张了,调笑地说。

杜马备感惊讶的是,齐霁和陆岛认识的时间不过二十四小时左右,可就让这位齐霁如此痴迷于他,完全像是一个奇迹,一个匪夷所思的奇迹。他有点儿懵了。

五

陆岛一觉醒来已是深夜11点多了,他看了看表,眉心微微蹙了一下,他没想到自己一迷糊就是几个小时过去了,他原本是准备稍稍打个盹就起来给袁璐打个电话或发个短信的,这也属于他的例行"公务",回到北京就给她拨个电话,然后约一个时间见面。两年多来一直如此。

一开始他还觉得这些方式还挺刺激的,每当回到北京就能感觉到有一个人在等待他的归来,心中便多了一丝温暖的惬意。可随着时间的推移,那种温暖的感觉好像在逐渐淡化,心里慢慢地却多了一层木然,似乎这仅仅是因为一个习惯,而非源自隐秘的快乐——就像他们刚认识时那样。

他发现人的情感其实是极其脆弱的,根本无法经受时间的考验,所谓永恒的爱情,都是人类在无聊之中幻想出来安慰自己的致幻剂。这和手淫有什么区别吗?当快乐的高潮随着最后那一瞬间的喷射完成之后,一切都烟消云散了,等待着下一个新的幻影的出现,再进行一次无聊的喷射,如此循环往复。

什么才是爱情的准确定义呢?似乎是在你和激情不期而遇,经过一番曲折,最终和这位激情对象上床之后,才是爱情的准确位置和你与它的距离,在此之后,剩下的只是征服和被征服者的关系了,剩下的只是技巧性的维持与呵护——它还是爱情吗?

他想起了小镇上遇见的那位女孩,自从她消失后,他便会时不时地想起她,她的音容笑貌经常会不经意间浮现在他的脑海中。为什么?他问,难道我是爱上她了?不可能,仅仅是短暂而又意外的邂逅好像和爱情还扯不上关系,又是一个幻觉吗?一个关于爱情降临的幻觉?好像也不是,那又是什么?他的思绪是庞杂的,那个女孩的动人的样子就沉潜在他的心里,让他既舒服又有一种失落,他一再地告诫自己,别再去想她了,她不过是生命中经历过的一个"感叹号",一位转瞬即逝的匆匆过客。

他想起了高中时背过的俄国诗人普希金的一首诗:假如生活欺骗了你／不要悲伤,不要忧郁／痛苦的时刻需要镇静／相信吧,那愉快的日子就会来临／心,永远憧憬着未来／现在却常是阴沉／一切都会过去,都会消失／而那过去的,就会变成幸福的怀恋。

他很清晰地记得那首诗的名字:《假如生活欺骗了你》。

他清楚地知道,不可能再有什么"不期而遇"了,那只是彼此美好的期许和浪漫的幻想,生活是冷酷的,他应当做的是尽快地忘掉她,否则自己会一直在不自觉地沉湎,沉湎让他感伤。

他知道现在这个时间已经无法再和袁璐打电话了,此刻的她,恐怕正躺在丈夫的怀抱中酣然入梦,或者两人正在床上颠鸾倒凤呢!想到这,陆岛觉得自己的心里又开始滋生出一丝妒意,这种感觉让他有些恼怒和烦躁,他想起了他和袁璐刚认识时的情形。

那是一个春天,空气中似乎萌动着隐秘的欲望,万物都在悄然地生长,催生着新的生命,这当然也包括他的体内跃跃欲试的渴望,萌生的青草及绿树宛如都在孕育着暧昧的信息。朋友给他介绍了一"单"活儿,是给一家广告公司拍一个化妆品的广告。从学校毕业后他就靠接拍广告为生,这是他生活的唯一来源,他的理想是自己独立地执导一部电影,一部理想中的电影,可是又苦于无法筹措到资金，他只能等待。拍广告对他来说不仅仅是谋生的手段，更是练手的机会，他从国外的电影信息中发现，许多年轻导演在成名前都像他一样以广告为生，这多少让他隐约地看到了一线光明。人就是靠那么点可怜的希望活着的，他经常这么想。

按照约定的时间，他来到了天河广告公司，被介绍给了一位副总，这是一位和他年龄相仿的人，神情中透着一丝无法掩饰的自得和傲慢，细嫩白净的脸上架了一副小眼镜，不大的眼睛细眯着，当走进他的办公室时，他甚至连一丝客套的礼节都不愿付出，屁股纹丝不动地钉在椅子上，抬眼冷冷地打量他，手里还下意识地玩着一支圆珠笔。

"你坐吧。""眼镜"说，用圆珠笔点了一下他面前的座椅。

他坐下了，两眼也直瞪瞪地看着他，心里有一股火在蹿升。他的自尊心不能允许这个人在他面前这么无礼。可是他现在只能拼命地压着自己的怒气，因为他要生存，必须拿下这"单"活儿，只要拿下他起码又能苟活一阵子了。这样，他可以出去走一圈了，这个季节适合他出去采风。

"据说你过去拍过广告？""眼镜"审视地说。

他点了点头，没说话，他知道这个人的傲慢已经破坏了他的好心情，他不想开口，他担心一开口会带上情绪，以致影响到他可能拿下的这"单"活儿。一个没有什么名气的人要在社会上混，就要学会忍受，学会圆滑地与各种自己喜欢或不喜欢的人周旋，北京人有句话说的是：先当孙子，后当爷。因为这个世界已不再真实，它是用各式各样的面具装饰起来的，以便让你相信生活中还存在着快乐和幸福。

"你很幸运,""眼镜"说,居高临下地扫视了他一眼,"许多香港人,也想到我们这儿找活儿,都叫我们给挡了,你知道是为什么吗?"

他摇摇头。他开始有些不耐烦了,不知道为什么自己还待在这里,耐着性子听这人长舌妇般的没完没了地说着废话。

"因为他们很不自量力地以为可以在我这拿到高价。""眼镜"不屑地说,他在说到"我"时故意提高了声调,然后"咯咯咯"地笑了起来。陆岛觉得他笑起来的声音像公鸭在叫。

他知道这个人其实在用这种方式对他进行暗示,以便让他知道没有讨价还价的余地。这是一个狡猾的商人,他想,尽管此人和他是同龄人。他已经感到很不舒服了。

"我们没有必要再绕弯子了,"陆岛终于开口了,他觉得必须打断他了,否则此人会一直没完没了地说下去,因为他看得出"眼镜"其实是闲极无聊,拿别人来"逗闷子"玩,他可不愿意也没工夫这样无聊透顶地陪他玩呢,"你说说接这单活儿,我的报酬是多少吧。"

"眼镜"突然收起了笑脸,那双狡猾的小眼睛,透过薄薄的镜片,在闪烁不定地观察他。

"八千,怎么样?也就是几天的活儿,应该是很优待你了。"说着,"眼镜"又发出阴阳怪气的笑声。

"那就谢啦,"陆岛冷笑一声说,"我看这点钱还是留着优待你自己吧。"

他站起了身,计划就此离开,他觉得和"眼镜"这种人打交道实在是无聊至极,甚至连自己都变得无聊起来了。

"眼镜"见状急忙起身,开始转换成一种客气语言挽留他,

陆岛嘲弄般地转身盯着"眼镜":

"你觉得我还有必要留下来继续和你谈吗,你缺乏最起码的诚意。"

也许由于激动,他的声音不由地提高了八度。

"眼镜"的脸色霎时变了,也高声地向他嚷嚷道:"你以为你是谁?给你这些钱是抬举你,懂吗?"

陆岛注意到,他们的声音,惊动了这家公司的职员,他们几乎都在用惊愕的目光向这边悄悄地扫视着,然后交头接耳地议论上了。

由于激动,镶在"眼镜"脸上的十分丑陋的塌鼻子已开始歪斜,并且鼻尖上在闪烁着几粒汗珠。陆岛笑了,因为他感到现在的他忽然间变得十分痛快,在此之前,他还在为自己能不能接下这"单"活儿而惶惶不安,生存压力对于他来说是一个极为现实的存在,因此他珍惜每一个可能的机会,可是现在,他真的是无所谓了。无欲则刚,他想,没有什么比尊严更重要了,当他并不把这"单"活看得那么重要时,他发现反而获得一种解脱感,一种从骨子里流淌出来的轻松,他轻吁了一口气。他知道,他其实并不是真的非要对那点酬劳斤斤计较,他还没有庸俗到那种程度,他只是受不了"眼镜"的那种态度,那种小人得志的神气,他不能允许别人用这种态度来轻慢他,他需要的是平等和尊重。

看着"眼镜"气急败坏的样子,他觉得很开心,他知道,起码在姿态上,他明显地处在上风。

陆岛冷冷的微笑,再一次地激怒了"眼镜",他开始高声吼道:"你他妈的真不识抬举!"

"如果你再说一句'他妈的'我的拳头可真的就不长眼了!"

陆岛收敛了冷笑，义正词严地说。

"眼镜"吓得连连倒退两步，他以为陆岛真的要挥拳而下了。

可是陆岛的拳头只是在他的眼前晃了晃："你还不值得我用拳头来伺候，"他说"你知道为什么吗？怕脏了我的手！"陆岛冷冷逼视着"眼镜"说。

正说着，陆岛的身边忽然多了一个人。这个人一开始只是默默地站在一旁，陆岛眼角的余光注意到了她的存在，他不知道这个人不合时宜地出现在这里是什么意思。

"我能和你说两句吗？"一个女人的声音温柔地响起。

声音很低，很轻，悠悠然宛如从天空中飘来的一般，又像是一阵微风吹拂过泛起波涛的水面，蓦然间，凝结在这个房间里的紧张空气，仿佛也受到这股微风的影响，正在悄然地消散。他也注意到这个女人出现后，刚才还盛气凌人的"眼镜"，脸上立马换成了一副谄媚的表情，这让他意识到这个女人在这里的地位和身份。

"还有这个必要吗？"陆岛转身看着来人说。

站在他面前的是一位看起来三十岁左右的女子，个头不高，显得有些瘦弱，齐耳的短发，修剪得整整齐齐，一双眼睛长得很好看，睫毛长长的，自然地弯曲下垂，恰到好处地与她的那双黑亮的眸子相映成趣，她的眼睛中好像深藏着一种让人说不清的柔情，一如波涛在轻轻地荡漾。

"当然，这是你的自由，我只是在请求。"她说，口气依然很轻，但却是诚恳的，让人无法拒绝。

陆岛犹豫了，现在轮到他感到有点理亏，刚才蹿升出来的怒火在渐渐地消退。

"算了,"他说,"也没啥好说的,就这样吧,这活你们找别人干吧。"

说完,陆岛转身走了。他当然想不到,后来就是这个女人,这个叫袁璐的女人不期然地闯入了他的生活。

那天早上起来后,陆岛习惯性地盘腿坐在地上,听着音乐。他是典型的古典音乐发烧友,喜欢各种交响乐,尤其酷爱俄罗斯现代作曲家肖斯塔科维奇,不仅仅喜欢他的音乐,也喜欢他的经历,每当他的交响乐响起时,便会觉得他的心灵在和这个人进行无声地交流,他喜欢这种感觉,血管中涌动着燃烧的激情,让他处于癫狂状态,在一种压抑和痛苦中痴迷地追寻着精神的超越。那是一种什么样的人生境界呢?他一直在想。

肖斯塔科维奇在斯大林铁幕暴政的恐怖年代,为了捍卫艺术的纯正品格,为了捍卫作为一个艺术家的尊严,也为了让他的作品能继续与他的民族进行心灵的沟通和共鸣,只能在极端压抑的妥协中小心翼翼地渗入他的思想和情感,组成他博大而又举世无双的旋律。他是那么的伟大,因为他找到了在极端扭曲的环境下,如何来表达自己灵魂的孤独和痛苦。他没有出卖自己高贵的灵魂。

陆岛能从肖斯塔科维奇的音乐中真切地感受到这一点:灵魂的焦灼、精神的痛苦和挣扎,以及在极富现代性的旋律中让自己的心灵获得拯救和升华。

他就这么全神贯注地听着。这个世界对于他已不复存在,他的每一根神经,都在追随着肖斯塔科维奇的音符在飞扬,已然热泪盈眶了。

窗帘厚厚实实地拉上了,挡住了户外的阳光,也挡住了这个世界的嘈杂和无聊。屋里变得幽暗起来,只有音乐在响着,震天动地地鸣响着,他就像大海中漂泊的一叶扁舟,在汹涌的波涛中上下颠簸着,头顶上是电闪雷鸣,狂风在呼号,他在寻找着理想的彼岸,没有人来拯救他,他只能自我救赎,在茫茫的大海中孤独地穿行着……

电话铃声惊动了他,他暂停了音响,不情愿地站起身来,拿起了电话。

"是陆岛吗?"一个亲切的声音,是个女人,听着有些耳熟,一时又想不起是谁。

"我是。"陆岛说,"你是谁?"

对方在电话中笑了,"一个你并不认识的人,可我认识你。"

这种回答让陆岛感到纳闷,他一时不知该说什么了,他拿着电话想词时对方又开口了。

"我就在你的门外,你能开一下门吗?"她的声音显得十分诚恳。

陆岛微微有些惊讶,犹豫了一下,还是决定把门打开。

站在面前的人他一下子就认出了是谁,难怪刚才的声音似曾相识,就是那天在广告公司遇见过的那位女人,他记得她的声音曾给他留下很深的印象。随即他又闻到了一股香味,是女人身上散发出的香水味,他发现这股淡淡的清香闻起来有一种特别的味道,能立即联想到春天的阳光.海滩以及宜人的空气。

"是你?"陆岛不无惊诧地发出一声感叹。

她微笑地看着他,目光中流露着一丝温情,轻轻地点了点头。

"我是不请自来,"她说,"刚才敲你的门,你可能没听见,我听到里面有音乐声,就猜到你肯定在家,就在门口给你拨了一个电话。"

"对不起，我真没听见。"陆岛说。

"为什么要对不起呢？"她说，"我并没有和你约好呀，自我介绍一下，我叫袁璐。"她依然微笑着说。

陆岛反而不好意思了。她大大方方地在屋里的双人沙发上坐下了。

"能麻烦你给我倒杯水吗？"她爽快地问。

"当然。"陆岛说，同时觉出她的到来，给这个房间带来了一股清新的气氛，沉闷正在渐渐散去，连自己都感到奇怪，为什么她的光临，会给他这种感觉呢？毕竟还是陌路人，彼此并不真正认识，可是现在的感觉他们好像已是一对老朋友了，彼此之间无须拘束的老朋友。

"喝点什么？茶吗？"他问。

"有冰可乐吗？"她问。

"有，就它吗？"

"好极了，就它。"

他给她端来了冰可乐。她喝了几口，"真是痛快，"她愉快地说，"我是说这个冰可乐。"

他也笑了，是她的愉快感染了他。他在她边上的单人沙发上坐下，看了看她，忽然有些尴尬，不知该说什么了。

"你刚才听的是什么曲子？动静挺大的。"她说。

"交响乐。"他说，觉得这时候她开口说话真好，让他不至于再感到尴尬了。他发现她是位善于制造气氛的人。

"是谁的曲子？我指的是作曲家？"她好奇地问。

"肖斯塔科维奇，一个俄国人，苏联的作曲家，他很伟大。"他说。

"哦，真好，我听说过他的曲子，我也喜欢，其实我在你门口已听了一会儿了。"她微笑地说。

"是吗？"他感到了吃惊，因为今天很少再有人愿意听交响乐了，这个时代已被"流行"所统治，包括音乐。

"这我可真没想到！"陆岛说。

"为什么？就因为我是一个女人吗？"她笑说。

"不是，是因为这个时代。"

"你好像有很多感慨？"

"也许，但这并不重要。"他说。

"那什么最重要呢？"

"让自己活得愉快些。"他说。

"我同意，心情是最重要的，谢谢你的提示。"她意味深长地看了他一眼，说。

"这是常识，还用谢吗？"他笑笑说。

陆岛这时才意识到，窗帘依然在厚实地遮掩着这个房间，他起身，走到窗前，拉开了窗帘——阳光灿烂，一道耀眼的金辉霎时洒满了屋子，屋内一下子变得明晃晃的了。

"这是个好天气，它让人感到愉快！"她感叹地说。

"看来你很容易获得愉快。"他说，同时觉得她的好心情在影响他。

"知道我为什么要来找你吗？"她侧过脸，看着他，目光却是沉静的。

他摇摇头，想起了那天和她初次相遇时的不愉快经历。

"那天你到公司来谈的那'单'活儿，还是决定让你来干了。"她说。

"为什么?"他愣了一下,有些意外。

"不为什么,干吗要为什么呢?"

他想了想,又摇摇头,"还是算了,我现在对那'单'活已经没兴趣了。"

"就因为吵了一架?"

"不完全是,"他想了想,摇摇头,"我也不知道为什么,没心情了。"他说。

"那好吧,我们先不说这个了。"

她站起身,扫视了一眼陆岛的居室,她发现陆岛是个生活很自律的人,屋里东西虽然不多,但都被收拾得整整齐齐,各就各位,他的那些书、DVD和CD盘都被有秩序地码放在书架上,那种斑驳的色调居然成了这间小屋子里的一道风景,她注意到这个人很在意屋子里的色彩搭配,棕红色的布艺沙发,棕黄色的窗帘,以及深蓝的床罩,许多东西显然是从"宜家"购进的,但一经他别具匠心的布置却有了一种说不来的品位,她觉得待在这里是舒服的。

"都中午了,我们动动吧,我请你吃饭。"她对陆岛说。

"你还没有告诉我到这来的原因呢,又要请我吃饭?"陆岛说。

"你总是那么认真,吃饭就是吃饭,也不为什么,走吧。"她笑着说。

他随着她下了楼。陆岛注意到,楼下的空地上很扎眼地停放着一辆新款"宝马",她随手按下了遥控器,"宝马""嘟"地响应了一声。

"上车吧。"她拉开了车门,侧身说。

他坐在了她的副驾驶座上,车开始缓缓地启动了。车开得很稳,不疾不徐地行驶着,接着她打开了车载的CD装置,一支舒缓而忧伤的爵士乐悠然响起,显然是一位上了年龄的黑人歌手在吟唱,声音苍凉而嘶哑。

"喜欢吗?"听了一会儿,她直视着前方,问。

"爵士?喜欢。"他说,也看着前方。

爵士乐兀自响着,他的心跟着沉了下来,好像跟随着这支忧伤的旋律,生活的质感也随之裸露了出来,他不知袁璐为什么要放上一曲这样的音乐,难道她的心里也有让人无法破解的忧伤吗?

"我喜欢歌声中所透出的哀伤,有一种痛苦在暗中流淌。"袁璐淡淡地说。

陆岛听着,觉出了这个女人的与众不同,开着宝马,却还能感受着人世间的哀伤和痛苦,这让他敬重,他还以为富人的忧伤已远离精神,她不是。

"是的,他的歌声中,有灵魂的声音在痛苦地呐喊,好像只有在黑人的音乐里才能听到这种声音,它会让人百感交集。"陆岛低沉地说。

他们不再说话。车在大街上穿行着,人流和建筑物一闪而过。他们挨得很近,那股香水味一阵阵地向他袭来,他受到了诱惑,同时又感到了他们之间的距离。

坐上这辆豪华的宝马时,陆岛就感到了距离——他们是两个不同阶层的人,过着完全不同的生活,这辆极为舒适豪华的宝马已足以说明了她的身份和地位,以及他和她之间存在的不可逾越的距离。他还在为生活而奔波,而她已开始享受生活,这是完全不同的两种生活境遇。

"你在想什么?"她下意识地侧过脸来看了陆岛一眼,淡淡地问。

"哦,没想什么。"他言不由衷地说。

她又稍稍地瞥了他一眼,观察着他。他注意到了,但装作没看见。

"不对,"她说,"你在想事儿,你在想我为什么会开上一辆这样的车,对吗?"

她真是敏感,他心里想,同时又觉得他喜欢她的这份敏感,因为她在感受着他。

"是的,"他说,"这是我们之间的距离。"他只能实话实说了,他不爱撒谎。

"我已经想到了你会这么去想,"她说,"可是我认为人和人之间的距离并不完全在物质上,可怕的是心理上的距离。"

"那是因为物质给人制造了一道看不见的屏障,你有时必须承认,所谓人人平等、社会公平正义,只是一个口号,人是不可能平等的,所谓阶层正是不平等的显影,难道不是吗?"

她沉默了一会儿,转过头来看了他一眼。陆岛感觉到她这时的目光中多了一层内容,他的心下意识地跳动了一下。

"你很固执,"她说,"那天我就看出了你的固执,"她停了一下,然后又加重了语气:"可我并不想和你有这种距离。"

"不是你想不想的问题,而是现实逼迫我们必须承认人与人之间是有距离和不平等的。"

陆岛不再说话了,而是将目光转向窗外。城市的街景和纷杂的人流从他眼前一掠而过。

车停下了。

一位身穿红色西服，头戴礼帽的小侏儒飞快地跑来，拉开了车门，然后一个劲地点头哈腰，以示欢迎。陆岛好奇地打量着小侏儒，觉得这个人的突然出现很滑稽。侏儒的脸上罩着一层油滑的谦卑，这是完全不同性质的两种表情内容——油滑与谦卑，却如此完美地在这位笑容可掬的小侏儒怪异的脸上获得了和谐的统一，这真是一个奇迹，他想。

他抬头看了一下这家豪华餐厅的招牌："顺风"二字跃入眼帘，他明白了，这是京城上流人士经常出没的地方，他听说过。

大厅很大，进门左侧倚墙而立的是巨大的玻璃罩，里面游动的居然是悠然嬉戏的海水鱼，就像是小型的海洋水族馆，在他看来，这些海水鱼真的是漂亮极了，身上呈现着不同的色彩，在水影和光线的映衬下流光溢彩，让他感到惊奇。

服务生引领他们去了二楼，他听到了服务生对她说："小姐，这是您定的包间。"说完，她转身就要出门。

"等等，"陆岛说，"我们能不能就在大厅里待着呢？"

服务生笑容可掬地说，"可以，"可目光却在看着袁璐。她也笑了："就听他的吧，今天他是主人。"袁璐带着玩笑的口吻说。

他们在楼下的大厅内坐定了，他有意识地让自己的脸冲着鱼缸，他喜欢这种感觉，因为有了这些鱼吗！这让他的心情变得愉快起来。

"你好像蛮有童心的。"她说，目光中流露出的却是欣赏。

"是吗？"他瞅了她一眼，"也许，我有时候讨厌长大，可是人又不可能停止生长。"

"为什么？难道成熟有什么不好吗？"她问。

"可是你却在一点点地丧失天真和无邪。"他说。

"你这种人现在已经很少了!"她由衷地说。

"我也不知道这是悲剧还是喜剧,所以我喜欢藏在音乐里,或者到处走走,和人打交道太累!"他感叹了一句。

这时他才想起,他还没问她来访的原因呢。

"这个话题好像太沉重了,咱们还是换个话题吧,你说说你为什么来找我?"他问道。

"我对你这个人有兴趣,你信吗?"她笑笑说,但语气中强调了"你这个人"这四个字。

"尽瞎说,那天我吹胡子瞪眼的,你还会有兴趣?"他自嘲地说。

"你不觉得那正是你特别的地方吗?"她目不转睛地望着他。

"没觉得,"他说,"我只是认定一个人无论在什么境遇下都不能跪着,我可不会委曲求全。"

她轻轻地笑出了声。

"你太可爱了。"她说。

他也不知为什么,在她的面前,好像一点脾气都没有,尽管她使用的词汇都像是一位大姐姐在面对一个小弟弟,他也心甘情愿地接受了,觉得自己今天变得有点奇怪,不可思议,要在平时他绝不可能允许别人用这种口气和他说话,可是眼前的这位女人却在不知不觉中制造了一种气氛,让他在其中享受到了温暖和宁静,他觉得在她的面前自己的感受是自由的,他可以无拘无束,甚至让自己那点顽劣的孩子气也自然地流露出来了。

坐在车上时让他不舒服的距离感不知何时已消失得无影无踪,他们之间好像已经不存在距离问题了。她开始在点菜。他耳朵里听到的尽是些鲍鱼、鱼翅、龙虾之类的名贵海鲜。

"是不是太奢侈了？"他说。

"你别管，"她说，"今天是我请你，所以你必须听我的，你太瘦了，该补补了。"她说。

不一会儿，各种菜肴便陆陆续续地端上来了，她让他先尝尝。他尝了几口，的确鲜美，让他的胃口大开，他发现食欲今天变得出奇的好。平时自己一人吃饭时都是凑合，有时一碗方便面也能将就地成为一顿饭，他从来也不把吃饭太当一回事儿，那只是一个必需的任务，完成了就行。可现在发现胃口变得有些贪婪了，恨不得把这一桌菜全给吞了。好东西的确是会刺激胃口的，他想。

她吃饭的姿态很优雅，慢条斯理，沉稳而又从容，仿佛在这里进行的是一个仪式。

"我吃相有点不雅，你多包涵！"他故意一脸坏笑地说。

"这正是你的风格，"她说，"你是不是很在乎别人怎么看你？"

"不是呀。"他说。

"那你就保持你的风格好了，这样挺好。"

她的话让他觉得舒服。

"我只是担心别人会认为你带了一个粗俗的人来这里吃饭，人家会觉得大煞风景，这可是一个资产阶级常来的文明场所。"他调侃着说。

她将手中的筷子小心地放在了细白的瓷架上，目光柔和地望着他。

"如果你是一个和他们一样的人，恐怕今天就不会有这顿饭了。"

他的心又微微地动了一下,他听出了袁璐话中的弦外之音,还有看他时的眼神。

"你究竟是为什么请我?"他说:"我能这样问你吗?"

"当然可以,"她回答,"事实上我也一直在等你问呢。"

袁璐告诉了陆岛,她就是陆岛曾去过的那家广告公司的总经理,那天陆岛的到来她本来并没太在意,这些事一般都是有她的副总来打理的,但是吵闹声惊动了她,她之所以过来看上一眼,本意是来阻止他们之间发生的纷争,因为这是在公司内部,他们公司从来不允许发生这种事儿的,因为会影响到公司员工的工作状态。可是,当她悄然地出现在他们的背后时,发现在陆岛的身上有一种说不上来的气质,一种浩然正气。她看出来了,陆岛并非是为了那点酬金而斤斤计较,而是他感到了自己受到了侮辱,他是在捍卫自己的尊严。她觉得很长时间没有接触过这类人了,在商界混的大多圆滑和狡诈,连眼神都透着混浊,可他不一样,目光是清澈的,尽管此刻里面闪动着激愤。她发现她瞬息间就喜欢上了这个人,这个她叫不出姓名但却能让她一下子就记住的人,她发现她很长时间以来就一直处于冬眠状态的感觉突然间被一种东西强烈唤醒了,所以陆岛走了之后,她专门抽调来了他的资料,并打听到了他的住址。

"你这是在抬举我,我不过是个容易被激怒的人。"陆岛说。

袁璐长时间地看着他,很久没有说话。过了一会才幽幽地说:"你需要有个人来保护,否则会吃亏的。"

"这是性格,恐怕很难改变了。"他无所谓地耸耸肩,不在意地说。

六

　　饭后，袁璐开车送陆岛回家，当他们坐进车里时，忽然间感到了拘束，他觉得和袁璐相距的距离太近了，虽然她在开着车，他依然能感觉到她细微的呼吸声。他们彼此都在望着前方，沉默着，但都知道心里在悄悄地注意着对方。他把车窗打开了点儿，让外面气流顺着车窗吹进车内，这样会觉得畅快些。他一直在试图打破这种令人憋闷的尴尬，可是又一时找不到合适的话题，他想起了音乐。

　　他伸出了手，计划就势掀开车内的音响装置，可他接触到的却是袁璐的手。他们都不约而同地将手伸到了 CD 机的按钮上。袁璐仿佛是无意中地在他手上轻捏了一下，两人对视了一眼。

　　"我来吧。"袁璐说。

　　她调整了一下选择按扭，音乐声响起了，这次响起的是日本歌坛的才女五轮真弓的《恋人》。五轮真弓的金嗓子高亢而充满激情，如泣如诉，似乎有一种让人回味不已的深刻的感伤。陆岛也喜欢她的歌，因为她不像国内歌手那样没事找事地无病呻吟。

　　"喜欢吗？"她问，又看了他一眼。

　　"嗯。"他应了一声，"我偶尔也听听五轮真弓的歌。"

　　"哦，是吗？"她意味深长地看了他一眼。

　　他们不再说话了，一直等到这首歌唱完。

　　"你觉得和我还有距离吗？"过了一会儿，她温和地问。

　　"不好说。"他实话实说。

陆岛确实不知道他们之间是否还存在距离，尽管已经感觉到和袁璐很近了——是一种心理上的近，可依然觉得他们像在两个世界上行走的人，处在不同的社会位置上。就像这辆宝马车，他也很欣赏，但它并不属于他一样。他能想象她平时丰富多彩的物质生活，她们已无须再为生存而焦虑，只要愿意，这个世界的大门可以随时为她们敞开，自由地出入其间，脸上挂着幸福而又满足的微笑。但那个世界并不属于他，他依然还在为衣食住行忙碌、奔波，只是觉得自己的心态还算好，并不会死乞白赖地奢望得到点不属于他的东西，他只想顺其自然。

袁璐将他送到他住的楼下就走了，临走前她摇下车窗，似乎想对他再说点什么，犹豫了一下，终于还是没开口，只是一直歪着头看着他，仿佛不忍离去。陆岛转身走了。他什么也没说，甚至连"再见"也没说。

那"单"广告活儿终于落到了陆岛的头上，当陆岛接到通知时，心里并无惊讶，他知道这是袁璐运作的结果，而且酬金一下子提高到了三万，他本想拒绝，但转念一想，似乎没有必要如此固执，毕竟他还是需要工作和挣到这笔钱，只是这"单"活儿仿佛是因了"关系"的缘故才没旁落，让他的心里多少有点不舒服。

那天他又去了那家广告公司，见到的还是曾经接待过他的"眼镜"副总，他像是换了一个人似的，满脸堆着谦恭的微笑，像是他们之间过去什么也没发生过一样。事情很快就谈定了，临走前，他见到了袁璐。

袁璐进来时，只是对他微微地颔首示意了一下，一般性地打了个招呼，如同他们之间没有过那次交往。她的表情是职业性的，温婉中透着犀利。

袁璐是来向副总交代事情的，那位副总则点头哈腰地听着，而且频频点头，陆岛觉得他的样子既可怜又可笑。他注意到袁璐在此过程中始终没有看他一眼，只是将公务交代完毕，经过他身边时，斜视了他一下，那目光很奇怪，内容暧昧不明。他也只是对她客气地点点头。他很想说一声谢谢，可是也不知为什么他没开这个口。

他迅速地组织起了一队人马，先是将杜马招来，他们是长期的合作伙伴，有活儿时总是一块干，彼此之间多有默契，而且他对朋友的态度也是有福同享，有难同当。

杜马一听说有活儿了，两眼放光。陆岛挺欣赏杜马身上的那股活力的，和杜马在一起时，总是让人兴奋，他一说话就有一种忘我的投入感，会把别人也一同地卷入到激情的旋流中。陆岛平时在陌生人面前话并不多，但他羡慕口若悬河的人，杜马当仁不让地成为这类人的代表，他们的共同特点是，无论在什么场合都能做到无所畏惧。

"这次练个什么活儿？"杜马嘴里叼着一支烟，昂着脑袋问。

"化妆品广告。"陆岛说。

"哦？"杜马眼睛一下子瞪得老大，眼睛开始发出绿光，"那一定要选一个大美妞做形象代言人喽？"

"这由广告公司负责，不归我们管。"陆岛说。

"啧啧，"杜马咂了咂嘴，流露出无限的遗憾，"这么好的事儿，居然没沾上！"

"好事也不能全让咱们占了。"陆岛说。

"也是，"杜马不无沮丧地点点头，然后仰脸望着天顶，犹自叹息，"如今也只能流落到拍拍广告了，咱们的电影计划猴年马月才能实现呢！"

"你就权当是练练手吧。"陆岛说。

拍摄现场定在国贸附近，陆岛提前来到了现场，杜马已架好了机器，就等着演员九点钟到达后开拍。当天的天气风和日丽，光线正合适，仿佛是上天的安排，这种光照下出来的东西一定漂亮，陆岛想。

袁璐这时也出现在现场，随同的还有那位"眼镜"副总，他唯唯诺诺地站在一旁，脸上一直挂着谦卑的微笑，连见了陆岛也是点头哈腰，陆岛不以为然对他点点头，以表示问候，可在心里是瞧不上这种人的。

开拍的时间到了，女演员却始终未见踪影，杜马在一旁急了，他大声地嚷嚷道："陆岛，再不来光线就不对了，丫怎么还不来呀。"

陆岛虽然表面上镇静自若，但心里一样着急，他何尝不知时间的宝贵，抢光线是拍摄质量的起码条件，可他是这个小小剧组的核心人物，即使着急也不能过多地表现出来，否则就会造成军心不稳。他看了袁璐一眼，没想到袁璐也在悄悄地打量他，目光里含着镇静。他稳定了一下情绪：

"再等等。"他对杜马说。

杜马的嘴里仍在不干不净地骂骂咧咧。这时，袁璐将"眼镜"叫了过来，在他耳边低语了几句，"眼镜"频频地点着头，转身进了国贸，不一会带出了一位亭亭玉立的女孩。

"你们可以拍了。"袁璐对陆岛不动声色地说。

陆岛立即对杜马挥了挥手，示意他可以开始工作了，然后将女孩领到指定的位置站定，杜马也跟着过来量她脸上的照度。正在这时,另一位一看就眼熟的年轻女演员出现了,一见这里正在发生的事情,眉心皱了皱,然后直接走到陆岛的身边:"你是导演吗?"

陆岛看看他,点头。

"那她是谁?"

她指着站在拍摄位置上的女孩问,"是我的替身吗?"一脸的傲慢。

陆岛没说话,他站在监视器前看构图的大效果,但知道她是谁,一位正在走红的女演员。

"不是合同书上说就拍我一人吗?"女演员不依不饶地继续问,口气已经变得咄咄逼人了。

"我在工作,请你闪开点,不要影响我。"陆岛头也没回,不卑不亢地对她说。

"你们他妈的都些什么人?骗子吗?我从来没有这么早起过床,今天是为你们这个烂广告,一大早爬起来,可你们还这样对待我,你以为你是谁?"女演员高声吼道。

袁璐闻声过来了,脸上依然没有任何表情。

"你的合同已经停止执行了,因为你违约了,你可以离开了。"袁璐对女演员说。

女演员愣住了,脸涨得通红,嘴唇也开始哆嗦。

"为什么?"她憋了半天只冒出了这么一句。

"因为你迟到了。"

"什么?迟到?别说就一广告,就是拍电影我也从不准时,这是我的生活习惯。"女演员厉声说。

"那你可以继续你的'习惯',去拍你的电影,也许它们能尊重你的所谓生活习惯，我们这里不行，我们也有我们的习惯。"袁璐不容置辩地说，然后转身问陆岛："你们准备好了吗？"

陆岛肯定地点点头。

"那就开拍吧。"袁璐一脸严肃地说。

"从来也没有人敢这样对待我，你们要赔偿我的损失。"女演员一双杏眼瞪得大大的，气急败坏地说。

"这也正是我要告诉你的，关于给我们造成的损失问题，我们下次再谈，如果你还知道尊重自己，请你立即离开，否则，我们现场的工作人员会用他们的方式'请'你离开。"袁璐冷冷地顶了一句。

女演员张口结舌地傻了，愣了一会儿，脸色青紫地悻悻然走了。

几个镜头拍完之后，杜马幸灾乐祸地跑过来，凑到陆岛的耳边乐不可支地说：

"陆岛，看一'腕儿'生生地栽了是件挺过瘾的事儿，这才让我觉得这个世界比较公平。"

陆岛笑笑，没吱声儿，只是倒着样带看着监视器。

"嗨，你丫也别装大个了，"杜马继续说，"你倒是说话呀。"

"我倒是没想到她们丫还能备一手，否则耽误了最有利的照度多可惜。"陆岛答非所问地说。

"聪明，这一招还真聪明，那女的是这的头儿吗？"杜马偏头看了一眼远处的袁璐。

"大概是吧。"陆岛说，心里有种说不清的感觉悄悄地涌起，袁璐危机公关的能力让他刮目相看，他很佩服。

"真没看出来，模样长得比那个'腕儿'还有味儿，居然能临危不乱,这女人有点意思!"杜马啧啧地赞叹。

"你也不能以貌取人呀。"陆岛笑道。

"我靠,我怎么发现这个聪明而又智慧的女人对我有种天然的吸引力呢?不行,我得设法把她给'办'了。"杜马叼上了一支烟,吸了一口,自言自语地说。

陆岛觉得自己的心突然抽动了一下,装作无所谓地说:"省了这份心吧,没戏!"

"是吗?我还真的不信这个邪。"

说完,杜马便转过身,吹着口哨,大大咧咧地向袁璐走去。陆岛看到杜马上前拍了拍袁璐的肩膀,袁璐诧异地侧脸看了看他,然后疑惑地向陆岛所在的方向瞥了一眼,便和杜马走到一旁,似乎认真地听着杜马在说着什么。

陆岛没有再看了。

只是一会儿的工夫,他听到了杜马轻快的脚步声,口哨声也变得更加的得意和欢快。脚步声在他的身后停住了。陆岛没回头,装着什么都不知道的样子。

"你想知道结果吗?"杜马春风得意地问。

"无所谓,"陆岛说,"这是你们之间的事。"

但他的心,仍在一阵阵地抽紧,他发现其实是希望杜马说出这个结果的,但他又害怕知道了结果会让自己失望。

"我和她约了,今晚三里屯酒吧见面,"杜马神采飞扬地说,"怎么样,现在知道杜马的厉害了吧?哈!"

七

回到家，陆岛先冲了个澡，他被一种莫名的、极坏的心情所笼罩。他打开了音响，放进了一盘贝多芬的《英雄交响曲》，他想让激越的旋律将自己淹没，让体内的情绪能随着高亢有力的旋律获得释放，他就这么一直坐着，把音响的声音调到最大。

骚动不安的心陡然间安静了下来，只有"老贝"的声音发出震天动地的炸响，一直到天黑，以及袁璐的不期而至。

袁璐的到来，再次让陆岛感到了意外，因为在他的印象中，这个时间应该是她和杜马的约会时间，这件事的确让陆岛的心隐隐作痛，这种感觉让他极不舒服。怎么就不知不觉地堕入极其莫名其妙的情绪中了呢？难道他和袁璐之间发生过什么吗？没有，显然没有，他们之间仅仅有过一次短暂的交往，那次交往是给他留下了印象，或者说袁璐给他留下了好感，仅此而已，可是为什么杜马和袁璐的约会却让他感到不舒服了呢？

陆岛听到敲门声时，还盘腿坐在地上沉醉地听着"老贝"呢。

他懒洋洋地起身，开了门。袁璐站在门外，他愣住了，但很快就将这一反应以无所谓的态度掩饰了过去，他不想让袁璐觉得他太在意她。眼下让陆岛感到意外的不是袁璐出现了，而是她似乎出现在一个错误的时间和错误的位置，按照陆岛的推测，袁璐现在应当是在酒吧里，正和杜马聊着呢。可是她却出现在他的面前。按说陆岛应当感到高兴，可他发现并没有因为她的到来而愉快起来，心情依然是灰暗的，甚至有些烦躁，只想一个人待着，不想有人打扰。无疑，袁璐这时候的不期而至并没有给他带来好心情。

他冷着脸转身进了屋，门依然是敞开的，似乎在示意袁璐可以自行做出选择，而他并没有表示出明确的欢迎态度。当然，在袁璐看来这是个难题，主人的态度似是而非，让她有些不知所措。这是陆岛的家，这位主人的态度让她不知道何去何从了。

袁璐以为她的到来会给陆岛带来惊喜，可现在适得其反，她明显地感觉到了陆岛的情绪，他是个有点事就挂在脸上的人，喜怒都会形于色，她却很欣赏，这正是他率真的一面，在今天这个世道上，这种人的确是太少了，她在生意场上混了这么多年，见多了所谓精明老到之人，在不动声色的城府中处处暗藏杀机。当她那天见到陆岛时也不知为何心动了一下，她现在还说不清楚这种感觉，内心却有一个声音在隐隐地告诉她这是一个值得接近的人，正是在这种内心的召唤下，那天她敲开了陆岛的门。在此之前，她可是一直忐忑不安，不知她冒昧的举动会带来什么结果，心里像揣了只小兔似的怦怦直跳，这是一种久违的感觉了，记忆中只在少女时代才有过，仿佛是在一个鸟语花香的草坪上，感受着春天的气息和对一位男生的幻想。当她那天见到陆岛时，心突然就平静了下来，甚至静到了极处，连自己都感到了惊讶，他们仿佛是一对久别重逢的老朋友，只用心就能感受到对方的气息。

现在，她又出现在他的门口，她是那样迫不及待地想再见到他，能和他单独地待上一会儿，哪怕就那么一会儿，这种感觉会让她很踏实，让她的身心都能获得一种解脱，哪怕是短暂的。平时工作节奏太紧张了，总是绷紧高度敏感的神经，不敢有丝毫的懈怠，广告这个行业竞争的激烈程度不亚于一场战争，稍不留神就会面临被吞没的危险，处处都是陷阱和暗礁。

她真是累了。可晚上回到家，面对的却是一张毫无表情的面孔，那是她的丈夫，一个标准的商人，一直从事家电生意，应该说在事业上是成功的，他对她所表现出的还不仅是冷漠，还有麻木，他们彼此都已无话可说了，她有时也试图和他有所交流，他也试图做出认真倾听的表情，可当她说出几句话后，会突然觉得自己是那么的滑稽可笑，因为他根本就不懂她究竟在说什么。

她发现曾有过的感情正在无法挽回地消失，他们彼此已成陌路，所谓的貌合神离。他更关心的是成功，像一台高速运转的机器一般拼命工作，至于其他的事情只是在应付，包括他们的夫妻关系。她有时候觉得自己是不是对他的期待太高了？男人都需要通过工作来证明自己的价值，他们是和女人不一样的生物，而女人似乎永远是情感至上的，她们最需要的是关爱。

她内心充满了一种说不清的惆怅，以及深深地寂寞，她也知道这是她的那位丈夫所无法领会的，只有她自己心里清楚。

时间长了，她也渐渐地麻木了，也用玩命的工作来打发时光。又能怎样呢？不是许许多多的女人也用这种方式来麻痹自己吗？她只不过是其中的一员而已。

她和她的丈夫相识在一张酒桌上，那时大学刚毕业，正在四处奔跑着寻找工作，被朋友拉去参加一个晚宴，因为无聊稀里糊涂地就去了，她丈夫当时在座，而且那顿饭就是他请的。

事后才知道那次仿佛"随意的"饭局其实是安排好的一个"阴谋"，她当时对他没太在意，一眼望去他比自己要大上十几岁的男人，言语不多，形象也不出众，但礼数却十分周全，非常懂得如何照顾女人，她那时是第一次来到这样的五星级宾馆吃饭，这里的豪华设施让她瞠目，让她犯晕。

她的先生那天就坐在她的边上，关怀备至地照顾着她，她还从来没有被男人如此悉心地照顾过，心里涌起了一丝温暖。当时她正面临着毕业分配，前途对她来说是一片渺茫，内心充满了焦虑，当他知道后大包大揽地答应帮她解决，果然不久后就接到他的电话，让她去一家广告公司上班，而且给的薪水还挺高，她都觉得自己像是在做梦，等到她来上班的那一天，前台小姐带她去见老总时，才发现大班台上正襟危坐的人正是那天在饭桌上见过的男人，他像换了个人似的一脸严肃地望着她，她还来不及打声招呼就被他的眼神给挡回去了，好像他们从未见过面似的。

他没说话，只是威严地点了点头，然后向前台小姐摆摆手，示意她可以离开了。前台小姐走了，顺手将大门带了一把。

大门无声地关上了，他露出了微笑，微笑中藏着亲切和关怀，使得刚才的那点小委屈即刻烟消云散了。

就这样，她成了他的秘书，后来又成了他的太太，再后来她成了这家公司的老板。她觉得自己好像没有经过什么恋爱期就直接进入了婚姻，一切仿佛都是顺理成章的。他对她很好，关怀备至，他是个经历过一次婚姻的人，很懂得如何照顾女人，她就是那么一点点地被他感化的，甚至可以说是稀里糊涂地走进了婚姻，好像除此之外已别无选择，这就是命定的归宿。

一旦进入了婚姻，在时间悄然消逝的脚步声中，他们的关系也发生了微妙的变化，交流越来越少了，甚至变得无话可说，他脸上的那种曾令她心动的熟悉的微笑也正在一点点的消失。直到陆岛的出现，唤醒了她仿佛已沉睡多年的激情，这种激情对她而言是如此的陌生，几乎已成遥远的记忆，可毕竟被唤醒了，像是火山底层的熔岩，以巨大的能量在蕴蓄中潜行着，她原以为自己早已远离激情了，生活已把她磨砺得像一台高速运转的机器，现在，他让她再次意识到她还是一个有激情的女人。

她走进了陆岛的小屋，径直地来到沙发边坐下，两人一开始都没说话，就这么僵直地坐着，仿佛在听着音乐。

陆岛站了起来，给袁璐倒了一杯热茶，然后又重新坐下了。

"你今天怎么了？这不太像平时的你！"袁璐终于忍不住开口了。

"你好像是走错了地方。"陆岛装出无所谓，但话中有话地说。

"是吗？谢谢你及时提醒我，可我怎么觉得你的口气不太对呢？"袁璐看着他，故意说。

"没有吧，我觉得我的口气很正常。"陆岛冷漠地说。

"是吗？"袁璐问，"我以为你一向是诚实的，看来我错了。"

"那是因为你来了。"陆岛说。

"因为我来了，所以你才不想诚实？"袁璐问。

陆岛不再说什么了，再次陷入沉默。

"那你还是继续听你的音乐吧，也许我不该打断你的享受。"袁璐说。

陆岛迟疑了一下，目光探询般地看了一眼袁璐，似乎在问你真的不去约会了？但他没开口，音乐声恰好此时进入了一个华彩的乐章，强劲的旋律由远及近，渐入高潮，终于势如破竹般地倾泻而出。两人都沉默了，静心地听着音乐的旋律在他们的耳畔回荡。

一曲终了，音乐声戛然而止，屋子里又陷入一片沉静，静得仿佛都能听见他们彼此的心跳，好像刚才追寻着"老贝"的旋律做了一次沉重的远游，终于累了，又回复到了他们最初的起点。他们就这么静静地坐着，似乎都在等待着什么不可知的东西，甚至连身体都不愿挪动一下，生怕会惊动了什么似的。

终于，他们开始转过脸来，打量着对方，目光中有一份探询，又有一份疑惑，谁都没有回避目光中闪烁的内容。就这么长久地看着，谁也没有率先打破沉默，也不愿打破在沉默中涌动的激情。

"我要你。"陆岛突然说。

袁璐没说话，依然在看着陆岛，只是目光开始迷离。

"我要你！"陆岛又强调了一句。

袁璐伸出了她纤细的手指，轻轻地压在陆岛的唇上，示意他不用再说了。细嫩的手指就这么轻柔地在陆岛的嘴唇上缓慢地滑动着，陆岛的心里暖了一下，心中隐隐作祟的欲念在悄无声息地蹿升，他的身体微微地向前驱动了一下，但他再一次地感到袁璐的手指压住了他，他不解地看着袁璐，袁璐轻笑了一下，含情地向他摆了摆头，然后仰起头，微微地闭上了眼。

陆岛心里一热，和她的嘴唇贴合在了一起。他温柔地吻着，感受着袁璐嘴里的味道，那种甜涩的温暖的味道。他发现自己的欲念正在转化为一种体验，不知不觉中在用自己的心去感受对方，他觉得这种感觉很奇特，和他过去的体验完全两样，过去他仅在感受本能的欲望冲动，而现在，他却在感受着一个女人所给予他的温暖的激情。欲望涌动在心中，形成一股潜流，点点滴滴地漫过他的躯体。让他感到奇怪的是，连激情的流向都在极其自然地追随着袁璐的情感节律。

当陆岛感到自己的身体在燃烧时，袁璐忽然终止了他们的接吻，她挣脱开陆岛越来越激烈的狂吻，又伸出手指，压在陆岛的嘴唇上。

就像是无声的命令，陆岛不得不停止了身体运动，停了下来，站起了身，从冰箱里拿出一瓶矿泉水，一口气喝干，然后拿出一支烟，狠狠地抽了几口。

"你好像平时并不抽烟？"袁璐问。

"那仅仅是'平时'。"陆岛尽量用平静的口吻说。

"难道现在不属于'平时'吗？"袁璐问。

"除非你把它当成'平时'。"陆岛嘲讽地说，他知道自己的语气中带着一股怨气。

"我很高兴，你把我们在一起的时刻当成'特别'。"袁璐说，仿佛并未觉察到陆岛此时的情绪变化。

"我说了我们在一块是'特别的'了吗？"陆岛瞪大了眼睛问。

"你没说，可你的烟说了。"袁璐狡黠地说。

陆岛怔了一下，有点尴尬，为了掩饰，他给袁璐又拿来了一瓶冰可乐，放在她的面前。

"你还记得它？"袁璐拿起可乐，在他面前晃了晃。

"对不起，刚才我忘了。"陆岛说。

"但你还能记得我爱喝的是冰镇过的。"袁璐嬉笑着说。

陆岛苦笑了一下，在她旁边坐下了。

"为什么不能继续呢？为什么？"陆岛的目光直视着袁璐，问。

"你是不是觉得只有继续下去，才会显得'特别'？"袁璐说。

"也许，可能。"陆岛沉吟了一下，坚定地说。

"可能还有一些东西是更重要的。"袁璐说。

"你指的是什么?"陆岛问。

"看来男人和女人是有差别的!"袁璐轻叹了一声。

"我仍然不明白你在说什么。"陆岛说。

"有些东西是不需要说出来的,它原本就应该在那儿,当你试图说出来时,就已经不是那个意思了。"袁璐说。

"我不懂你要说什么,其实生活中有许多事情原本是简单的,可我们自己却把它弄得过于复杂了。"陆岛也不示弱地说。

"可确实有些东西来得快,走得也快,你不觉得吗?"袁璐说。

"你的意思,我们之间应当进行的是'持久战'?"陆岛略带嘲讽地说。

"为什么用这种口气?"袁璐不无怨艾地说,"难道男女之间除了做爱就不可能再有别的了吗?"

陆岛看着袁璐,发现她真的生气了,一脸的委屈,这才觉得刚才的态度可能过分了。

"对不起!"他说。

"哦,不用。"袁璐干涩地笑笑,"干吗这么客气?"

"我并不想看着你生气。"陆岛说。

"你有时真像个长不大的孩子!"袁璐无奈地说。

"你为什么总是这么说我?"陆岛好奇地问。

"任性,固执,让人恨!"袁璐说。

"是吗?我就这么遭你恨?"陆岛说。

"对呀,恨得人牙根直痒痒。"袁璐解恨地说。

"那怎么办,既然这么恨我?"陆岛说。

他们之间的紧张气氛正在一点点地缓解。

"这也可能正是你招人喜欢的地方。"袁璐说。

"你的话可是矛盾的,恨和喜欢可是两个截然不同的概念。"陆岛说。

"你不懂女人,我不跟你说了。"袁璐说。

"既然连话都不想说了,我们在这里还能干点什么呢?"陆岛脸上挂着诡秘的微笑,挑逗地说。

"那就看你了?"袁璐说。

"既然我已经如此地招你恨了,我不如索性让你恨到底。"陆岛说,他的眼神已经明白无误地说明了一切。

袁璐响应着他的眼神,陆岛觉得刚才强行地压在心里的那团未曾熄灭的烈火,又一次被迅速地点燃了。

"我就想在你面前狠狠地当一回'坏人'。"

说完,陆岛便纵身上前在袁璐的脸上吻了起来。他吻得很疯狂。袁璐则响应着他的亲吻,并将舌尖顺势滑进了陆岛的嘴里。陆岛这时已然激情澎湃,锐不可当了,将袁璐掀翻在沙发上,在狂风骤雨般的一阵狂吻后,迫不及待地将袁璐的衣服撕扯了下来,在此过程中,他发现袁璐的手也已解开了他裤子的拉链,深入到了他的下体,他那此时已然挺若尖峰的小东西感到了强烈的刺激。袁璐开始帮他解裤带。他们的呼吸声急促地犹如启动的列车,袁璐的嘴里喃喃低语地轻唤着:

"你这个坏蛋,我真的是恨死你了!"

袁璐的低语,在陆岛的心里掀起一阵狂澜,使他的欲望获得进一步的膨胀和强化,他真的想征服这个女人,因为这个女人给予他的刺激赋予他一种新鲜感。她具有雍容大度的外表,举手投足间都显得冷静和克制,似乎从不轻易泄露情感,总是保持着不卑不亢的高贵气质,这种气质使她和别人保持了一种距离,也为此获得了一份尊严，而他则喜欢看到这样一个女人被征服后的真实面目。

陆岛喜欢看到袁璐那张在欲望的驱使下扭曲变形的脸，他喜欢听到她高亢的呻吟声，甚至喜欢她被置于自己的身体底下时，紧紧地搂住他臀部的感觉，的确和平时的袁璐判若两人，现在的她向他呈现的是最原始也是最为本真的面目，人只有在这时才赤裸裸地展露出她的真实，尤其是貌似高贵的女人，一个严丝合缝地用一套精心打造的面具将自己包装起来的女人，一旦卸下面具，会给予他极其强烈的欲望快感。

陆岛也不知道这种心理是怎么形成的，但他喜欢这份体验。女人和女人之间毕竟是不一样的，有的女人，你从她们的脸上便能感受到她们在床上有可能出现的反应，这种毫无悬念的性体验最终会让男人感到索然无味，因为一切都在你的预料中；而袁璐却是未知的，她平时的那张冷冰冰的脸似乎在远离欲望，或者说欲望和这类女人天然地无缘，因此，当袁璐一旦在性趣上呈现出"放荡"的姿态，总是会给他带来意外的惊喜。

从那天开始，袁璐成了陆岛的正式情人。

八

陆岛和齐雾的邂逅，却是在一家酒吧。

回到北京的那天晚上，陆岛从迷迷瞪瞪的睡眠中醒来，待在床上愣了半天，有一种恍若隔世的感觉，一直不知道自己置身何处？这是漂泊的生活带给他的心理错位，他还没有完全适应北京的生活氛围，每当户外归来，都要经历这样一个过程。心理上的剧烈转换对于陆岛来说不啻为一次痛苦的精神蜕变，他必须重新审视自己，让自己再度调整为一个名副其实的现代都市人，一个不折不扣顺应时尚潮流的人，尽管他是那么的不情愿。

下了床，晃晃悠悠地进了卫生间，拧开了热水开关。细如雨注的温水顺流而下，轻柔地抚摸着他的身体，就像女人的手。他清醒了许多，那种恍惚感也正在渐渐远去。

他决定出门，他觉得回到北京的第一个晚上，应该让自己在心理上有一种彻底的回归感，他要重新融入北京的生活节奏中去。

出门前本想着给袁璐的手机留言，他知道她现在已经休息了，他只是希望袁璐第二天早上醒来时，能及时看到他的信息，可最终还是没有发出。

他来到了三里屯南街的一家小酒吧，那家酒吧坐落在南街的一个树荫遮掩的小路上，不太显眼。

陆岛对这一带比较熟悉。过去常去的是三里屯"酒吧一条街"，而不是这条南街，后来发现自从三里屯的服装摊位撤离后，那里的酒吧已今非昔比，晃悠的都是些莫名其妙的人。"一条街"

显然已追随着服装摊点的消失而风光不再了。

于是他选择了南街,起码这里还保留了酒吧的余韵。他喜欢那种调子和味道,也说不上是种什么味道,一种彷徨和忧郁,以及对日常琐事彻底遗忘后的疯狂?总之它能帮他排遣一些心理上的寂寞和无聊,这恐怕就是酒吧所以存在的意义吧?他自问。

实在孤独了就去酒吧,在昏暗的灯光下,找一个不起眼的角落待着,要上一杯酒,慢慢地喝着,听着音箱里传出的最新潮的摇滚,周围也肯定都是些乱哄哄的人,人声和音乐声混杂在一起,像是末日前的最后狂欢,他每次去酒吧都会有这种感觉。

他找了一个位置坐下了。他习惯选择一个不为人注意的角落坐下,这样感觉上不会有人干扰,自己无形中也就成了一个不为人所注意的旁观者,可以观察这里发生的一切。

酒吧里的客人不算太多,但还算热闹,他要了杯法国红葡萄酒,一个人静静地喝着,四下里看了看,酒吧里坐着不少三三两两的"吧虫",都是成双成群的,没有像他这样单枪匹马的。他记得一位朋友说过,在北欧,一到深夜,酒吧里便坐满了人,都是些如同孤鬼游魂般的男人,他们彼此并不认识,也没有结伴而来的习惯,只是独来独往,忧郁是他们脸上的共同特征,酒吧似乎成了他们排遣精神苦闷的避难所。中国则不同,"泡吧"的大多是结伴而来,以便可以恣意妄为,来到这里不就是为了寻找刺激吗?

酒吧是时尚和潮流的象征,是一个城市现代化的标志,能来"泡"酒吧,意味着你具备了一个资格和身份:拥有相当的收入和生活档次,颇入潮流,而且行进的脚步稳妥地踏在时尚的行列中,酒吧是你们狂欢的场所,在这里可以尽兴地发泄你的情绪,让你能骄傲地意识到在这座城市里你所拥有的位置。

那么自己属于这其中的一员吗？陆岛想。他不知道，他只知道在很多时候需要这里，尤其在他感到寂寞和孤独的时候。尽管这里发生的一切故事和他并不相干，但在这里他能体验到一种合群的满足，让他觉得自己不再是一个人，他是和许许多多的人在一起，酒吧拥有一种群体共享的氛围，这种氛围包裹着他，让他的那颗孤独而又躁动不安的心慢慢地沉淀了下来。

他现在喝的是第三杯酒了，头部开始出现晕乎乎的感觉，正是他所需要的感觉。他又想起了那天晚上与他邂逅的女孩，他发现他现在很想她。那一晚上对他来说几乎可以说是刻骨铭心。

这个神秘的女孩现在在哪儿呢？她还会出现吗？他开始后悔没能留下她的联络方式。

她就这样从他身边消失了，仿佛是从他身边吹过的一阵风，抑或是在潺潺的溪流中飘过的一片落叶，可她毕竟存在过，而且实实在在地在他身边停留过一段时间，尽管那么的短暂，就像一个飘逝的梦。

他不知道齐霁是什么时候出现在他的面前的，他一直沉浸在自己的思绪中，忘却了周围环境的嘈杂，也忘却了周围乱哄哄的人，所有的人和声音都消失了。

他的眼前先是出现了一个夸张的扎啤酒杯，它重重地砸在他的桌面上，他吓了一跳。还没等他愣过神来，一个声音便先声夺人的响起了：

"没人吧？"齐霁指了指他桌边的空位。

他睁大蒙眬的眼睛，见到齐霁，颇感诧异。

"什么？"

"我想坐在这儿,行吗?"

陆岛这才环视了一下周围的状况。小小的酒吧里已然坐满了客人,吆三喝四的大吼声不断地传来,他惊异于刚才居然没有听见,仿佛这些杂乱之声是在这一瞬间从地层底下突然地冒出来似的。

"当然。"他说,并伸手示意了一下,心里却觉得这个陌生的女孩真不该在这时出现,因为她惊扰了他刚才的"走神",而那种感觉起码是他现在所需要的。

"嘿,你不觉得你一人坐在这挺可笑吗?"齐霁快人快语地说。

他一惊,没想到刚一见面,她就会说出这种话来,何况他们并不认识。

"那你认为什么才是不可笑的呢?"

"看看周围的人就知道了。"齐霁说。

"我不觉得他们有什么特别的呀!"他扫视了一眼,说。

"是嘛?"齐霁故意夸张地惊叹了一声,"你居然认为他们和你是一样的吗?"

"当然,都是人,都在泡吧。"陆岛说。

他现在觉得这种聊天还蛮有意思的。

"那你就更可笑了。"齐霁呷了一口啤酒,抿了抿嘴说。

"我还是不明白,你指的可笑是什么?"陆岛问。

"别人都有伴,就你'练单',傻不傻?"齐霁调皮地抬抬眼,咯咯地笑了起来。

"那你呢?"陆岛故意不动声色地问。

"我怎么了?"

"不也一人吗？"

"你想说我也傻吗？"齐霁嘴里含上了一支烟。

"是你自己说的，我可没说。"

"我可不是'练单'的主儿。"齐霁诡秘地说。

"那你的伴呢？"

齐霁不紧不慢地点燃了打火机，将烟头凑近了火苗，深深地吸了一口。

"就在眼前。"齐霁吐出了一口烟圈。

陆岛环视了一下周围，没发现什么人，"哦，那人呢？"

"你不就是吗？"

"我知道你的伴不会是我，但我很高兴此时此刻能成为你的伴，并且因为你的缘故我不再犯傻。"陆岛笑了，调侃地说。

"你还挺谦虚。"齐霁说。

他们就这样开始了愉快的交谈。陆岛通过聊天知道了她的名字：齐霁。

陆岛觉得她的名字挺有诗意，而且和她的长相也很般配。和一个漂亮的女孩谈天说地显然是快乐的，何况她还是那么的健谈，齐霁一说起话来，那张脸就显得格外的生动，仿佛整个五官都跟着她情绪的飞扬在翩翩起舞。

"你是做什么工作的？"陆岛好奇地问。

"你猜。"齐霁那张正在飞扬的脸陡然凝固了。

陆岛发现自己在这一刻显得很笨拙，因为他真的无法猜出她的职业，她给他的感觉是活得轻松潇洒，无忧无虑，似乎酒吧是她经常光临的场所，她应该属于那类无所事事的女孩，生活对于她来说几乎没有显现出任何压力的迹象，可是如果真的是无所事事的人，她如何承受这份消费的负担？傍了大款吗？似乎也不像，你看她快乐得像一只百灵鸟，只有生活富足的人才享有这份惬意，难道她是"富二代"？他真的不明白了。

"我说不好，你……"陆岛欲言又止。

"那就不必琢磨了，"齐霁说，"你是干什么的呢？"

"你倒是不吃亏，这不是一报还一报吗？"陆岛笑说。

"当然，这才叫公平。"齐霁得意地说。

"那好吧，为了公平，你猜。"陆岛狡猾地说。

"你真坏，就会跟人学。"齐霁叫了起来。

"这才叫真正的公平。"陆岛说。

"你的工作跟艺术沾点边，准不准。"齐霁呶着嘴问。

"为什么这么看我？"陆岛问。

"感觉，和你的这副德性。"齐霁说。

"我什么德性了？"这下轮到陆岛瞪大了眼睛，好奇地问。

"说不好，一副懒散的、无所谓的样子，还有你这身行头。"齐霁吃吃地笑着，说。

陆岛望着她，无言以对，他也不清楚自己究竟属于哪一类人，是个搞艺术的吗？这的确是个似是而非的问题，他从骨子里热爱艺术，所以大学考的就是艺术院校，他热爱文学和电影，这也是他的奋斗目标，可那个目标至今仍然是高悬在天空中的一个梦想，可望而不可即，每当自己觉得已经接近它时，它又开始渐行渐远了。

说到"德性"，他的这身打扮的确都是从秀水街"淘"来的，无非是那种粗粗拉拉的打扮，从这个意义上说，猛一打眼像个搞艺术的，但他的心里却在嘲笑自己，如果像艺术家充其量也是一

"伪"艺术家,因为他现在干的活儿几乎和纯正的艺术无关。齐霁的话却在无形中道出一个"真理",如今真是进入了一个讲究"包装"的时代,你只要按照标准模式将自己乔装打扮一番,混迹于大都市的人流中,你就能获得一个"身份"认同:这是根据你的"包装"决定的。他把自己无形中包装成了一位艺术家,这是确定无疑的,而且他本人也确实喜欢这种风格,也正是因为这一点,眼前的这位齐霁有了关于他"身份"的评价——"德性"。

"我只能遗憾地告诉你,你并没有猜对。"陆岛说。

"你还不至说自己是'白领'吧。"齐霁不依不饶地说。

"当然,你好像挺爱较真的。"陆岛说。

"不好吗?"

"没说不好。"

"你不准备请我喝杯酒吗?"

"没问题,想喝点什么?"

"威士忌。"

"哦,这么烈的酒?"

"那不是因为和你在一起吗?"

"和我在一起?什么意思?我们好像刚认识。"陆岛不解地问。

"所以才刺激,只有烈酒才配得上的刺激。"齐霁狡黠地说。

陆岛要了一杯威士忌,齐霁说不行,你要陪我一块喝,陆岛被逼无奈只好给自己也要了一杯。

陆岛发现这酒真是挺"冲"的,一股热力直往脑门里钻,他的本来就有些眩晕的大脑现在"飘"得更厉害了。但这种感觉是舒服的,也很放松。

他发现自己喜欢这种晕眩，有一种腾云驾雾的感觉，他奇怪过去居然没有发现这种酒的魅力。他的眼睛开始有些蒙眬了。从音箱里传出的音乐声变得格外清晰，刚才还显得有些沉郁的情绪正在一点点地消散，心境也开始变得明朗和快乐，齐霁一直在他的耳边不停地唠叨着，从她的嗓子眼里蹦出的声音和音乐声好像形成了一个奇妙的组合，他知道这是酒精的作用，让他产生了幻觉和幻听，但他的大脑依然清晰无比。

透过飘散在空气中的烟雾，他发现齐霁一如她的名字一样可爱和美丽，他问了她现在的状况，在哪儿工作？结果换来的是一阵大笑。

"我还没工作呢，"齐霁眉飞色舞地说，"你觉得我有这么大吗？"

"什么意思？"陆岛问齐霁，他没听懂齐霁的意思，难道她年纪还不够大所以才没工作吗？

"我还在上学呢，"齐霁说，"我是不是不像个大学生？"齐霁好奇地问。

他这才发现自己把整个事都搞错了，他刚才根本就没把她往大学生上想，一个在酒吧混的女孩，属于已经开始"捞世界"的女孩，怎么可能会是大学生呢？何况这并不是周末。但他还是相信了，在他看来，她的确像个大学生。那是一种气质，一种只有在大学院校里才能具备的气质，让他想起了自己在大学时的一些女同学，那好像是很久以前的事了。

"那你到酒吧来干吗？等人吗？"陆岛好奇地说。

"等人？当然。"齐霁爽快地说。

"人呢？"陆岛又问。

"不是在那儿吗？"齐霁说着，脸上又挂上了诡秘的表情。

"哪儿呢？"陆岛依然不明就里，四下看了看，傻乎乎地问。

"你是真不知道，还是假不知道？"齐霁嗔怪道。

"不是呀，你不是等人吗？"陆岛认真地说。

"对呀！"

"我是说，那个人呢？"

"笨，我不都跟你说过了吗？"

"你没跟我说过你等的是谁呀！"

"就你呀,还能是谁！"齐霁不悦地说,然后神经质似的笑了。

陆岛仰倒在椅背上，大瞪着双眼，待了半天，尴尬地笑笑。

"你真会开玩笑，别拿我开涮好吗！"陆岛说。

"你认为我'涮'你吗？错，今天我等的就是你，信不信由你。"齐霁高傲地说。

"你等等，你倒是真把我搞糊涂了，第一，咱俩好像是第一次见面，第二，你怎么知道我就会来这家酒吧呢，也许我会去另一家，既然这里的酒吧这么多，我完全是随意的选择，如果在那里可能就不会遇见你了，我说得对吧？"陆岛口若悬河地说。

齐霁不屑地微笑着，不紧不慢地又呷了几口酒，陶醉地咂了咂嘴。

"你太认真了，换了别人我这么说，上竿子往上贴，你却要躲，真没劲！"

"不是我在躲，这是事实。"陆岛说。

"可是对于我来说，只要遇上一位让我顺眼的人，就是我要等的人。"齐霁突然说。

"我不明白，你的意思是在说……"

"我可能等的是任何一个人，但这个人必须让我看着顺眼，明白了吗？"

陆岛笑了，他觉得这位齐霁越来越有意思了。

"我明白了，你在选择男朋友。"陆岛自以为是地说。

"你真是不可救药，你是我见过的最笨的一个人！"齐霁脸上流露出了不耐烦。

"不是选择男朋友？那是什么？你真把我给弄糊涂了！"陆岛一脸的困惑。

"你觉得女生只有在选择男朋友时才会这样吗？"

"当然，这是肯定的。"陆岛自信地回答，甚至觉得齐霁在和他玩语言游戏。

"也许你是对的……"齐霁微笑地说。

"啊哈，我说什么来着。"陆岛高兴地说。

"只不过不是你理解的那种意义上的男朋友。"

陆岛的笑声戛然而止，盯着齐霁愣了半天：

"那是什么意义上的男朋友呢？"他好奇地问。

"比如说只是那么一会儿，或者一晚上的那种……"齐霁眨巴着眼睛神秘地说。

陆岛认真听着，一开始还在思索着她话中的含义，仅仅是那么一会儿，仿佛忽然之间明白什么似的，他大瞪着双眼不可思议地看定齐霁。

"你好像没必要这么大惊小怪吧，就像你还是个处男似的。"齐霁不屑地看了他一眼，咂吧了一下嘴，说。

"这么说你是……"陆岛的嘴巴张得大大的，后面的那两个字他实在说不出口，因为难以置信。

"你们男人都一副德性，骨子里恨不得所有漂亮的女孩都能跟他上床，表面上还要装出一副道貌岸然的样子。"齐霁鄙夷地说。

"这么说，你还真是……"

"是不是无所谓，我只是在寻找我快乐的生活方式，有什么好大惊小怪的呢？"齐霁无所谓地说。

"可你不是还在上大学吗？"陆岛困惑地问。

"那是我的身份之一。"齐霁说。

"身份之二就是你现在做的……"陆岛嗫嚅着，不知该如何说。

"'泡吧'为乐。"齐霁爽快地回答，"你好像很忌讳，是吗？"齐霁微微一笑，大方地说。

"你好像是无所谓的。"陆岛诚实地说。

"那你想象中的我应该是什么样的？害羞？有犯罪感？或者是一副淫荡的表情？"

齐霁的直率，让陆岛怔了一下，想了一会儿，诚实地点了点头。

"起码不是这样的。"陆岛实话实说。

"那我应该什么样的？"齐霁又追问了一句。

"就像我现在不知道你的……唔，对，你所谓的'爱好'之前，所感受到的你：一个快乐的人，而且一看还像个学生。"陆岛嗫嚅着。

"你的意思是，我这种人应该是不会快乐的，当然身份更不应该是学生，是这样吗？"齐霁小嘴一撇，问。

"不是这个意思……唔，也可以这么说，怎么说呢？"

"直说。"

"我是说，有很多事情可以做。"

"除了这个,是吗?"

"是这个意思。"

陆岛终于松了一口气,他生怕他的表达会在齐霁的心中产生歧义,以致让她误解。齐霁现在的"身份"的的确确让他大大地惊疑了一下,因为这是难以想象的,他所面对的这个人无论如何也无法和那种"爱好"联系在一起,匪夷所思,简直是匪夷所思!陆岛想。这怎么可能呢?他的好奇心被迅速点燃了。在他的想象中,从事这种"爱好"的人,一般来说都是出于生活所迫,并非是自愿,但从齐霁的表现来看,似乎她并不觉得这份"爱好"和其他职业相比有什么两样,倒是他的过度反应显得大惊小怪了。

"我和你想象中的那种人是有区别的。"齐霁说。

"区别?什么样的区别?"陆岛的身体向前探了一下,好奇地问。

"她们是来者不拒,我是宁缺毋滥。"

"我还是不明白?"陆岛一脸糊涂。

"我是有选择的。"

"能说得具体点吗?"

"比如你。"

"我?我怎么了?"陆岛还是没明白。

"我选择了你呀!"齐霁乐着说。

齐霁告诉陆岛,她对"一夜风流"的选择是要让自己"一见钟情",如果没有合适的,她宁愿让这一天"空"过去。

"做爱是一件快乐的事,很难想象和一个看着不顺眼的人待在一块儿能快乐。"

"你的意思是,我是个能让你感到快乐的人喽?"陆岛调侃地问。

"起码目前是这样,否则我也不会选择了你。"齐霁说。

"是什么让你会产生这种感觉?"

"直觉。"

"又是直觉,女人的直觉真可怕!"陆岛说。

"是不是还有什么女孩和你有过'直觉'?"齐霁敏感地问。

陆岛回避了齐霁提出的这个问题,他不是不想回答,而是觉得没有必要回答。他现在感兴趣的是眼前的这个女孩,脸上稚气未脱,却有惊人的和男人打交道的经验,他心里承认和她的聊天是件愉快的事情,她的机智和聪明让他深感惊讶,可他就是无法把她这个人和她目前要从事的那个"爱好"联系在一起。她是基于什么目的要这么做呢?

"欲望,我们生理上的正常需求,而且,我是一个享乐主义者,"齐霁不假思索地回答,"还能有什么,这没有什么不好吧?"

当陆岛终于支支吾吾地向她询问时,齐霁飞快地答了他的提问。

"这很正常,我有这种生理需要,我就会去找同样有这种需要但能让我满意的男人,这有什么大惊小怪的呢?"齐霁说。

"然后呢?"

"然后什么?"

"然后没有交易吗?"

"为什么没有,这很公平。"

"我看不出你所说的这种公平。"陆岛说。

"我让一个男人满意了,他就要根据这种满意程度付出报酬,这不是很公平吗?"

"可是你所说的这种满意程度是你们彼此共享的,因为这也是你的选择,为什么只有'他'要付出报酬。"

"因为刺激!"齐霁突然亢奋地说。

陆岛惊了一下。他没想到齐霁会这样回答他,而且如此坦率。

"你能解释一下你所说的这个所谓的'刺激'吗?"陆岛停顿了一会儿,问。

齐霁笑了笑,目光闪烁地看着陆岛。

"你很好奇,对吗?我相信没有哪个女孩会这么坦率地说自己,我也从来没和别人这么交流过,我也不知道为什么要信任你,和你说了这么多,真奇怪!"

"因为它,"陆岛笑笑,指了指她手中的酒,"是它在起作用。"

齐霁感叹了一声,然后又抿了一口酒,似乎在沉思。

"我不知道别的女孩是怎么想的,起码我会在这种交易中感受到强烈的刺激,它能帮助我在心理上迅速抵达快乐的极限。"

"你的意思是不是可以这样理解,假如没有'交易'的话,你会缺乏快感,我能这么理解吗?"陆岛问。

"也可以这么说吧,那样的'交流'让我觉得缺少游戏感,我喜欢'游戏'。"齐霁说。

"你是个奇怪的女孩!"陆岛感慨地说。

"同时也很坦率?"齐霁说。

陆岛点了点头。

"该轮到我们了,你需要这种'交易'吗?哦,不,还是换一个词,你需要这种'游戏'吗?"齐霁俏皮地问。

陆岛没想到齐霁会这么快地直奔主题,他有些尴尬地怔了会儿。是的,我需要这种'游戏'吗?陆岛扪心自问。齐霁是他所遇见过的最奇异的一个女孩,和她聊天真是一种亨受,一种快乐,也让他长了不少见识,可现在的问题是,当你和她经过这样的"坦率"之后,还需要这种'游戏'吗?他给予了自己一个否定性的回答。

人真是一种奇怪的动物,他想。其实他对齐霁并非没有兴趣,也就是说齐霁具备激发他欲望的所有条件,可是当这种事情一旦转变为一种赤裸裸的交易之后,他的"性趣"却瞬间荡然无存,其实他也不是吝啬口袋里的那点钱,只是这种方式让他感到不舒服。可他奇怪的是自己恍然间似乎处在一种尴尬的状态中,因为他们之间已进入到了一个友好的气氛里,接下来将要展开的"游戏"则是"友好"的一个必要环节和延伸,如果他拒绝了"游戏"就意味着拒绝了"友好",这真是一个怪圈,他现在所能想的是如何能尽快地摆脱这个怪圈,他觉得如果他们之间不发生那个已然高悬在他头上的"交易",就这样没完没了的和齐霁聊着该有多好。

"为什么非要有那个……哦,游戏呢?"陆岛斟酌着词句,说。

"因为我喜欢你呀。"齐霁坦然地说。

"恐怕我很难进入你所需要的那种状态。"陆岛老老实实地回答。

"那你还算是个男人吗?"齐霁嘲笑地说。

"这是你对男人的定义吗?我说的是如果我现在不需要这个'游戏'。"陆岛问道。

"你说的是现在不需要,是不是可以理解为你以后还是需要的呢?"齐霁狡黠地反问。

陆岛只好和她实话实说了。他承认齐霁是一个可爱的女孩,甚至是容易让男人为之倾倒的女孩，但问题是当他在事先不清楚她的意图之时，与她进行了这么长时间的愉快交流，已然是朋友间的感觉了，如果马上又转移到另一种交往方式上，他会觉得别扭和不舒服。而且他也确确实实无法想象她会在空余时间从事这项"爱好"，他无论如何也无法从对方身上看出一点点痕迹。

"这就是你们男人的愚蠢，"齐霁不屑地说，"先假定有这种生活经历的女孩应该是个什么样的，然后再自作聪明地用一个模子去套她们。"

陆岛心里承认，齐霁说的是对的。

"你太尖刻了，"陆岛说，"但我奇怪的是你对问题的看法，不太像你这个年龄的女孩。"

"是吗？也许是我忘了告诉你，我在大学学的是社会学。"

"难怪！"陆岛感叹了一声。

"我对研究男人感兴趣。"齐霁又说。

"兴趣可以有多种方式，比如……"

"我知道你的意思，可你事先假定了我的这种方式是有问题的，对吗？"齐霁打断陆岛的话，问。

陆岛沉默了，他想知道齐霁接下来要说什么。

"这是偏见，"齐霁不容置辩地说，"和你们男人用什么方式打交道是我个人的选择，和别人无关，我不明白我的这种方式为什么在人们眼中就是低级和可鄙的呢？"

"因为社会的发展已在人们的心目中形成了一套相对固定的道德模式，它在制约着人们的言与行，同时也对他人言行的是与非做出判断，"陆岛说，"哦，也许我的话是多余的，因为你是学社会学的，应该比我懂。"

齐霁不屑地耸耸肩。

"这是常识。常识,你明白吗?几乎所有大学教科书上都这么说,我认为它是教人如何虚伪地认识自己。"齐霁不以为然说。

"可是大家都生活在这套模式里,这是约定俗成的,遵守它就意味着你会被社会所认同,否则……"陆岛说。

"就是垃圾,必将被社会所唾弃,你是想这么说吗?"没等陆岛说完,齐霁就接过他的话茬说。

"我可没这么说。"陆岛说。

"可你必须承认你的话里暗含了这个意思。"齐霁说。

"哦?"

陆岛认真地想了想。

"你说得太夸张了。"陆岛回避地说。

"我喜欢坦率,没必要遮遮掩掩,你认为人有必要压抑自己吗?"齐霁笑笑,追问道。

"那你觉得这样做了,对你而言是必要的吗?"陆岛也反问。

"当然,它让我快乐,这是我必须强调的,"齐霁不假思索地回答,"我家里生活条件不好,过去我一直在压抑的环境中长大,从不知道什么叫作享受,所以我要考验一下自己的心理极限。"

"那我只能说,你是一个很特别的人。"陆岛不置可否地感叹道。

"也是一个让你感到不可思议的人?"

陆岛笑笑,没有马上回答。他只是觉得今天这个世界变得越来越奇怪了,而且也让他无所适从,一个目前仍在大学上学的女孩都开始在社会上这么混了,而且学的还是社会学,的确让他百思不解。重要的还在于她对自己这么做似乎毫无羞耻感,从容得如同是在从事一项社会调查。一个女孩一旦有了这份从容，确实会让他这样的男人心惊肉跳。感觉是自己在她面前做错了什么事。这是一种很奇怪的感觉。陆岛也说不清面对这样一个女孩自己为什么会犯怯，他并不属于那类道貌岸然的所谓正人君子，相反，他一向认为自己的思想开放得可以，没有什么事能让他大惊小怪的，但他现在可以说是大大地吃了一惊。

传来蛐蛐叫唤的声音，是齐霁的手机铃声响了。

"对不起。"齐霁说，然后拿起了手机接听，陆岛注意到齐霁的眉心微蹙了一下，显得有些不耐烦。

"不行，我现在没空。"齐霁说，对方可能仍在絮絮叨叨地说着什么，齐霁脸色越来越烦躁，转过脸来对陆岛扮了一个鬼脸，那意思似乎是在暗示说电话里的这个人真是不识相。末了，齐霁可能真的是忍受不了了，大声地嚷嚷了一句，"你他妈的是臭狗屎，你有什么资格要求我做什么！"

说完，齐霁愤愤地将电话关了。

"你的火气还挺大！"陆岛打趣地说。

"因为这人太无聊了！"齐霁依然气鼓鼓地说。

"世界如此之大，什么人没有呢，问题就在于你是否需要和这种人认真？"陆岛说。

"如果我说今晚我跟你走，你会认真吗？"齐霁突然说。

陆岛愣了，迟疑地看着齐霁。其实他已经料想到齐霁迟早会提出这样的问题，只是觉得并没有做好心理准备，原因出在他的脑子里，无法将齐霁转换为从事这个"爱好"的女孩。他也说不清楚，只是觉得和齐霁聊天挺好，他真的不想和齐霁发生点什么"游戏"，如果他们之间有了那种"交易"，会让他感觉很错乱。

"我现在可能还无法做到。"陆岛说。

显然,陆岛的回答是齐霁没有想到的,她奇怪地看着陆岛,觉得这人有点不可思议。

"你是在拒绝吗?好像很少有人会像你一样。"齐霁不满地说。

"也许,"陆岛说,"并不一定人人都是一样的。"

"你真狡猾,"齐霁说,"你在故意地回避我。"

陆岛不置可否地笑笑。站起了身,抱歉地向齐霁点点头,说:"我该走了,认识你很高兴,但愿还有机会遇见你。"他向服务员招了招手:"结账。"

"你就这么走了吗?"齐霁歪着脖子,问。

"是啊,太晚了,我也该走了。"他抱歉地说。

"如果我说,我想和你一块走呢?"齐霁坚决地说。

陆岛又愣了一下,明白了她的意思,微笑地摇摇头。

"今天不行,"他说,"我们改日吧。"

"改日是什么时候?"齐霁追问了一句。

"如果我们还能在某个时刻和地点再次遇见,就说明咱俩有缘分。"陆岛狡猾地说。但他心里明白,这种相遇只是一个托词,北京如此之大,在茫茫的人海中,这种所谓相遇的可能性是不存在的,他自己知道今天晚上他并非不需要一个女人,严格地说是他不需要这样一个女人。

"我可不相信什么缘分,这是自欺欺人,我只相信事实。"齐霁说。

"那你的意思是……"

"你可以留下你电话,你不至于吝啬到连电话号码都不留吧？"齐霁盯着他，说。

这种要求让陆岛很为难，尽管他承认和这个叫齐霁的女孩聊天让他度过了一个愉快的夜晚，甚至觉得从心理上他重新回归了这座城市，可是她所暗示出的身份又让他觉得他们之间的关系只能到此为止，他并不想再发生什么故事，就这样维系一个美好的印象挺好，何必再深入一步呢！他不想让齐霁对他有更多的了解，他知道自己在某些问题上是有原则的，可是齐霁的要求又让他实在无法拒绝，也不知为什么，他真的不想让她失望，尽管以后他们之间再不可能有相遇的机缘。他也不想让她在此时此刻失望。

这时脑海里突然冒出了杜马。这会是一个有趣的游戏，她不是喜欢"游戏"吗？那就让杜马来接招吧。他能想象，当杜马接到一个找陆岛的电话时，脸上的表情一定会呈现出一个大大的问号，接下来发展出的故事一定会挺有趣，他知道杜马是喜欢在生活中寻找刺激的人，自从女朋友离开他之后，就像是换了一个人，这种意外的邂逅当然会让他快乐。

这样挺好，他想。他又何尝不知道齐霁有可能通过杜马找到他，可是他感兴趣的是在此过程中，齐霁和杜马之间有可能发生什么故事？他对将要发生的事情充满好奇。

他将杜马的电话告诉了齐霁。

"这是我的电话。"他微笑着说。

九

北京，这座颇具规模的现代化大都市，似乎只在这时，方显露出它独有的安详和宁静，停止了它一天的咆哮和沸腾，宛如听话的婴儿般静静入睡了。

杜马他们从酒吧出来时已是凌晨三点多了，时间过得太快了。随着酒吧厚重的金属门拉开又推上的一瞬间，酒吧里喧嚣的嘈杂声迅速地隐没在了夜色中，仿佛是地心的引力将它悄无声息地吸纳了一般，只有满天的繁星眨巴着天真的大眼睛，一如圣灵般俯视着沉睡中的城市。

微风徐徐，一辆只有在夜晚才会悄然出动的洒水车，缓慢地滑过城市的街道，两侧宛如蝴蝶的羽翼倾泻而出的水柱静静地抚慰着干燥的柏油路面，在路灯的映衬下微微地闪烁着水晶般的碎影。

"我们送你吧，"杜马向停在一旁的出租车招了招手，转身问齐霁，"你住哪儿？"

齐霁没说话，站在马路沿上，似乎在犹豫。

杜马拉开了后车门，向齐霁示意上车。齐霁迟疑地走了过来，杨洋则识趣地先钻进了副驾驶座，他和杜马一向都会有无言的默契，他知道杜马想和齐霁坐在后座上。

出租车开始启动，司机打开了计价表，传来"哒哒哒"的打字声，随口问了声："去哪儿？"

杜马偏头询问般地望着齐霁。

"我跟你们走吧。"齐霁显得有些疲惫地说。

这是齐霁的回答。杜马和杨洋都吃了一惊,他们不约而同地怔了一下。

出租车在团结湖小区一个寂静的角落里停住,杜马带着齐霁下了车,杨洋则和出租车一道消失在了夜色中。这也是他们默契的一部分。

"这是你住的地方吗?"齐霁问。

杜马点了点头:"我以为,东边这一带是北京最有趣的地方了。"

"为什么你这么看呢?"

"闹中取静,距繁华一箭之遥,可又能不动声色地守住这其中的一份宁静,"杜马说,"我喜欢这种感觉。"

"你好像挺在意居住环境的?"

"还有人会不在意吗,比如说你,难道你不在意?"

"我只是这么说说而已,我当然喜欢环境好的地方啦。"齐霁说。

"哦,这么说你是没话找话呀?"杜马逗了她一句,"当然,如果再有位佳人陪着,那岂不是会有神仙般的感觉。"杜马装作漫不经心,试探地说。

"那也要看佳人愿意不愿意陪了。"齐霁不动声色地回了一句。

"那你说呢?"杜马突然问,目光狡黠。

"跟着感觉走呗。"齐霁甩了甩头,无所谓地说。

"现在感觉怎么样?"

齐霁跟着杜马在房间坐定后,杜马悠悠地问了一句。

杜马住的是一栋旧式的六层小板楼,从外表看,它已显得年久失修破败不堪了,楼道黑黢黢的,连路灯都没有,齐霁刚进楼道时,眼睛一时还适应不了倏忽而至的黑暗,站在暗处没敢动弹,她正想开口责怪杜马将她领到这样一个伸手不见五指的地方时,感觉到杜马已适时地上前拉住了她的手,接着一个声音轻轻地响起:"我带你走,这就是国人的德性,公共设施你就别指望它能呈现一片光明。"

她跟着杜马手的牵引,一步步地向楼道深处走去。

"你平时回来晚了,不怕吗?"齐霁问。

"习惯了。"杜马说。

杜马不断地告诉她脚下有多少层阶梯,哪里的楼道拐弯处堆着杂物,他小心翼翼地拉着齐霁一步步地走向了五层。

终于停住了。杜马松开了她的手,她听见杜马从口袋里掏钥匙的声音,接着是开门声,现在她的眼睛能适应一点这里的光线了,她能看见杜马的侧影,她突然觉得眼前这个人挺会照顾女孩的,心里涌起一丝温暖。

门开了,杜马先闪了进去,屋内的灯蓦地亮了,杜马将齐霁引进门:

"请进。"杜马笑眯眯地说。

这是二间一套的单元房,穿过小小的过道左拐就能进入卧室,靠墙处置放着杜马的一张小型双人床,床的左侧上方便是通风的窗户,现在它被一块黑色的厚厚的窗帘遮盖着。床上铺着一条深灰的床单和浅色的毛巾被,和床对齐的一面墙边,则摆放着一个深蓝色的帆布三人沙发,沙发前,是一张晚清造型小矮桌,权作茶几了,用它来代替茶几倒显出了主人的别具匠心。墙面刷成淡淡的黄色,在灯光下发出暖色的光晕。

齐霁先在房间里环视了一圈，她发现墙上挂满了照片，有杜马本人的单人照，也有他和别人的合照，当然也少不了和一些漂亮女孩的合影，照片中的杜马总是一副表情：故作高深的一脸严峻。

"你挺自恋的。"齐霁一边巡睃着一边说。

"就因为这些照片吗？"杜马不高兴地问。

"我一向认为，只有那些自认为自个儿特酷的男人，才会把自己的照片挂得满墙都是，以此来向别人炫耀，你不这么认为吗？"齐霁笑眯眯地说着，然后转过头来面对着杜马说。

"你是不是太尖刻了？"杜马没好气地说。

"后悔了吗？"齐霁满不在乎地瞥了杜马一眼。

"后悔？后悔什么？"杜马没明白齐霁话中的意思。

"当然是让我到你家来。"

杜马语塞了。

"并不是每个女孩没来由地跟着一个男人回家都是为了欢度今宵，对吗？"

齐霁仍然脸上挂着笑问。

"那我就不明白了，你跟着我回来，是为了什么？"杜马不解地问。

"上床是吧？这是你得出的必然结论？"齐霁的口气开始咄咄逼人。

"我没这么说，但起码行为本身已经包含了你说的这个内容。"

"也许还有别的内容呢？"齐霁说。

"比如？"杜马问。

"比如这个女孩这个晚上不想一个人待着了,想有个人陪着她,就这么简单。"

"可是这个简单的行为容易被男人误解。"

"这就是男人的可笑之处,永远自以为是地认为他的那点可怜的魅力足以让一个女孩愿意和他上床,"齐霁随即点燃了一支烟,舒服地吸了一口,得意地望着似乎已无招架之力的杜马,"是吗?"

"我可没有这么说。"杜马心虚地说。

"可你却是这么想的。"齐霁不无痛快地说。

"你好像对男人有很多偏见。"

"那是因为男人自找的,他们总认为自己是救世主,似乎上床也是他们在赐恩予女人,你说是不是愚蠢?"齐霁轻蔑地笑笑说。

"岂止是偏见,简直就是仇恨,能告诉我为什么吗,好像你对男人有深仇大恨?"杜马说。

"因为我太了解男人的德性了。"齐霁说。

"怎么可能?就你这个年龄!"杜马惊讶地说。

齐霁突然大笑起来。

"我这个年龄怎么了?难道你认为我还是一个处女吗?"

"我不是这个意思,"杜马狼狈地说,"我是说你的年龄毕竟有限,不可能那么了解男人。"

"大多数女孩之所以容易上你们这种男人的当,就是因为垃圾歌曲和电视剧看多了,以为他们都像白马王子似的浪漫而又纯情,"齐霁说,"其实呢,你只有知道了男人裤裆里的那个玩意儿在琢磨着什么时,你就明白了男人是个什么东西了。"

杜马这下可算是惊到了。他目瞪口呆地望着齐霁，仿佛不认识了她一般。齐霁的话尽管尖酸刻薄，但的确直指男人心理的最隐秘处。他现在才明白，他很不幸地遇见一位不好应付的对手了。他原本以为今晚的事儿将会是轻松而又自然的。一切都顺理成章呀，一个女孩子主动地与你回家，这个暗示再明确不过了，大家心里都"明戏"，只等着那一时刻的发生。这将是一个多么愉快的夜晚，起码当时的杜马是这么想的。谁知道会奇峰突起，齐霁上来就将那点儿隐秘的欲念给一语道破了。这种事情奇妙就奇妙在它的不可言传上，双方都在言不及义时，用身体和眼睛明确了各自想要的意图，于是当它姗姗而来时，欲死欲仙的感觉才能飘然而至。这是杜马心目中理想的性爱模式，可现在他发现所有的那点向往和味道都被改变了，当齐霁将"事情"一一点破时，他觉得内心最初曾有过的隐隐的兴奋顿时烟消云散了，一种疲惫感蓦然地笼罩了心头。他觉得有点恼火，当一个人把什么都看穿的话，生活对于她来说还有什么实际的意义呢？仿佛你已经洞悉了一切，那么平时若隐若现的悬浮在生活的表象之上的那种神秘，以及欲念的涌动就会变得索然无味，可是这种感受又恰恰是生活中最最值得回味的一部分。

"那你为何还在寻找陆岛？"

这也是让杜马目前百思不解的一个问题，直觉告诉他，齐霁和陆岛的关系并没有发展得太深，否则陆岛也不可能把他的电话留给齐霁，从这点上看，陆岛显然想摆脱齐霁的纠缠，可是既然要摆脱为何又将他的电话告诉齐霁？他应该完全知道只要找到杜马，再找陆岛不是轻而易举的事吗？他一直没弄懂陆岛此举的目的，陆岛的许多做法在他看来总有点怪兮兮的，也正因为此，他总是用疑惑的目光关注着陆岛的行为,就像突然冒出的这个自称叫齐霁的女孩,又把他再次搞糊涂了,陆岛究竟想要干什么?杜马的内心里充满了好奇和不解。

"他好像和别人不一样。"齐霁说。

"不一样?从哪点上看他不一样呢?"杜马认为在这一点上,他和齐霁所见略同,所以他急忙追问道。

"我也说不清楚,我觉得我对这个人很好奇。"齐霁诚实地说。

"噢!"杜马感叹了一声,"你和陆岛之间一定发生了什么故事吧?"杜马故意问。

"你好像特关心我们俩之间的'故事'?"齐霁说。

"当然,生活太乏味了,总该有什么故事发生才好玩呀。"杜马说。

齐霁怀疑地看着他,皱了皱眉,不屑地说:

"我怎么觉得你这人挺没出息的呀。"

"我怎么了?"杜马让齐霁这番话给激灵了一下。

"我好奇,你干吗屁颠屁颠地也跟着我好奇,你没有点自己的看法吗?"齐霁说。

"不瞒你说,陆岛虽然是我的朋友,但这个人我确实也一直没弄明白,这人挺怪的。"杜马说。

"那你能告诉我他怎么个怪法吗?"齐霁忽然来了兴致。

杜马心里难免有些失落,一个女孩子当着他的面,公然表达了对另一个男人的兴趣,这让他觉得很没面子,他的神色变得有些沮丧了。

"这么说吧,他是一个喜欢特立独行的人,比如,我到现在为止仍没闹明白,他为何要将我的电话留给你?你不觉得很怪吗？"

"只有一个解释。"齐霁说。

"什么解释？"杜马感兴趣地伸长了脖子。

"他可能觉得你更适合和我'玩游戏'。"齐霁说。

"这就邪门了，他凭什么就作此判断呢？不瞒你说，我倒希望事情的结果会是这样的，我们之间能发展出一个好玩的游戏。"杜马曲里拐弯地来了一句。

"所以你觉得我跟你回到这里，一定会有什么'节目'？"

杜马哑然了，他确实是这么想的，但却又是他所不情愿被齐霁说穿的。

"你可以不回答，但你们这些男人心里想些什么，我看一眼就知道。"齐霁鄙夷地说。

"那你说说陆岛心里在想些什么？"杜马不服气地追问道。

"所以我对他有兴趣，因为我不清楚。"齐霁干脆地说。

杜马终于明白了，在这个漂亮的女孩面前自己所有接近她的企图都会显得十分的拙劣，原因很简单，因为她根本就是在拒绝他所精心营造出的氛围，她的思维一直漫游在另一片天空。他觉得再这么聊下去结果也是一样。他困了，沉重的睡意正一阵阵地向他袭来，他觉得今天过得有些窝囊。

"太晚了，"他对齐霁说，"我们是不是该睡了？"

齐霁说："你先睡吧，我是夜猫子。"

杜马瞅着她，觉得挺无奈。这个女孩显然属于我行我素之人，你也只能由着她的性子去了。

杜马说："那好吧，你也许需要先洗个澡，清爽一下自己。"

"行，"齐霁说，"看来你真挺会体贴人的。"杜马不好意思地笑笑,"谢谢你的抬举。"

齐霁进了浴室,杜马能听到里面传出的"哗啦啦"的流水声,这种声音很容易给他带来极具情色意味的幻想,正在他美滋滋地浮想联翩时,浴室的门忽然被轻轻推开了一条小缝,杜马的心也跟着门缝的微张,忽悠一下狂跳了起来。目光炯炯地紧盯着浴室的门。这时只见从门缝里探出一个水淋淋的小脑袋,嬉皮笑脸地问了一句:

"你没女朋友吗?还是正赶上女朋友不在家,想插空浪漫一把?"

杜马刚刚被点燃起的热情,又被齐霁的调侃给弄得十分狼狈。

"这是猴年马月的事了,早没了,现在隶属单身一族。"杜马没好气地说。

那个小脑袋又及时地缩回去了,接踵而至地是水流冲击身体的声音。可怜的杜马,这时的大脑也像是突然间被清空了一般,木然地发愣。

齐霁终于洗完了,晃着湿漉漉的头发,脸上还挂着些许晶亮的水珠。

她在杜马的对面坐下了。

"那多没劲,起码得有个人帮你解决一下问题吧。"齐霁笑眯眯地说。

"你指的是什么问题?"杜马确实没反应过来。

"当然是性,男人没性生活不是明摆着要疯了吗。"齐霁用毛巾擦着脸,怪笑着说。

"你的意思是不是在说你想帮我解决?"杜马心脏又开始剧烈地跳动起来,不失时机地跟上一句。

"你别误会,"齐霁赶紧解释,"我没有这个意思,我是想问你平时是怎么解决的?我喜欢研究男人。"

"能怎样?'荒'着呗,所谓久旱无雨,偶尔遇到点甘霖肯定是如饥似渴。"杜马不无苦涩地自我解嘲了一句。

齐霁前仰后合地哈哈大笑,不仅仅是因为杜马这句话挺逗,最有趣的倒是为配合说这句话时杜马所赋予它的那副生动的表情。

杜马没再说话,直不愣登地看着齐霁,眼神里有一丝迷惘和渴望。

齐霁拿手在他的眼前晃了晃,杜马还在看着她。

"你怎么了,像个傻子似的?"齐霁笑问。

杜马收回了目光,喃喃低语地感叹了一声:"你真漂亮!"

"我们现在是朋友了,对吗?所以我们之间不可能再发生什么了。"齐霁说。

杜马像泄了气的皮球,立刻蔫了,微怔了会儿,站起了身。

"行了,你澡也洗了,该睡了,一会儿你睡我里屋的床上吧。"杜马说。

"那你呢?"齐霁问。

"我可以在书房里应付一晚上。"杜马说。

"不合适吧,"齐霁说,"你也别客气,我可以到书房去待一晚上。"

"别争了,"杜马挥挥手,"明天我会带你去找陆岛,就这么着了。"

杜马转身进了里屋,将床上的被单和枕罩全换成了干净的。

齐霁的心里掠过一丝感动。她这时才发现,看起来玩世不恭的杜马其实是个心思挺细腻的人,她觉得现在有点喜欢这个看似大大咧咧的人了。

"你这就上床睡觉吧,直接进入你的梦乡,晚安!"

杜马收拾完后,对齐霁说。

"你这么客气我都不好意思了,"齐霁说,"我原来就是准备凑合一晚上的。"

"既然来了,就是我的客人,我哪能怠慢呢,何况我还挺迷你的!"杜马似真非真的又来了一句。

"也许你还有机会,但要看我的心情了。"齐霁也似是而非地说。

"心情?"杜马一激灵,"你的意思是说我现在让你的心情还不够愉快?"杜马眼睛瞪大了,急问。"你真性急!"齐霁笑着嗔怪道,"其实我也知道你想要什么,可你有一天真知道我是什么人了,你也许会后悔的。"齐霁又说。

"不管你是什么人,我都会喜欢你的。"杜马涎着脸说。

齐霁无可奈何地摇了摇头,她挺欣赏杜马的这种固执,这又是一个她过去未曾遭遇过的一类人,他让她感到了快乐,同时还有一种她自己都已麻木已久的幸福感。

十

　　陆岛哆嗦了一下就醒来了。脑子里还是懵里懵懂空蒙蒙的一片，像是笼罩着一层挥之不去的浓雾。几天来，他一直在昏睡中度过，他也不知道为什么此趟归来后这么的贪恋睡觉，好像是想在沉睡中忘却一切烦恼，借助于梦境的魔幻之力让自己从痛苦中逃逸出来。

　　他使劲地晃了晃脑袋，像是要甩掉一件自己不情愿要的东西，他觉得此刻大脑里也确实发出了咣当咣当的声响，吓了他一跳，就在这一激灵中他"醒"了，各种世俗的杂念还是紧跟着纷至沓来。

　　他睁开了眼。这才叫醒了，刚才是半梦半醒，像是踩在云絮里。那层萦绕着他的氤氲的白雾仿佛也随着耀眼的光芒被迅速蒸发了。他呆呆地望着窗户，发现昨晚屋里的窗帘居然没关严实，阳光正肆无忌惮地闯进了他的房间，甚至公然地泼洒在他的床上，撒着娇。他翻身坐了起来，双手顺势抹了一把干燥的脸，这才发现，昨晚居然是和衣睡在床上的。是喝多了！他想起了昨晚连衣服都没脱就上床睡了。

　　他无奈地笑了笑，脑袋还在隐隐作痛，体内的酒精还没有完全散尽，显然昨晚多少有点醉了，否则不会一回家就这样倒在床上。

　　他双手捂着脸，凝神闭目地想了想几天前的晚上在酒吧发生的事，齐霁那副俏皮的模样瞬时跃入他的脑海。那天晚上他本可以带她回家的，可他拒绝了。为什么要拒绝她呢？他不是对这个女孩没有兴趣，而是他自己无法想象她所从事的那份"爱好"，他觉得她的这种"兴趣"让他的感觉很不好,并不是对这个人,而是如果一旦真的和她上了床,他觉得自己会找不到状态。

以后他们是怎么分手的呢,他使劲地晃晃脑袋也没想起来,脑子里像是隔了一层屏障似的让他无法清晰地进入回忆。

他从床沿边站了起来,根本想都没想地就走到了冰箱的边上,习惯性地打开了冰箱的门把手,手伸了进去。

冰箱里空空如也,什么也没有。微怔,连电源都没插上,这才想起他是昨天黄昏时下的火车,眯瞪了一下就去了酒吧,根本没来得及给自己的冰箱里填充任何食品。他在城市里的生活习惯是每天早晨醒来后,洗漱完,便从冰箱里拿出一块面包片,然后在烤炉上热一下,抹上黄油和果酱,再冲上一杯牛奶,这就算把早餐给打发了。眼下显然做不到了,他是刚从另一个截然不同的空间中回到了这里,仿佛一切都陌生了,又要重新进入程序,重新找回失去的感觉。

他拧开了音响装置,往CD机里放进了一盘柴可夫斯基的小提琴协奏曲,是一位美国的他非常喜欢的小提琴家沙汉姆演奏的,他喜欢这位演奏家拉出的琴声,据说由他执掌的这把小提琴是特别制作的,有着上百年的历史,全世界仅有四把,难怪拉出的声音会那么特别,悠然中飘逸而出一股浓浓的松香味,让人平添一种亲切和温馨。

他记得刚开始喜欢古典音乐时,很排斥"老柴",也不为什么,只是觉得大家经常提到的音乐家总是老贝或是老柴,他有些反感,他很讨厌跟着流行走,他觉得这很庸俗,印象中的"老柴"就是他的芭蕾舞曲,虽然旋律极尽优美和华丽,但太甜腻了,有一种歌舞升平的浅薄味道。

于是刚一接触古典音乐他便义无反顾地选择了肖斯塔科维奇和斯特拉文斯基，他喜欢他们音乐旋律中激扬出的那种狂躁而又刺耳的不和谐音，能由此感受到他们血管里的热血在一泻千里，甚至能感受到他们血液的温度，以及反抗社会的姿态，这或许就是热情奔放的俄罗斯民族所孕育出的伟大情怀，当它转化为旋律时便会形成惊天动地的震撼力，它是那么富有力量地颠覆了古典音乐的旋律法则，以一个不畏"强权"的姿态完成一次音乐上的革命。他被彻底地征服了。

他觉得只有以这样的姿态活在世上时才不枉为人生，只有将这个世界的所谓的强权和铁律击得粉碎你才能确立自己的声音。他觉得自己可悲就可悲在己将自己的声音淹没了世俗的嘈杂声中了，他只能感叹，这个世界毁灭人是无声无息的，也许作为一个人你还存然于世，但意志和灵魂已然不复存在了，因为有一股看不见的时代潮流在裹挟着你随波逐流，你就这么无知无觉地淹没在了没有个性的潮流中。他不知道自己是否还需要挣扎和抗争，也许根本就没有这个必要，人人都在以这样的方式活着，而且看起来大家活着挺快乐，他还有必要那么矫情地去坚持所谓个性吗？

他有些糊涂了，甚至迷惘，他觉得生活在城市里是不可能有时间去思考所谓的个性问题的，在这个喧嚣的生活氛围中，你会徒然生出一丝焦虑和烦躁，一种莫名的压力在时刻地追逐着你，你没有时间放松，唯一能够放松自己的形式就是女人，只有在和女人做爱的时候才知道放松的意义，可那是太短暂的一瞬了，一旦欲望获得了释放之后，随之而来的便是更大的空虚和茫然。

于是他选择了"失踪"，以这样的方式来获得解脱和忘却，信马由缰地放纵自己在大江南北漫无目地游走，一路上什么都不想，彻底地清空自己的大脑，随遇而安，走哪儿算哪儿。他想起了那个在他的生命中留下了痕迹的不知姓名的女孩，她是那么神奇地出现在了他的生命中，尽管在时间的长河中那只是短暂的一瞬间，陆岛觉得这已经是弥足珍贵的了。可是她又无声无息地消失了，宛如夜晚的天际中迅速划过的一颗流星。他不知道她现在又落脚于何处，她还会出现吗？就像奇迹一般地在他的生命中再次闪现？她没有留下她的名字，也没有留下可供他追寻的住址，好像那一切仅仅是一个彩虹般的梦境，亦真亦幻。

　　沙汉姆弓弦下的柴可夫斯基如泣如诉地进入了高潮，管弦乐队的巨大声响像旋风般地激昂起来，他仿佛在此时此刻才真正地触摸到了柴可夫斯基的灵魂，他如此真切地领悟到了古典音乐的美妙，它表达了人类精神世界中的最博大的胸怀，虽然承受着内心的苦难和绝望，可是伟大的音乐家却秉承着上帝的旨意，用音符和旋律救赎着自己的灵魂，他们是在模拟着来自天国的声音，于无尽的黑夜中去寻找那盏足以点亮他们生命足迹的烛光。他觉得过去错怪了"老柴"——一位如此伟大的音乐家，在这位古典大师的音乐世界里，不仅仅表达了他一己的个人情怀，同时也表达了人类所应具有的博大而又崇高的情感。

　　每当陆岛面对这些古典音乐时，他是惭愧的，他知道自己尚未修炼到大师们的那种人生境界，他在现实中总是在躲避着痛苦和无奈，即使是听古典音乐也是他逃避现实的一种方式，好在有了这样一种用古典音乐构筑成的"避难所"，使得他在劳累和困顿后有一个憩息的去处，否则他还真不知道何以解忧。

　　音乐声戛然而止了，陆岛睁开了眼，刚才还有飘然出世的感觉，现在，他又回到了杂乱的现实。他想，这就是人生，——一个无以解脱的命运。他知道，"伟大"是只能用自己的心去感受的，在纷扰的现实中你只能悄然地做一个俗人，享受着俗人的痛苦和欢乐，这就是大多数人的生存状态，他也未能免俗。

他看了看表，已经接近早上九点了，正是上班的高峰时间，袁璐这时一定已经行进在了上班的路上，他知道她的生活规律。我该见见她了，他想。他也觉得奇怪，这一趟返京，为什么没再像过去那样的迫切地想见到她呢？

他走到窗前，推开了窗户。各种足以象征一个城市的喧嚣之声此刻肆无忌惮地闯了进来。新的一天又开始了，生命就是这样如此乏味地在悄然终结着，一种莫名的痛苦啃噬着他。他觉得必须终止大脑的胡思乱想了，得让它处在一种休眠状态中，否则他会疯的。

他拨通了袁璐的手机，响了几声，就传来了袁璐愉快的声音："你回来了，坏蛋，也不事先通知一声，你总是这样搞突然袭击，什么时候到的？"

"昨晚。"他知道自己撒了一个小谎，他也知道这只是一个善意的谎言。

"为什么现在才给我打电话？"袁璐嗔怪地说。

陆岛无奈地摇了摇头。他知道此前没打电话是为了让自己静一静，同时也不想干扰袁璐的正常生活，他们的身份是隐秘的，他们也只能分享着这种隐秘的快乐，这就是他们关系的本质，这应该是他们都心知肚明的事儿。

"为了不影响你的平静生活。"陆岛有点刻薄地说。

"去，我恨你！"电话那头，袁璐说，她回避了陆岛的话中所涉及的问题。

"恨我什么？"陆岛装傻问。

"见不着你，就恨你！"袁璐又说。

"那好吧，我放电话了。"陆岛故意说。

电话中传来袁璐的一声大叫："别，在家等着，我这就过去。"

"你今天没事还是怎么着了？"陆岛说。

"本来是有个会，我把它推了吧。"袁璐说。

"何必呢，反正我人也回来了，你不必那么着急上火地赶来。"陆岛说。

"说你遭人恨吧，不想见我？"袁璐声调提高了许多。

"我说了不见吗？我只是说你先忙你的正事，完了，咱俩再见也不迟呀。"陆岛耐心地说。

"不行，我就要现在见，你等着。"袁璐不容置辩地说。

电话挂断了，传来嘟嘟嘟的声音。陆岛愣了下，笑着摇摇头。也对自己能如此平静感到奇怪，过去他只要回到北京，第一个念头就是要见见袁璐，有点饥渴难耐的意思，可是这一次为什么就不急着见她呢？难怪袁璐会不高兴，她一定是觉察到了自己的变化。他觉得自己的内心经常会处在一种莫名其妙的矛盾中。

当袁璐出现在他的面前时，他惊异地发现对她的欲望又回复到了身体里，此前，他一直以为这一次能平静地面对她。他的身体在不可抗拒地燃烧着烈火，他没有说话，而是恶狠狠地将袁璐一把抱了起来，甩在了床上。

袁璐挣扎着大叫着："你等等，别那么猴急，行吗，也得先让我去冲洗一下吧？"

陆岛知道这是袁璐做爱前的习惯，她爱干净，这是她事前必行的"仪式",当然,她也会要求陆岛这么做。换了平时,他们都会自觉地履行这个"仪式"的程序,仿佛是种约定,其中还隐含着不动声色的挑逗,它是极富意味的暗示,在静默中弥散开足以让他们眩晕的气息。过去,他们都喜欢沉溺在他们中间的这种无法用言语来描述的气息中,听着浴室里传来的"哗啦啦"的水流声,小腹中有一股气流也随之开始鼓胀,并且缓缓地向大脑趋近,然后便是赤身裸体地面对,以及身体与身体间的没完没了的纠缠。

可是今天的陆岛却违反了这一"规则"。

还没等袁璐开口,就不由分说地将袁璐恶狠狠地按在了床上,强行地剥去她身上的衣服。袁璐显然没有做好心理准备,急风暴雨似的"袭击"让她不堪承受,她已经习惯了他们的那种"仪式化"的做爱方式,而现在,陆岛的"粗野"让她很不适应。

袁璐拼命地挣扎,然后强力推开了陆岛,等她正要翻身坐起时,陆岛忽然弯下身将她拦腰抱起,径直地来到了浴室,并一脚将浴室的门踢开,腾出手,拧开了水龙头,水流"哗啦啦"地倾泻而出,接着,他将袁璐从自己的手臂上滑下,然后将她的身体猛地扳正,直接面对他。他双手捧着她的脸看了一会儿,袁璐注意到他的目光中有一种可怕的野兽般的饥饿,她刚想开口说点什么,嘴便被迅速堵上了——他已将他的嘴硬生生地贴了上去。

适度的温水依然在欢快地流动着,袁璐身体猛一抽搐,是陆岛在快速地进入她的下体,她和陆岛也于此同时发出一声短促而又低沉的吼叫,接着陆岛的动作在猛烈地加快,他的那个小东西也变得愈益坚硬,袁璐能明显地感觉到它在里面急速地膨胀着,扩张着,这种感觉让她的欲望也随之高昂了起来。这是他们俩从未有过的做爱方式,由于新鲜,便带来了一种前所未有的快感。

一股无法自抑的热流，如同倾泻而下的水流一般在她的身体内快速地流淌起来，她微微睁开眼，映入眼帘的是陆岛的一副"穷凶极恶"的表情，像是要一口吞食了她一般，给她的心理带来了更大的刺激，这种淋漓尽致的痛快让她不由自主地大叫了起来，她的臀部便仿佛受到召唤一般，顺应着陆岛的运动节奏起起伏伏地呼应着。

陆岛犹如一位娴熟而又勇猛的骑士，他灵巧地驾驭着袁璐，变换着各种体位和姿势。他太熟悉袁璐的身体了，他们配合得天衣无缝，水花源源不断地飞溅在他们彼此裸露的身体上，然后四散开来，带着宜人的水温和哗哗的声响，温柔地抚摸着他们湿润的肌体。

就此，"湿润"这个词汇显然具有了一种在空气中蔓延开来的淫荡意味，而人世上的男女交合无疑便是"湿润"这个词汇的最高境界。因为这是男人和女人之间在彼此融合中所完成的一种"仪式"。在这种仪式化的行为过程中，他们彼此融入对方，成为此时此刻自己生命的一部分，起码在那一瞬间，他们能感知生命最为原始的本能，一切虚饰的文明外衣被剥离了，他们本真地裸露着自己以及生命的本质，而这一切呈现在身体中最显著的标志便是"湿润"。一如人的生命诞生于水，而生命中最极致的快乐也源之于水——"湿润"。这或许也是为什么陆岛和袁璐能在此时此刻尽情尽兴的原因。

这时，外面的电话铃声响起了，可是在翻云覆雨中的他们却浑然不觉，他们完全处于癫狂状态，世界对于他俩来说已经远去且不复存在，只有激情的欢畅和昂扬的行进速度，像在和魔鬼进行殊死的搏斗。

十一

电话是杜马拨出的,他和齐霁昨晚相安无事地度过了不平静的一夜,这一夜对于杜马来说无疑是一种折磨——守着一个惊为天人的女孩,他却无所事事,仰倒在折叠沙发上大瞪着双眼。他失眠了。

他一开始还在为自己的行为感到自豪,这是一个伟大男人的悲壮之举,居然能够坐怀不乱,他是不愿让人觉得自己是一个没皮没脸的无赖。在嘴皮子上耍功夫是一回事,可要到动真格的了,还是心里会犯怵。

可他的情绪很快便急转直下,一落千丈,因为蓦然想到,和一个女孩同处一室并不能额外地证明他的高大,唯一能证明的是自己缺乏一个男人应有的魅力,尤其是当他想起齐霁所说的她和陆岛的故事时,他就更感到心里一阵扭曲——同样是相识在酒吧,而且他们相处的时间还大大地低于他和齐霁,齐霁却表现出了一往情深——能够说是一往情深吗?他自问,自己仅是一个陪衬。齐霁之所以能陪他聊天,并且一同来到他的居室,理由只有一个,便是因为陆岛的存在。在这个空间里,陆岛仅只是个影子,一个仅在想象中存在的影子,可是却在冥冥中用一张无形的蛛网,牢牢地控制着这里的一切,使得他一筹莫展。杜马辗转反侧,无法入眠,浑身上下像着了火似的。只好翻身坐起,冲进浴室,洗了一个凉水澡,他觉得自己平静了一些。

天光微露时,杜马终于控制不住自己了。他咬牙从书房的沙发上弹起，气壮如牛地握紧了拳头，他觉得不能再畏缩不前了，既然喜欢齐霁，就应当像一个真正的汉子似的勇往直前。

他快步来到卧室门前，他知道自己必须加快脚步，因为动作的任何迟缓都会对他的决心带来威胁——他底气是虚的，所以必须一鼓作气地将勇气进行到底。

白色的大门就在眼前了，他停住了，站定，稳住神闭了下眼，然后伸出了手——他要开始敲门了，当弯曲的手指马上就要触碰到门上时，他猛然地又抽回了手，刚才还能见到的凛然之气蓦然间萎缩了，紧绷的肌肉又耷拉了下来。

他不无沮丧地发现，他其实根本没有这个胆，因为他仿佛看到了齐霁在对她嘶声吼叫，怒目横眉，他崩溃了。

虽然咫尺天涯，可他却丝毫不能有任何作为，他又重重地倒在了沙发上……

当杜马被一阵敲门声惊醒，睁开了惺忪的眼睛时，大脑尚在晕眩中打着转儿呢，处在稀里糊涂的状态中，直到齐霁脆亮的声音响起，他才像是被猛然间泼了一盆凉水，激灵了一下醒转过来。这才想起了昨晚的经历，以及目前与他同处一室的女孩——齐霁。

他又一次地走进浴室，关上门，拧开龙头的开关，就差没号啕了，用清凉的水着着实实地冲了一下头，他觉得现在感觉好多了，刷完牙洗完脸，给自己找了身干净的衣服穿上，在镜前照了照，然后对着镜子傻乎乎地扮了一个怪相，像是在嘲弄着刚才手忙脚乱的自己。他觉得这一身行头不太好，又拉开简易衣柜瞎翻出一身黑色的衣裤套上。镜前的杜马显得比较酷了，这才是他现在要的感觉。忽然想到自己的行为着实有些反常，平时都是大大咧咧地率性而为，逮什么穿什么，今天好像是有了一些刻意？他咧嘴笑了笑——都是因为有了她。

他拉开门走了出去。齐霁这时正躺在沙发上漫不经心地看一本时尚杂志，听到他的脚步声头也不抬地说：

"你的房间也够乱的。"

"就等着你来收拾呀。"杜马无精打采地说。

"你倒挺会占人便宜的。"齐霁噘着嘴，不屑地说。

杜马径直走到冰箱前，拉开冰箱的门，从中拿出两盒牛奶和面包，往茶几上一摊，然后一屁股坐在齐霁对面的椅子上。

"昨晚睡得好吗？"他问。

齐霁放下了杂志，抬头瞥了他一眼："凑合，本来也是为了凑合一晚，你呢？"

"先吃早餐吧。"杜马没回答她的问话。

"你还没有回答我的问题呢。"齐霁很不满地说。

"那你觉得呢？"杜马拿起面包先咬了一口，"同是天涯沦落人的孤男寡女同处一室，却相安无事，你说会有什么感受？"杜马苦着脸说。

"欲火焚身吧？"齐霁大笑着说。

"你是不是有点幸灾乐祸？"杜马没好气地说。

"你还行。"齐霁笑说，开始津津有味地吃起了面包。

"什么意思？"杜马拿着面包的手停在了嘴边，不解地问。

"能够经受考验的男人可不太多。"齐霁细眯着眼望着他说。

杜马觉得脸上有点发烫，热血正在往脸上涌动，他说不清楚这是因为害羞呢，还是惭愧，只知道自己度过的夜晚很不寻常，齐霁刚才所使用的"欲火焚身"一词应该说是恰当地概括了他当时的处境。

"你应该感谢我才是。"杜马说。

"为什么?"齐霁还没明白杜马的意思。

"严格地说,是因为我对你的尊重才有了你现在的这份得意。"杜马说。

齐霁又是一阵大笑,笑得连杜马都感到莫名其妙,他不明白有什么可笑的,他只是说出了一个颠扑不破的真理,如果昨晚他真想干点什么的话,齐霁这样一位瘦弱的小女子能抵挡得住吗?显然不行,他杜马怎么说也是顶天立地的汉子,守着一个如花似玉的女孩,居然做到了坐怀不乱,这就足以证明自己是多么的了不起,并不是所有的男人都能经得起欲望的残酷折磨的,齐霁这话说得对,可他杜马经受住了,他开始有点佩服自己了。

"你以为你能够有所作为吗?"齐霁问。

"如果我要做的话。"杜马扬扬得意地说。

"你们这些男人就是这么可笑,总以为用体力就能征服一个女人。"齐霁撇嘴说。

"难道不是吗?"杜马不服气地说。

"可恰恰你这种男人属于有贼心,也没贼胆,我说错了吗?"齐霁一针见血地说。

杜马汗颜了,觉得齐霁是在奚落他,让他无地自容。他不明白为什么一大早起来,齐霁就要拿他昨晚的"表现"开涮,难道她听到什么了?他并没有冒犯她呀,动点"邪念"应该也属正常么,毕竟自己是一个大男人,再说啦,这不正说明她有女性的魅力吗?她何必要把一个男人看得这么透彻呢,这个世界有很多东西是不能够直白说出的,否则就真变得索然无味。

"你好像对男人特有经验?"杜马问。

"现在才明白？我可告诉你，我的这个经验绝对超出你的想象。"齐霁扬扬得意地说。

"你才多大一人，就敢口出狂言？"杜马说。

"你总说这个，烦不烦呀！"齐霁皱着眉头说。

杜马自知讨了个没趣，一时也不知该说些什么了，他觉得面前这个女孩尖酸刻薄，并不那么讨人喜欢，他得设法把这个人给打发了，他现在的感觉在她面前自己有点无地自容的意思，他一直在设法接近她，可看来都将归于失败，这人有点刀枪不入、软硬不吃，又加上嘴尖皮厚，他实在拿她没辙了。那她在陆岛面前是什么样儿的？也是这一副德性吗？他暗暗地摇了摇头，他觉得琢磨不了这个人，她也是个怪人，也许出于"怪"，她才会喜欢陆岛，因为陆岛也"怪"，他想。

"你在琢磨什么呢？"

齐霁突然歪着脑袋伸到他的面前，一副审视的表情，然后还拿手到他的眼前晃了晃。

"嗨，你听到了吗？"齐霁又加了一句。

杜马回过神来，尴尬地笑笑："哦，没琢磨什么。"

"胡说！"齐霁低斥一声，"你这人真不诚实，刚才两眼都走神了，骗谁呢？"

"没什么，我在想别的事呢。"杜马掩饰地说。

"不会是在想怎么和我上床吧？"齐霁笑嘻嘻地说。

"尽瞎说，你看你都想哪儿去了。"杜马扬起脸说。

"我逗你呢！"齐霁调皮地说。

"拿你真没办法！"杜马感叹了一声。

"其实你这人挺可爱。"齐霁突然说。

杜马装着一脸的麻木,似乎不为所动,他知道自己不可能是这个女孩的对手,他也不能把她的话太当一回事,以往的"教训"已让他着实领教了她的厉害,他现在哪还敢再心存幻想。

"现在几点了?"杜马有意识地转换了话题。

"你自己看看不就知道了吗?"齐霁说。

杜马又回到书房,拿起了自己的手表,吓了一跳,冲着客厅嚷了一句:"哟,都十点多啦!"

"你以为呢,我都没好意思叫你早起。"卧室传来齐霁的声音。

"对不起,"杜马匆匆忙忙又回到卧室,"昨晚都睡迷糊了。"杜马抱歉地说。

"噢?"齐霁似笑非笑,在杜马看来,无法琢磨出她表情里藏着的意思,他在等着下文,他知道她还会开口,果然——"那只能说明我对你还缺乏足够的吸引力。"

"你误解了,"杜马赶忙解释说,"是这样,我……"

"你也不必再做什么解释了,事实已经说明了一切。"齐霁又慢条斯理地补充了一句。

这时齐霁站起了身,拿起了她的双肩背的小包:

"我们是不是该走了?"齐霁问。

"不是你要找陆岛吗?"杜马讶然地问。

"我是这个意思呀。"齐霁说。

"那你坐下等等,我往他家先拨个电话试试。"

"你怕他不在家?"齐霁问,坐下了。

杜马没回答她的问话,而是径直地走到电话机前,拿起了话筒,拨出了一串号码。

停了一会儿,电话通了,杜马这才满意地撇了撇嘴,兴奋地向齐霁摆了摆手，那意思自然是说陆岛在家。

电话始终没人接听，杜马等了一会儿，又重拨了一次，依然无人接听，脸上流露出烦躁："丫搞什么名堂，电话都不接？"

话筒被重重地砸在了机架上，杜马站了起来。

"我们走，直接去他家。"杜马有些恼怒地说。

齐霁坐着没动，仰脸看着杜马："哎，他会不会出门了？"

"不会的。"杜马说。

"你好像很肯定？"齐霁怀疑地说。

"当然，"杜马得意地对齐霁笑笑，"因为我了解他。"

"行，我相信你，走吧。"

齐霁又一次地站起了身，和杜马一道出了门。在楼下，他们打了一辆出租车，直奔麦子店的方向而去。当汽车启动时，杜马心里突然掠过了一丝不快，不明白为什么自己也像齐霁似的火急火燎地要见陆岛？这跟我有什么关系吗？没有，完全没有，作为朋友，陆岛回到了北京连一个电话也没来过，就这么神秘地出现了，最先见到此人不是他——杜马，而是这位与他不相干的女孩——齐霁，而且他们之间究竟发生了什么他还稀里糊涂的，况且他本人还一直对齐霁心存幻想，情有独钟。他觉得自己真是个彻头彻尾的倒霉蛋，先不说昨晚上一对孤男寡女相安无事地度过，而且一大早起来还要带着这位女孩去寻找她渴望见到的人——陆岛，这多少显得有些欺负人，可是又能怪谁呢？是自己答应齐霁的，一个大男人只能一言九鼎，他已无从选择。尽管这么说，他还是因此而感到郁闷。

看得出来，齐霁心情很好，正好和他形成强烈的反差，如果说在齐霁的脸上是晴空万里，那么杜马都能想象得出自己的脸上则是阴云密布了。

齐霁这时偷觑了他一眼,开始发出"吃吃"的笑声,这就让他更加懊恼,他觉得自己真是一个大傻逼,干吗硬充好汉,就那么痛快地答应了齐霁找到陆岛呢,他们俩如果见了面还有他什么事儿,这不明摆着自己紧接着就要被"虚"掉吗,还有我杜马什么事儿?没有,我不过只是一片绿叶,仅仅是个摆设和陪衬而已。

"哎,你干吗总是阴着脸,你不是挺能说的一人吗?"齐霁问。

"噢,昨晚没睡好吧。"杜马搪塞着说。

"喊,我怎么听着这话的意思是在责怪我不好呀?"齐霁不高兴地说。

"我没那意思,你太敏感了。"杜马说。

十二

陆岛和袁璐双双相拥着躺在浴池里,刚才疾风骤雨似的疯狂做爱终于结束了,陆岛心里的那种难以言表的憋闷总算是一泻千里地得以宣泄,此时此刻挺舒坦的,浑身有种说不出来的酥软的感觉。

他闭上了眼睛,让身体完全浸泡在温水中,只有脑袋探出了水面。浴室里弥漫着浓浓的水雾,一切都变得朦胧起来,大脑一片空白,好像瞬间的工夫就被一个神奇的东西给清洗了一遍似的,他觉得这才是真正的休息，什么都不想，近似一个白痴，这样才能做到无忧无虑。

温热的水雾在他周边缭绕着，宛如女人的纤纤玉手在温柔地抚摸着他，他让自己完全沉浸在这种惬意的享受中。袁璐无力地依偎在他的身上，一动不动，他害怕这种感觉又会转瞬即逝。

身体微微地抽搐了一下，什么东西在触摸他，虽然轻轻地，像是一阵微风，不易觉察地拂过平静的水面，但他仍然感觉到了，他觉得就在此时，他从那一片朦胧的空虚之中，腾身而起了，大脑瞬间划过一道凌厉的闪电，让他一下子又回到了现实中。

是袁璐。她的下颌这时轻靠在他的胸前，正腾出一只手，在他的下腹部上慢慢地划拉着。平时，当他们两人依偎在一起时，袁璐也喜欢做这个动作，感觉好极了，就像是一个富有诱惑性的色情暗示，让他的欲望也追随着她手指的引领一点点地升腾、膨胀。可是今天却好像有所不同，这份感觉让他有了生疏之感。

"嘿，你在想什么？"袁璐在他的耳边轻轻地问了一句。

"唔，没想什么。"陆岛的身体微微动了动，掩饰着说。

"瞎说，明明在想事儿，告诉我，想什么了？"袁璐有点撒娇地说。

"真没想什么，有你在身边我还能想什么？除了你。"陆岛依然仰躺在浴池里，低头看了看偎在怀中的袁璐，微笑地说。

"舒服吗，刚才？"袁璐问。

"当然。"陆岛肯定地说。

"这可不像你的风格！"袁璐微嗔道。

"那我是什么风格？"陆岛故意问。

"你不至于这么健忘吧，连我们做爱的习惯都会忘了？"袁璐不高兴地说。

陆岛咧嘴笑笑，抚摸了一下袁璐湿漉漉的发际："能忘吗？"

"告诉我，今天你是怎么了？"袁璐翻过身，压在陆岛的身体上好奇地问。

"有什么不对吗？不是都很正常吗？"

陆岛不想回答她所关心的这个问题。

"你以前没有这么疯！"袁璐感叹了一声。

"你觉得这样不好吗？"陆岛问。

"说不好，"袁璐停顿了一下，想了想，"只是觉得你有点猴急，和你过去的风格不太一样。"袁璐说。

"老是一种风格是不是挺没劲的？"陆岛调侃了一句。

"可是也不能让人家连准备的时间都没有，你就火急火燎地发动进攻呀！"袁璐说。

"这样不是更刺激吗？"陆岛说。

袁璐不好意思地用手指点了点陆岛的额头："你坏，你知道吗？坏，我只是有点不太习惯。"

"有时候，变一变方式会更有味道。"陆岛伸了伸胳膊说。

"可我觉得你心里好像搁着什么事儿？"袁璐说。

陆岛一惊，"你为什么会这么认为呢？"

"感觉，"袁璐说，"感觉在告诉我，你能告诉我遇到什么事了吗？"

"能有什么事儿？你敏感了吧！"陆岛说。

"女人都很敏感，尤其对自己所爱的人。"袁璐说。

"告诉我，"陆岛问，"你刚才的感觉好吗？"

"你在回避我的问题。"袁璐不依不饶地说。

陆岛从水池里站了起来，水面发出"哗"的一声响，他浑身沾满了水珠。他就这么直挺挺地站着，赤身裸体地低头俯视着袁璐，脸上挂着笑意。他注意到袁璐这时的乳头鼓胀突起，而周边的乳晕则是深紫色的，这是她情欲发动时的显著标志。他咧嘴笑了笑，然后弯下身含着乳头亲吻了一下。袁璐发出一声尖叫：

"哎，别动。"她身体向上挺立了一下，摆脱开了陆岛的嘴唇。

"你怎么了，还不让动？它不是我的吗？"陆岛依然弯着身，涎着脸看着袁璐，逗趣地说。

"不行，它现在太敏感了，一会儿我又想要了，你能给我吗？"袁璐的脸被热水的蒸汽浸润得红扑扑的，瞪大了眼睛说。

"怎么，你还没够？"陆岛笑问。

"你以为呢？这能有够吗？"袁璐说。

"你不觉得刺激吗？"陆岛又要吻。

"你不觉得你与其说在和我做爱，不如说在和一个想象中的人做爱？"袁璐出乎意料地说。

陆岛的笑脸瞬间凝固了，抬起脸，怔怔地看着袁璐，心里却在感叹袁璐的直觉和敏感，他的脑子里迅速地在回味着刚才与袁璐疯狂的一幕。他承认自己刚才的行为过于歇斯底里，饥不择食了，他也不知道为什么在见到袁璐的那一刹那，就那么野蛮地将她掳掠到浴室里强行做爱，他觉得他就想忘却什么，让自己沉迷在这种癫狂错乱的性爱里。那一刻的冲动是惊人的，连他自己都暗暗地吓了一跳,他就想发泄,彻彻底底地发泄,要不然他要疯了。

这和有一段时间没和袁璐做爱有关系吗?似乎有,也似乎没有。他一直觉得这是一种说不来的莫名情绪,于是与袁璐的做爱似乎成了一种变相的救赎,他希望通过做爱来拯救自己,使自己能获得哪怕是暂时的解脱。当一切都在癫狂中完成后,他也的确感到了一种难言的舒服和轻松,可是袁璐刚才说的话又让他一激灵,他的记忆中有个东西被激活了,在脑海深处蠢蠢欲动,他不想再去探究那是个什么东西了,他害怕那个东西一旦明晰会再次失去刚刚获得的宁静。

"你为什么会有这种感觉呢?"陆岛心虚地问。

袁璐这时也从浴池里站起来了,带着滴滴答答的水珠一脚跨出了浴缸,顺手抄过挂在墙上的浴巾,裹在身上擦了擦。这时她正面对着镜子,陆岛站在她的身后,通过镜子她能看到陆岛。

"这事儿得问你吧。"袁璐用浴巾擦着黑亮的头发,说。

陆岛也在通过镜子观察着袁璐的表情,他觉得袁璐是漫不经心地说出上述一番话的,心里稍稍踏实了些。

"问我?"陆岛说,"也许是有一段日子没见的缘故吧。"

陆岛注意到,袁璐的目光中迅速地掠过一丝怀疑。

"你瞒不过我。"袁璐说。

陆岛从背后抱住了袁璐,将她翻转过身来面对着自己,他们就这么相互对视了一会儿,好像要从对方的瞳仁中发现潜藏的密语,末了,陆岛俯下身去,在她的脸上亲吻了几下。

"怎么,你想安慰我吗?"袁璐不动声色,"还是为了掩饰你的不安?"

"就跟你真的发现了什么似的。"陆岛说,他放开了袁璐。

"当然？"袁璐颇为固执。

袁璐的态度已经开始让陆岛感到烦躁了。他觉得袁璐不该这样对待他，况且这个人似乎也没有权利和资格来约束他，他们仅是情人关系，如此而已，双方都是以快乐为前提而建立了这层关系，何况他俩在性趣上也彼此相得益彰，而且经过多次的磨合后，已经达到了相当的默契，这是陆岛对这层关系"流连忘返"的原因。这种关系让他一直感到轻松和愉快。当然，偶尔也会有不太舒服的时候，比如，有时两人正在翻云覆雨热火朝天之际，她的先生来电话了，她便要装出亲昵的口吻和他说上几句，在这时，他会有种酸楚的感觉，只是那么短暂的一瞬，当袁璐放下电话再次扑向他时，那个刚刚蹿升而起的念头便烟消云散了，他一下子会变得更加"凶狠"，他会产生一种奇怪的想法：好像此时不仅仅是在征服袁璐，而是通过征服眼前的这个女人时，也一并征服了那个他所看不见的男人，这让他更有一种说不上来的快感。

可是眼下袁璐的态度让他有些恼火，细细一想，袁璐的"敏感"也不无道理，她似乎非常敏锐地一下子就深入到了他的潜意识中，捕捉住了他一直隐约感到的东西。

他和袁璐回到了床上，彼此都没说话，大瞪着双眼望着天顶，好像都在等待着对方先开口。

"你能告诉我，发生什么了吗？"

末了，还是袁璐先说话了。

"你为什么非要胡思乱想呢？什么也没发生，没有！"陆岛坚决地说。

"我一直认为你是诚实的！"袁璐幽幽地说。

陆岛没有回答她，他不想再说什么了，说实话，自从他踏上北京的归途后,他就想尽快地遗忘掉一些东西,他不想让忧伤的情绪一直追随着他。他现在知道了,这一切情绪都和自己在那个小镇上发生的事情有关,他以为已经逐渐忘掉了那个神秘的女孩,为此,离开小镇后并没有直接回北京,而是又到云南去转了几个月,他就是想漫无目的地四处流浪,因为他发现那个女孩的出现及消失,让他莫名地陷入了一种奇怪的情绪中——一种诗意的忧伤。

他就这样在外漂着,他一直很羡慕唐朝的大诗人李白,醉酒当歌地游历于大江南北,留下了脍炙人口的千古绝句,他着迷于李白的生活状态,同时,他也迷恋于放浪形骸的"魏晋风骨"——陶渊明式的归隐大自然的仙风道骨,又何尝不是一种幸福和快乐?能偶然发现一处类似于桃花源般的世外桃源,他觉得这才是他梦寐以求的有意义的人生。

他以为他已然忘却了那个小镇,和小镇中出现的神秘的女孩。

可是他错了。

重新唤醒记忆的不是因为自己,却是袁璐。如果袁璐知道了是她而非陆岛自己,让他开始追忆和怀念那个女孩的话,不知会怎么想?其实结论显而易见,他无论如何不能让袁璐知道他心中隐藏的秘密。

"你让我感到我们之间还有一个人的存在。"袁璐沉默了一会儿,幽幽地说。

"除了有你,还能有谁?"陆岛翻过身,臂肘支着床,侧脸问。

袁璐也在观察他,一眨不眨地盯着,似乎要从陆岛的眸子里探究出什么秘密似的。

陆岛咧嘴笑了。

"你呀,看出什么来了吗?"陆岛说,"疑神疑鬼的,有意思吗?"

"我也不知道我这是怎么了,其实我有这个权利吗?"袁璐叹了一口气,仿佛自言自语地说。

陆岛下了床,走到窗台下,从大大的旅行双肩包里拿出了他为袁璐买的那个"同心结",然后转过身,将"同心结"拿在手上,朝袁璐晃了晃。

"同心结"就在他手上飘来荡去,他的脸上露出俏皮的微笑。

"那是什么?"

"你猜猜。"

袁璐从床上冲了下来,要伸手去抓,陆岛闪开了,将"同心结"藏在身后。

"你还没猜出是什么呢。"陆岛笑说。

"同心结"终于让袁璐抢着了。

"喜欢吗?"陆岛问。

"不错,你还真有心!"袁璐感叹地说,"这可能是你送给我的最好的礼物了。"

"是吗,为什么这么说?"

"因为它的意义。"袁璐将"同心结"高举过顶,细眯着眼睛欣赏着。阳光穿过透明玻璃,一道道金色的光线犹如清泉般洒进屋内,"同心结"在阳光的辉映下,呈现出鲜艳的色彩,仿佛这艳红在阳光的浸润下也获得了灵性。

"这就是你要告诉我的吗?"袁璐轻声地说。

"什么?"这一刻,陆岛稍稍有些走神了。

"我当然说的是它。"袁璐又将"同心结"拿到他的脸前晃了晃。

"当然。"陆岛笑着说。袁璐的情绪感染了他,还有这阳光,他觉得自己心情也变得愉快了起来。

十三

传来急促的敲门声。陆岛和袁璐都随之一愣,相互对视了一眼,仿佛彼此寻问:这是谁?袁璐向陆岛摆了摆手,意思是别管它,让他敲吧。陆岛点了点头,但心里还在琢磨这人会是谁?他们转身又要重新回到床上,敲门声变得更加响亮了。

"嘿,是我,我知道你回来了,开门。"杜马在外面高声地嚷嚷着。

陆岛站住了,回头看了一眼紧闭着的大门,神情显得有些犹豫。

"你丫不至于连我的门都不开吧,不会有什么情况吧?"杜马提高了嗓子又喊了一声,"我知道你在屋里呢?"

袁璐的脸上流露出紧张。陆岛则对着她摊摊手,表示自己是无辜的。

"别开门。"袁璐悄声说。

"不行,他知道我在家。"陆岛说。

"是谁?"袁璐问。

"杜马。"陆岛说。

"那就更不能开了,"袁璐说,"他认识我。"

"我知道,"陆岛想了想,"可他是我的朋友,何况这事儿,他总有一天会知道的。"

袁璐不再说话了,开始穿上衣服。

"你等等。"陆岛也一边穿衣服,一边对着大门喊了一声。

敲门声终于停止了。

少顷,陆岛拉开了门。

杜马这时正嬉皮笑脸地倚靠在门框上,两手交叉地叠在胸前,怪模怪样地看着陆岛。

"怎么,回来连声招呼都不打,还让别人通知我你回北京了,这事儿不太合适吧?"杜马不高兴地说。

"胡说,我昨晚才回来,怎么会冒出一个别人呢?"陆岛不以为然地说,他完全将齐霁忘在了脑后。

"哦,真是这样的吗?"杜马还是那么一副表情,耸耸肩,不屑地说。

"当然。"陆岛坦然地说。他以为杜马又在和他开玩笑呢。

"算你狠!"杜马移开身子,"你瞅瞅背后这人是谁?"

背后站着是齐霁,一副欢天喜地的样子,正冲着他扮鬼脸。

陆岛愣了。

他没想到,齐霁会在这样一个时间和地点出现在他的面前。他有点手足无措,不知道该如何应付突然呈现在他面前的局面,因为袁璐就在他的房间里,他也很清楚当袁璐发现齐霁后的反应,她本来就有猜疑,他该怎么解释这一切呢?他发现刚回到北京不到两天,什么倒霉的事儿都让自己碰上了。

"嘿，难道这么快就不认识我了？"齐霁说。

"认识，"陆岛嗫嚅着说，"只是……"

"只是没想到我这么快就出现了？"齐霁快乐地说。

陆岛已不知道该如何回答了，只是怔怔地点了点头。

"这也正是我期待出现的效果。"齐霁爽快地说。

"你是不是该先谢谢我？"杜马探过头来对陆岛眨巴了一下眼睛，说。

陆岛尴尬地笑笑。他能说什么呢？他们是在太不合适的时间出现了，这是他事先预想不到的。他开始后悔自作聪明地将杜马的电话给了齐霁，他本以为因此便能看到一场好戏，他承认这样做是有点恶作剧的心理在作祟，因为他了解杜马，他相信在杜马与齐霁之间也许会出现一个有趣的"故事"，他将以一个旁观者的角色不动声色地介入"故事"的始末，可是事情的发展这么快地就越出他事先设计的轨道，转了一圈，最后真正登场的主角居然还是他自己。而杜马，出乎意料地成了穿针引线的配角。这让他感到滑稽。让他哭笑不得。

这时，他们依然站在门口说话，陆岛很快就意识到，肯定无法阻止他们走进他的屋内，他本以为站在门口的只有杜马一人，最多再加上个杨洋，他只要向他俩做出点暗示，就足以将他们打发走了，可现在局势却超出了他的想象。他已明显感觉到齐霁是冲着他来的，否则，根本不可能出现在这里，即使出于礼貌，他也不能随随便便就将他们支走，他们也不可能就这么轻易地离开。

"你们有什么事吗？"陆岛也不知为什么要问出这句话，话刚一说出口，就意识到自己在犯傻。

"还用解释吗？问你自己呀，"杜马斜着脑袋说，"你没有必要让我们一直站在门口吧?"

显然,事到如今,陆岛别无选择的只有让他们进屋了,他不知道接下来的一幕将会发生什么,但起码他和袁璐一直在外人面前严守的秘密终于要"穿帮"了。可转念一想,自己和齐霁什么事也没有呀,他的心里为什么一直在忐忑呢?他没有对不起谁。

他将身子闪开了。杜马大大咧咧地晃着身子就走了进去,齐霁说了声:谢谢,也跟着杜马进了屋。

杜马一只脚刚刚迈进大门,一斜眼就瞥见了安静地坐在沙发上的袁璐,他"咦"了一声,愣住了。袁璐出现在陆岛的屋里让他感到吃惊和意外。杜马转脸疑惑地看着陆岛,试图从陆岛的脸上寻找答案。陆岛只是笑笑,并没有对杜马的夸张反应给以回应。齐霁也在同一时刻看到了袁璐,脸上稍纵即逝地掠过一丝惊诧,但很快就无所谓地耸了耸肩,似乎一切都在意料之中。

"这是你太太吗?"齐霁说,"你大概得先给我们介绍一下。"

齐霁的目光没有离开袁璐,但是,这番话显然又是冲着陆岛说的。她的确是想弄清楚屋里这个女人的身份,尽管她猜到这个人和太太的身份无关。因为那天晚上与陆岛的邂逅,直觉告诉她这个人只是一单身,至于凭什么做出了这种判断她也无从说起,她总觉得单身男人身上有一种气息是她一下子就能嗅出来的,而陆岛的身上就飘荡着这种"气息"。况且,如果他身边有一个女人,杜马也早就会说了,可她刚才从杜马的脸上看到了一丝诧异,显然,杜马和她一样,对在陆岛的家里突然多出了这么一个人颇感意外。现在她明白了,为什么刚才敲门时,陆岛会迟迟不开门,这里面在发生着什么自然是不言而喻的,所以她故意问了一句,这是为了看看陆岛和那位女人的反应。

袁璐站了起来。她知道这是她必须要做的，刚才他们在门口说的话她都听到了，她对这些不速之客中出现了一个女孩的声音感到奇怪，在她的印象中，很少有女孩会在这样一个时间来找陆岛，尽管现在登门造访的是一男一女，但她相信这个女孩是专门来找陆岛的。他们之间究竟发生了什么呢？她一时还看不出来。从他们刚才的对话中看，似乎还并不太熟，可这个女孩毕竟出现在陆岛的门口，这其中不能不说有点什么情况。会是什么呢？她隐隐地有些担心，因为出现在她眼前的这位小姑娘显然年轻而又充满活力，而且漂亮，一下子就显出了她的衰老，她已是一位近三十的女人，平时她并不感到自己的青春已逝，在生意场上和她周旋的都是些比她大得多的男人，她经常能从他们和她打交道时的目光中读出点什么另外的意思，尽管她会装出一副大大咧咧的样子，好像对这一切视而不见，其实这怎么可能？一个女人对男人的各种反应是最为敏感的了，只是你愿意不愿意对这种敏感做出积极的响应。当然她不会，但她喜欢来自各种不同男人的这种变相的恭维目光，她能从中感到自己还年轻甚至富有魅力。可今天她蓦然间觉得自己仿佛受到了威胁，一个真正年轻的生命呈现在面前让她有了一种潜在的危机感。

"我是陆岛的朋友。"袁璐故作坦然地说。

"哦，是吗？"齐霁的大眼睛骨碌碌地转了一圈，"嘻，我还以为你们是一对呢！对不起，算我说错了。"

齐霁的话让袁璐有些尴尬，尽管她说话时神态显得漫不经心，但她心里清楚齐霁说这话时其实是故意的，她是在不动声色地探知她和陆岛之间的真实关系。

"我没想到你也会在这儿！"

杜马这话是冲着袁璐说的。袁璐居然会出现在陆岛的房间？而且是在这样一个时刻，这让他多少有点糊涂，他无法想象陆岛和袁璐之间会发生什么。在他看来，袁璐是那类看上去一本正经的女人，给人一种冷冰冰的感觉，但他当时就是被这种冰冷给迷住了，所以才厚着脸皮上去邀请她上酒吧。那天他还正经将自己好生打理了一番，剪个平头，将拉里拉碴的胡子也给剃干净了，穿了一身熨过的黑色休闲服，按点来到了酒吧，一路上都在琢磨见面后该说些什么。到了酒吧后他要了一杯扎啤，开始了他焦灼不安的等待。他根本无法肯定袁璐是否"如约"而来，尽管当时袁璐对他的盛情邀请，多多少少地愣了一下，但很快就转化成了矜持的微笑，微微地颔首示意了一下，然后转身又去安排别的事了。在杜马看来，这就是接受的表示，心中一阵狂喜。这才有了当天晚上"等待"。

那天晚上的等待对于杜马来说简直成了一个不堪回首的噩梦，现在想来真是可笑之极。当杜马自斟自饮时，大脑就像是一台高速运转的发动机，也许是在酒精的刺激下，他开始觉得自己在轻舞飞扬，神游天外，各种浪漫的幻觉充斥着大脑，一切都是随心所欲的，就像上演一场精彩的偶像剧一般，台词犹如预先设定好的，一来一往，充满了诱惑般的暗示，他陶醉了。

时间就这样不知不觉地过去了，他一开始还显得颇有信心，等待对于他来说还是值得付出的代价，女人吗，为了显示她们的清高，总是会故意姗姗来迟，他认为这都是些可以原谅的"缺点"。只是在按照约定时间超过一个多小时之后，开始显出焦躁。他预感到仿佛胜券在握的等待是徒劳的，他成了天字第一号大傻瓜，袁璐根本就不可能出现。他的情绪一落千丈，大脑也轰隆隆地发出了沉闷的巨响,当一个人将未曾兑现的浪漫之旅想象得过于天真时,落空的等待对于他来说一定是毁灭性的,杜马当然隶属此类。他过于相信自己的所谓魅力了,结果,遭受打击就应属必然。他当然不可能想到,他一直在等待的这个女人此时此刻正在和他的朋友陆岛在一起,如果他知道事情的结果竟是这么一种状况的话,他那天何必要那么鲁莽呢,这让他多少有点无地自容!

现在,袁璐居然出现在陆岛的屋里,而且在他开始敲门而大门又迟迟未开的那一刻起,他就相信陆岛正在屋里干什么"好事",他最初还有一份窃喜,因为神秘的陆岛总算是有了破绽被他意外撞见,甚至齐霁也会因了这一新的发现而对陆岛彻底失望,他就有可能乘虚而入,只是杜马万万也没想到,和陆岛在一起的这个人竟然会是袁璐。

杜马的心里先是一惊,接着不免对陆岛又有了一丝嫉妒。他不能明白,陆岛为什么这么能招女人喜欢?而他自己则只能在一旁干巴巴地瞅着,这使他觉得这世道真是有些不公平,可转念一想,现在的情况变得有些微妙,齐霁显然也像他一样,感觉到了他们之间的微妙关系,无疑这会是一个出其不意然而又非常绝妙的讽刺,想到这儿,杜马的心里居然有一种说不来的暗喜,很快,他又觉得这是小人得志的心态,他不能过于幸灾乐祸了。

这是两个都曾让他有所心动的女人,现在她们分别阴差阳错地集合在了同一个男人的房间里,接下来将要发生些什么呢?他无从判断了。

"其实你也不用解释,你们之间的关系别人是很容易看出来的,嘻嘻。"

这是齐霁对着袁璐说的,让所有的人都为之一惊,因为,如此冒失地将两个人之间的隐秘关系当众揭穿，无论如何都不是一个善意的表达，可是从齐霁的脸上也无法看出她是出于恶意，她嬉笑着，仿佛是一个小孩猜中的一个谜底，令她开心不已。可是它的效果却是恶作剧一般地让人尴尬。

袁璐的脸上开始出现了一些变化，飞出了一片红晕，她大瞪着双眼看着乐颠颠的齐霁，一时变得哑然无声，显然，她没有想到齐霁以这么一种快捷的方式将她和陆岛的关系迅速点破，这对于她来说是猝不及防的，她能予以否认吗，显然这样做更加欲盖弥彰，反而会弄巧成拙，可是当着杜马的面默许她和陆岛之间的关系又让她有点无地自容。她这时又将目光转向陆岛，她希望能从陆岛的脸上得到些暗示，使她能从中摆脱窘境。

陆岛也在这时转过脸看定齐霁，他的表情在迅速地变化着，透着愤怒。

"即使我和她有什么，和你又有什么关系呢？"陆岛咄咄逼人地问道。

陆岛知道现在根本无须掩饰，他从来是敢作敢为的人，过去之所以将他和袁璐的关系秘而不宣，都是为了保护袁璐，既然现在让他们撞见了，又何必躲躲闪闪呢。完全没有必要，只是他无法明白，齐霁有什么道理将他和袁璐的关系广而告之，这件事跟她根本没有关系。

"你要知道为什么吗？"齐霁依然保持着她快乐的表情，反问了一句。

陆岛愣了，他不知道接下来齐霁将要再说什么。

"因为那天晚上之后，我喜欢上了你。"齐霁说。

这下轮到陆岛无言以对了，因为他忽然间从齐霁笑眯眯的眼神中读出一丝狡黠,她就是这样大大咧咧地将她想说的话无所顾忌地说了出来,根本无视在这个环境中还有其他的人在场,尤其是袁璐。

"完全是笑话,我们似乎也仅有一面之交,根本谈不上认识。"陆岛气恼地说。

"是的,见过一面,难道这还不够吗?"齐霁无所谓地耸了耸肩。

"你们在哪儿遇见的?"袁璐终于开口了,因为齐霁刚才说出的话让她大吃一惊,从一开始她就觉得这位不速之客的出现有些蹊跷,只是她想静观事态的演变,以便使自己能够更多地了解到其中的奥秘。可是现在,她觉得这个女孩实在是太过分了,竟然当着她的面公然地宣称喜欢陆岛,这等于是把她不放在眼里,因为很明显,正如她所说的,她是知道她和陆岛之间的关系的,这样做的目的无非只有一个:向她宣战,她觉得自己无法再沉默了。

"即便我和陆岛是这种关系,也与你无关吧。"袁璐尽量让自己心情平静地说。

"我没说与我有关呀。"齐霁没皮没脸地说。

齐霁无所谓地环视了一下众人的脸,想从他们的脸上看出点什么表示来。他们脸上的表情挺好玩的,她想,陆岛是一副恼怒的样子,杜马则是目瞪口呆,傻得可以,而袁璐呢,则被她刚才的一番抢白噎得有点不知该说什么了,正是她希望看到的效果,还有什么比这更有意思的吗?

"那我也想问问你,我和他认识和你又有什么关系吗?"齐霁嘻嘻一笑,反唇相讥地问。

齐雳将了袁璐一军，因为这时的袁璐确实没有更多的理由认为齐雳和陆岛的认识和自己有多大的关系，这是她和陆岛之间关系的性质决定的，他们仅只是情人，而且从形式上说，她是结了婚的人，而陆岛则属于单身一族，这就意味着他是自由的，他有选择的权利。其实他们之间的这种状况她何曾没有想过？她的的确确想过，而且不止是一次，但每一次都被自我消解了，因为她觉得只要能和陆岛多待一天，她就满足了，如果有一天，陆岛提出分手，她也会毫无怨言地离他而去，她有什么资格再多要什么吗？显然没有。

可是今天，当另一个女人贸然闯入后，袁璐便强烈地预感到了一种危险，一种其实从未消失的危机感蓦然间地在她的脑子里轰然爆炸，这才意识到，其实她根本不可能在自己的生活中失去陆岛。她能清醒地意识到面对的是一场不对等的竞争，眼前的这位女孩无论年龄还是形象都胜她一筹，而且到现在为止她还不清楚这个女孩和陆岛之间究竟发生什么，她只是记得女孩说过一句：因为那天晚上。

他们是在哪儿遇见的？什么时候见的？那个晚上又发生了什么？她一概不知。从陆岛的神情上看，似乎他们之间仅只是一次短暂的邂逅，并没有什么值得她大惊小怪的，但是，让她不解的是，又是什么样的力量支配着女孩找到了陆岛家呢？还有一个问题，女孩又是在什么样的情况之下和杜马搅在了一起，这都像是一道道谜团让她百思不得其解。她必须迫使自己冷静下来，尽管女孩的态度中透着一种暗藏的挑衅性，她也觉得不能过分地将自己的不安和烦躁表现出来。

"因为我们认识很久了。"袁璐对齐雳说，她没有正面地回答齐霁的问题，她觉得用这样一句话来应对齐霁是再好不过了。

"哦，是吗？"齐霁犹如恍然大悟似地感叹了一句，然后将目光迅速地转向了陆岛，"你们之间的事儿跟我又有什么关系呢？我关心的只是，我和你之间究竟会发生什么！"

"什么也不可能发生，"陆岛坚定地说，"不可能，就像那天晚上什么也没发生一样。"

"哈，"杜马在一旁高声地大叫了一声，"我一直以为你们有点什么情况，闹了半天，啥事也没有，嗨，那干吗弄得这么紧紧张张的，大可不必了吧。"

杜马神经兮兮地说完，便走到陆岛的音响装置前，开始摆弄了起来，陆岛问，"你这是干吗？"

杜马嘿嘿一笑："弄点声，我怎么觉得你这里的气氛有点压抑，放点音乐吧，我们需要调节点气氛。"杜马说。

"你想听点什么？"陆岛问，他觉得杜马的提议有道理。

"你选吧，但肯定不能是肖斯塔科维奇，我估计在这样一个时刻听你钟爱的老肖，这里的人都要开始不正常了，来点轻松优美的吧，我们现在需要的是欢乐。"

"那你选吧。"陆岛说。

"你有勃拉姆斯吗？"齐霁问。

"哟，你还懂音乐？"杜马吃惊地问？

"你以为呢！"齐霁不屑地甩了一下头。

"那你喜欢他的什么？"陆岛口气放缓和了些。他发现这个小丫头是有点不简单，如今的人都喜欢流行音乐，很少有人再来关注古典音乐了，所以当她说出勃拉姆斯时，他心里着实地惊了一下，不由地对她有了一种刮目相看的感觉。

"我喜欢他的小提琴协奏曲,你有吗?"

"当然,这是喜欢古典的人必备的曲子。"陆岛很专业地说。

陆岛这时走到袁璐的面前,探询地看着她:"行吗?"他轻声问。

袁璐微笑地看着他,微微地点了点头,陆岛感激地拍了拍她的肩,似乎一切都在不言中了,他有点感动,至于为什么他说不清。

陆岛喜欢现在的这种气氛,大家似乎都在安静地等待着一个时刻,一个能够让人的心境为之升华的时刻。他回到了音响架前,从旁边的CD架上小心地拿出了一张碟,然后打开功放和CD机,将CD仔细地放了进去,转过身来对大家笑了笑,然后伸出食指俏皮地放在嘴上做了一个示意。这时的气氛似乎一下子轻松了下来,大家都处在噤声中。

CD机上数字显示在无声地跳动着,终于出现了期待中的旋律,它是在一种温暖、轻快和流畅的音乐声中展开的,以让人难以置信的优美极为开阔地展现出了一个令人神往的天地,小提琴大师帕尔曼以他浪漫的情意绵长的音色,拉出了壮阔堂皇的感觉,交响乐队配合得惊天动地,仿佛空气中都充满了跃动着的音符。陆岛将音响的声音开得大大的,他喜欢从音箱里流出的声音是铺天盖地的,他喜欢让自己淹没在这扑面而来的音乐声中……

结束了,一切又恢复到了宁静的状态,他们仿佛还沉浸在刚才的旋律中,每个人都不说话,屋子里安静极了,似乎谁都不愿率先打破这份难得的宁静。

"我们不会就这么一直沉默下去吧?因为终归要回到现实的。"陆岛微笑地说。

"因为美,所以无言。"杜马沉醉般地说。

"杜马,你又要在这卖弄你的哲学了。"陆岛调侃地说。

"不是哲学,而是内心感受。"杜马不服气地说。

"为什么现代的人创作不出这样的旋律?"齐霁困惑地问道。

"因为这个时代在拒绝精神。"陆岛说。

"因为物质占据了我们生活的所有空间;精神,也就随之沦落了!"杜马哀伤地说。

"可是,不是还有你们在坚守吗?"袁璐在一旁忽然开口说话了。

"谈不上坚守,也许仅仅是出于个人爱好。"陆岛沉思般地说。

"噢,我好长时间没听到过这样的话题了。"齐霁欣喜地说。

"那是因为你们太物质了。"陆岛话中有话地说。

"可是心里却有一种渴望,说不清是什么,总觉得现在的生活太无聊,只好自己去寻找刺激。"齐霁说。

"你说的刺激是什么?"袁璐忽然问。

齐霁别过脸来看了袁璐一眼,然后又转头看着陆岛:

"我能抽支烟吗?"齐霁问了一句。

陆岛微笑着点了点头:"那是你的自由,"陆岛说,"你好像忽然变得客气了!"

杜马这时讨好地给齐霁递上了一支烟,并摁响了打火机,齐霁没有反应。

"是吗?我倒不觉得。"齐霁说。

"不像你的风格。"陆岛又说。

"你能给我倒杯水吗?"齐霁又问。

"我来吧。"杜马说,他迅速地转身进了厨房,很快地又从厨房出来了,纳闷地向陆岛摊了摊双手,陆岛笑了:

"真对不住大家,我昨天刚回来,什么东西都没来得及买,所以连水都没得喝,抱歉。"

"没事,其实我也不渴,自来水就成。"齐霁大度地说。

杜马颠颠地又跑去端来了一杯水,齐霁接过,摸出一支烟,将烟头在水里浸了一下,悠然地将过滤烟嘴叼在抹过口红的唇上,轻轻地吹了吹,几个水泡纷涌地从烟头里冒了出来,杜马急忙掏出打火机,帮齐霁点着了火。她重重地吸了一口,从口中吐出一股烟圈,轻烟袅袅渐次荡开,在又安静下来的屋子里缭绕着。

"谢谢!"齐霁对杜马微微一笑。

"这是我的荣幸,"杜马开玩笑地说,然后为自己也点上了一支,"一个人抽烟是不是有点孤独,我陪着你。"杜马没皮没脸地说。

"你是不是平时挺会哄女孩高兴的?"齐霁不领情地问。

"那也要看是谁了,"杜马狡猾地眨巴了一下眼睛,"说不定,我只会哄你高兴呢?"

陆岛觉得他们两人这时真像一对顽皮的小孩。

"看来,"杜马又说,"音乐能让我们大家彼此友好。"

"我们有过什么不友好吗?"齐霁似真非真地说。

"哦,刚才,"杜马的手臂在空中有力地挥舞了一下,"你们不觉得在此之前气氛有点那个什么吗?"

齐霁吃吃地笑了起来,大家的目光都转向了她,不知此时此刻她的笑意味着什么。

"世上本无事,庸人自扰之。"齐霁依然笑着。

"那就让'那个什么',不再'那个什么'吧!"杜马兴奋地说。

"你们聊吧,我该走了。"一直居于一旁的袁璐忽然说,她开始穿上自己的外套。

齐霁这时稍稍地犹豫了一下,大大方方地走到袁璐面前站定,友好地直视着袁璐。

袁璐装着没看见,可余光已然知道齐霁就站在她的边上,等待着她的目光掉转到她的脸上,齐霁似乎有话要对自己说。可她现在偏偏想回避这种正面的交锋,她不愿再多说什么了,只想尽快地离开这里,她需要自己安安静静地想一想,至于想什么她也说不好,可能也仅仅是想找一个清静的去处待会儿吧。

"是因为我吗?"齐霁问。

"因为你什么?"袁璐说。

"因为我的缘故你要离开?"齐霁说。

"唔,不是,"袁璐依然矜持地笑笑,"因为我要参加一个会。"

"我想,"齐霁说,"这只是你要给自己离开找的一个借口,但是我要实话告诉你,我和他之间什么也没发生过,但我承认喜欢他,"她停了一下,又说,"但我不希望伤害你。"

齐霁又走到陆岛的面前,扬起脸看着他,目光一直没有离开他的脸,但她的话还是冲着袁璐说的:"你可以告诉她,我们之间曾经有过的那次相识。"

"是吗?是吗?"杜马这时却表现出了极度的亢奋,"说出来听听,我倒是很有兴趣听听这段故事,别让我总是蒙在鼓里好不好?"

"袁璐,你肯定是误会了,"陆岛坦然地说,"你大可不必离开。"

袁璐觉得自己太委屈了。她不明白这是怎么回事,好像是她而不是别人变得蛮不讲理，彼此间的位置似乎在不经意中被不知不觉地倒置了。她承认，所谓的要去开会是借口，她只是想离开这里，她觉得自己有些压抑，而且也不知为什么陡然间觉得在这里成了一个多余的人，这个屋子里活跃的空气和她似乎一点关系都没有。她能感觉出陆岛和眼前的这个女孩的确是没有发生过什么，可是她的突然出现仍然让她心里很不舒服。其实在她与陆岛发生恋情时，她就告诫过自己，他们终归有一天会分道扬镳的，她只需珍惜与陆岛在一起的时光。可是人真是一个不可捉摸的怪物，当这个女孩一旦出现在自己面前时，她才真正地意识到，她根本无法接受在陆岛的身边再出现另一个女人，尽管理智告诉她，她是没有这种权利来要求陆岛的，但嫉妒之心依然使她无法自控。现在她也只能选择离开。

袁璐就这样离开陆岛的家，当大门即将关上的瞬间，她听到了陆岛呼喊她的声音，她的心动了一下，可还是毅然决定离开，随着大门"嘭"的一声回响，楼道里突然安静了下来，她在门口站了一会儿，好像在期待陆岛能再次开门唤她进去，可是没有，大门像无声的巨人一般静静地兀立在她的身后，仿佛一切都未曾发生过。她有了一种做梦般的感觉。

袁璐顺着楼道一层层地住下走。她不想乘电梯，她觉得走走还能让自己想点事儿，可是脑子里依然是乱糟糟的，像是纠缠着一堆盘根错节的乱麻。她知道出走的选择一定会让陆岛很生气。她了解他的性格，有时候，他的确像是一个没长大的孩子，这是她所欣赏的，可是有时候这种孩子气也挺遭人恨的，比如现在，他为什么不一再地挽留她呢，如果他再多说几句，或许她是能够留下的。他好像完全可以做到这一点的。当然，仅仅是或许。显然，在陆岛看来，她是没给他面子，在朋友面前，她让他难堪。可是他似乎也应该从她的角度想想，她之所以做出这个选择是出于什么？

她坐进了汽车，就势发动了引擎，发动机轰的一声开始运转了，可是她没有马上松开手刹，而是让车停留在原处，她用电控开关将车窗玻璃打开了。直到这时她才仿佛听见外面的世界是如此的嘈杂，各种刺耳的声音纷纷扰扰地蜂拥而至，而奇怪的是刚才好像是在一个封闭的空间里，什么都没有听到。她现在需要这些声音，这些完全没有理性的嘈杂而又喧嚣的声音，能让自己多少分散一下注意力。

十四

那天后，齐霁似乎就顺理成章地住进了杜马的宿舍，而杜马本人也乐于接受齐霁的这一选择，可他们之间仍然相安无事。

齐霁还是一如既往地痴迷着陆岛。而陆岛对齐霁却不为所动，谁也猜不透他在想些什么。

杜马当然为此感到十分恼火，他觉得陆岛在这个问题上表现得近乎不近情理，在他看来，齐霁的模样惊为天人，但也正因为如此，她对他却构成了巨大的心理压力，以至于欲望被抑制在了理性的状态之中，这真是一个奇怪的状态，女人的天生丽质，按说足以让他的欲望蠢蠢欲动，甚至不能自已，可是这一切并未发生。

"我无法理解！"杨洋晃着大脑袋，百思不解地盯着杜马的嘴角说。

这时杨洋正坐在杜马的房间里，所以当杜马说出齐霁与他相安无事，甚至相敬如宾时，他的那张嘴唇有点肥厚的大嘴一下子大大地张开着，这是他流露惊讶时的经典表情。

"这是一种高尚的行为，你懂吗？"杜马不屑地说。顺势抹了一下嘴角，那上边沾了不少面包屑，是他刚才享用面包时留下的。他从杨洋的眼神里注意到了他盯视的目光，他下意识地做出了一个动作，他知道自己的毛病，吃饭时总会在嘴角上残留点遗物。

"这个女孩和你真没什么？"杨洋试图用手势来加强他表达的意思，可他发现这是多么的徒劳，他不好意思地笑笑。

"坐怀不乱，这的确是一个高尚的行为！"杨洋只好又感叹了一声，眼神里流露出由衷的钦佩。

"是吗？"杜马苦笑了一下，不置可否地摸了摸下巴，他觉得这个问题无法回答，尽管这也是他自己的结论。

杜马的确是有口难言。那天从陆岛家出来，本以为齐霁因此就会放弃对陆岛的热望，所以当他询问齐霁随后的去向时，齐霁不假思索地说去他家，他当时欣喜若狂，以为齐霁做出了一个最后的抉择——因为陆岛的态度，他成了齐霁将要选择的当仁不让的人选。于是他带着齐霁先到了超市，买了一大堆食品和各种生活用品，他觉得自己陡然间有了一个家的感觉，齐霁走在他的身边，始终跟随在他的左右，许多路人对他们行注目礼，他为此感到自豪。回到家后第一件事就是冲了一个澡,他觉得这是对齐霁发出的最明确的信号。等他从洗澡间里出来后,晃着脑袋上的水珠,多多少少有点结巴地对齐霁说你是否也该去冲一下时,发现齐霁完全是心不在焉,两只大眼睛虽然在盯着他,可大脑却分明飞翔在另一片虚幻的天空中——她在走神。

这足以使杜马刚刚获得的那点自信和兴奋,迅速地坠落,直至冰层之底,他感到了彻骨的凉意。于是他立刻明白了,自己一厢情愿的判断是多么愚蠢,但一切都已无可挽回,因为他已承诺在先了,他不能赶她走。

杜马只是纳闷,既然如此,齐霁又为何还要选择住到他家呢?现在的女孩真是怪怪的,他心里想。

"我不明白你?"事到如今,杜马只能实话实说了。

齐霁好像刚刚缓过神来,这才认真地打量了一下杜马,就在这一瞬间,突然地爆发出一阵莫名其妙地大笑,着着实实吓了杜马一跳,他下意识地倒退了几步,然后颤抖着尚未立稳的身子,疑惑地向齐霁看去。

齐霁仍然在笑着,甚至笑得有些歇斯底里,在杜马听来,这一阵没来由的大笑的确让人瘆得慌。他也只能这么傻傻地立在那里,一动不动,眼神中流露的却是无法掩饰的惊诧。因为他不能解释这一阵突如其来的大笑究竟是冲着什么而来。

齐霁的大笑终于戛然而止,它终止在声调最高的音符上,就像一阵暴雨袭扰过后突然迎来的一片宁静。有那么一瞬间,他们谁都没有说话,只是在直视着对方的眼睛,仿佛在等待着什么东西能奇迹般地从天而降。

"男人,你们这些男人!"齐霁终于开口了,就像一声轻轻的叹息。

"男人？"杜马不解地伸长了脖子追问了一句，"我们男人怎么了？"

"你不觉得你这样子很可笑吗？"齐霁鄙夷地说。

杜马这才掉转目光打量了一下自己。他只穿了一条肥大的裤衩，但却赤裸着上身，一排排琴键般的排骨赫然醒目，他是在为自认为可能发生的一幕做好的准备，可以简单明了地进入状态。

他终于明白了齐霁大笑的含义。

杜马迅即发出了一声怪叫，转身快速地跑回书房，急急地给自己套了一件稍显体面的T恤。

杜马感到狼狈不堪。刚才还在血脉贲张蓄势待发的情绪受到了严重打击，甚至有无地自容之感，这实在是让他沮丧之极。显然，他误解了齐霁的行为。他原以为齐霁与他同行的目的是和他一样，迎接一场即将到来的欲望的狂欢，可事实证明这只是他为自己虚构出来的幻觉，她压根就没有这个打算，她只是和他来到了这里，仅此而已。直到现在，他才多少体味到了刚才齐霁关于男人的那声感叹，那是在感叹男人的可怜和可笑：一旦被欲望所钳制，就会不自觉地上演一场拙劣的滑稽剧，还自认为魅力四射哩。

杜马让自己稍稍的平静了一下，然后强作镇静状地回到了客厅，从容地打量了一下齐霁，似笑非笑地对齐霁点了点头，递上了一支烟，摁响了打火机，先给自己点上火，忽然发现不对，愣了一下，又急急忙忙地将打火机伸到齐霁的嘴前，他这时发现齐霁也在用似笑非笑的眼神斜视着他。

"不好意思，"杜马说，"忘了先给你点了！"

"那你在想什么呢？总该有个理由吧？"齐霁不无讥讽地问。

"没有理由，只是习惯。"杜马掩饰地说，脸上故意不动声色，尽管此时心里有些发虚。

"那只能说明你是一个挺自私的人。"齐霁俯身点着火，然后仰头吐出一团烟雾，面无表情地说。

"你这人太尖刻了！"杜马说。

"看来你才开始领教我，有什么打算？是请我出去呢，还是继续让我留下？"齐霁无所谓地乜斜着眼，看着香烟问。

"你误解了，"杜马赶紧说，"我不是那个意思，你当然可以留下，我的大门本来就是为你敞开的。"

齐霁微微一笑："这可是你自己说的。"

齐霁这时要求杜马将杨洋招来，杜马表示不解，他不明白杨洋在这件事上与她有何关系？齐霁却固执地笑而不答，两人僵持了一会儿，杜马妥协了，他给杨洋拨了一个电话。

扬洋很快就出现了，肥胖的身躯因为赶路而汗流浃背，鼻尖上布满了豆大的汗珠。他气喘吁吁地闯将进来，一边抹着脸上淌着的汗渍，一边用他含糊不清的语音低声问道："什么事，这么急？"

杜马一向知道杨洋是他最忠实的朋友，只要他一声召唤他便会立马出现在他的面前，人生得一知己足矣，他是这样评价他的这位憨厚而又可靠的朋友的。可是这一次却觉得自己做得有些过分，因为毕竟没有什么特别的急事需要他火速赶来帮忙，而仅仅是因为齐霁的缘故。

杜马没有说话，只是将目光转向了齐霁，因为他确实不知道齐霁要杨洋来这儿干吗。房间里一下子出现了短暂的沉默。杨洋莫名其妙地注视着这里的一切，有些纳闷，他不明白急匆匆将他唤来的杜马为何是一脸的不快。同时，他也没能立即弄明白他俩之间究竟出现了什么问题。当然，杨洋是非常相信杜马的能耐的，他知道杜马常常能将生活中的复杂问题迅速地升华到哲学高度，然后只要一个潇洒的俯冲：就能用理论来指导实践了。可他发现杜马遇到的问题一定不小，否则他不可能因此而愁眉不展。也许他还处于哲学思考的阶段？杨洋心里想。他觉得在这样的时刻是不应该打扰杜马思考的。于是他蹑手蹑脚地走到了一旁，找了把凳子悄悄地坐下了。

可是他的屁股刚刚和那把椅子有了一点点的亲密接触，齐霁在这一旁忽地一下站起了身，大大方方地上来拍拍杨洋的背，身子也顺势抖了一下，双肩背的小包在她的手里便随着一个小小的弧线落在了她的灵巧的右肩上，杨洋这时正好抬头看她，那个小包从他的视线中轻巧地划过。他觉得齐霁抖出的这个动作太酷了，无与伦比，让他叹为观止，不由地瞪大了眼睛，先是追随着小包的弧线走了一小圈，然后视点又落在了齐霁的脸上。

"这叫自由落体，笨蛋！"杜马注意到了杨洋痴呆的目光，嘲笑地说了一句。

杨洋恍然大悟地拍了拍自己的大脑袋，憨憨地笑了笑。

"一个准确而又漂亮的命名。"杨洋说。

这时他流露出的是对杜马的由衷钦佩了，因为杜马再一次将一个无法形容的姿势，给予了恰如其分的升华，他是很愿意经常听到杜马的此类高论的。

"我们走吧。"齐霁对杨洋说。

"走吧，去哪儿？"杨洋纳闷地拍拍脑袋问，"你们叫我来，就是为了走？"

杨洋觉得这里的气氛太奇怪了,让他处在一个尴尬的位置上。他不知道在杜马和齐霁之间发生了什么。他原以为自从昨天晚上和他们分手之后,杜马和齐霁一定有过一个快乐的夜晚。这是顺理成章的事儿,他想。

那天杨洋亲眼所见是齐霁主动和杜马一道离开的,而且目的地是杜马家,至于齐霁和陆岛之间究竟是怎么回事,在他看来已经不重要了,凡事都有变数,令他一向刮目相看的杜马显然用他的魅力迅速地征服了齐霁,陆岛不用说已经是多余的人了。这事说起来也是挺好玩的,一个看起来完全是意外的缘分是以这种方式完成的。为什么不能呢?生活中就是有这么多的奇迹,这是不言而喻的,否则齐霁怎么可以最后选择了跟着杜马回家呢?

可是现在齐霁却蓦然间说是要走,而且让他不明所以的是杜马的脸色也似乎不那么愉快,他们之间究竟发生了什么?他无从知道,他现在有点进退两难。他从骨子里不愿做杜马不高兴的事,这是他的朋友,一个让他心悦诚服的朋友,他愿意为这个朋友两肋插刀。可眼下的情况却显得很不明朗,虽说电话是杜马打的,而且让他迅速赶到,可他来了之后又是这样一种状况,让他不知所措。他看着杜马,希望从杜马的脸上找到答案。可是他注意到,杜马也是一脸的茫然,这就更让他摸不着头脑了。

"你能告诉我,要去哪儿吗?"杨洋问齐霁。

"你跟我走就知道了。"齐霁说。

他们向门口走去,这时一直站在一旁的杜马开口了,他问齐霁是不是从此就这么消失了?

齐霁用愉快的语调反问:"这是不是正是你所期望的?"

杜马的回答当然是否定的,因为他发现自己的情绪变得十分的狂躁，他不愿意让齐霁就这样从他的身边消失，因为他对她有了一种莫名的无法说清的期待，可是他又知道己然无法阻止她的离开，自己一厢情愿的错误判断导致了现在的结果，他追悔莫及。可是他又想，既然要离去，为什么还要叫来杨洋呢？这有点怪。

这时齐霁兴高采烈地说："其实你现在这个样子还是挺好玩的。"

"好了，你也不必安慰我了。"杜马情绪低落地说。

"你以为我会去干吗？"齐霁突然问了一句。

杜马茫然地摇了摇头。他当然不可能知道齐霁接下来要做的事会是什么，因为迄今为止，齐霁这个人的背景资料及其社会关系他一概不知。

"如果你真的猜不出来，我想最好的办法就是在这等着。"齐霁用一种诡秘的口吻说。

当齐霁和杨洋再次出现在杜马的房间时，杜马真是大喜过望了。

齐霁的这种选择完全出乎杜马的意料，他怎么可能会想到，齐霁的所谓的离开仅仅是将她在学校的东西搬到他这里来了，而他的朋友杨洋此行的结果是充当了一回"搬运工"。但是杨洋还是十分高兴，因为他觉得自己为朋友做了一件值得辛苦一把的事情。他在随齐霁离开杜马家的路上，心里就一直在嘀咕，不清楚齐霁究竟想干吗。他只是觉得杜马显然不愿让她就此离去，而他却被莫名其妙地夹在了中间，他其实是很不愿意做任何让杜马不高兴的事情，可是这件事怪就怪在明明杜马不愿意让齐霁离去，可是偏偏又要求他跟随齐霁去做她想做的事情。所以在路上他一再地问齐霁究竟想要做什么？为什么要把自己牵扯上？齐霁笑而不答，或者说些不着边际的话，这就让杨洋不胜烦恼。

当社会学院的大门呈现在他的眼前时，他着实被惊了一下，他不能想象齐霁的身份和这所大学的名字会发生什么联系。当他瞪大了眼睛呆望着齐霁时，齐霁却被他夸张的表情给逗乐了。她告诉杨洋，这并没有什么好惊讶的，她只不过是这所学校的一名学生而已，现在的学业已进入实习阶段，她想搬出学校。杨洋说他根本没有想到她竟然会是学社会学的学生。

"那你以为我是干什么的？"齐霁反问道。

杨洋嗫嚅了半天，才说，"我一直以为你是漂在北京的一个女孩。"

齐霁大笑，说："你为什么会认为我不是一个学生呢？"

"好像学生不会是你这个样子。" 杨洋憨厚地说。

"你所说的学生又应当是什么样儿的呢？"齐霁又问。

"反正和你不一样。"杨洋想了一下，发现自己也说不出个所以然来。

他们来到了学校的宿舍楼前，齐霁让杨洋在楼下等着，她上去拿些东西一会儿就来。杨洋感到纳闷，因为直到现在为止，齐霁仍然没有告诉他，此行的目的究竟要做什么，比如搬出去？究竟要搬到哪儿？

他问："你到底要干什么？你不能让我这样稀里糊涂地就跟着你走，可又什么都不知道，你可要知道，杜马是我的朋友，我可不愿做他不高兴的事。"

本来已经转身向大楼走去的齐霁停住了脚步，回过身来看着杨洋，"那你认为做什么事，他才会高兴呢？"

"我想，"杨洋说，"他想你能待他的身边。"

"那好吧,"齐霁说,"如果仅仅是这样,你会得到一个满意的结果。"

齐霁走了,只剩下杨洋孤身一个待在了空旷的校园里。校园显得格外的整洁而安静,周围种满了绿色的植物,甚至听不到读书声,给人一种恍如隔世的感觉。

正是上课时间,学生们都在课堂上,所以才会这么清静?杨洋想。

只能偶尔看到一些闲散的人,晃晃悠悠地从远处慵懒地走过。这种气氛是他曾经熟悉的,那还是在他的大学时代,可是一晃好多年不知不觉地过去了,在他的记忆中甚至已然抹去了这种曾有过的经历,可是今天好像又突然间被召回到了他的过去,一切都是这样的熟悉而又陌生,恍然如梦如幻。往事依依,他想,生活不可能再重复一次,如果有可能,他还是愿意回到这里的,因为校园的大墙是一道分界线,它挡住了世俗的喧嚣和纷扰,可是现在他已置身在大墙之外,让他无所适从。

正想着,他听到了远远地脚步声,定睛看去,果然是齐霁,她拎着一个大包,显得很吃力的样子。杨洋快步迎上去,从她手上接过了大包。很沉,杨洋迅速地感觉出了它的分量。

"你好像是要去远征?"杨洋开玩笑地说。

"你看我的样子像是去远征的吗?错,我是在换个地儿住住。"

"哦,你和我的想法正好相反,我倒是想回到这里来住住。"杨洋颇有些感慨地说。

"那我们可能是属于不同种类的动物,"齐霁说,"你可能需要的是安静,而我却需要自由的空气。"

"自由？"杨洋愣了一下，看着齐霁，"你的自由指的是什么？"

齐霁微微一笑："很抱歉，我现在还不知道，我也在找，只是我知道，住在这里没有我要寻找的自由。"

"人和人真是不一样，我到了这里才发现，这才是我愿意待的地方。"杨洋说。

"为什么？"齐霁问。

"我骨子里是个喜欢清静的人。"杨洋说。

"我说了，"齐霁笑说，"我们是不一样的动物，现在看来真是。可现在的大学也不是你想象的那样了，清静已经从地球上彻底消失了，杨洋你比我还要幼稚。"齐霁又说。

"是吗？"杨洋怀疑地问。

"你好像是天外来客，什么都不知道似的。"齐霁善意地说。

"我很久没再来过大学校园了。"杨洋有些怀恋地说，"对了，你好像该告诉我，你要去哪儿了吧？"杨洋问。

"你说呢？"齐霁故意问了他一句。

杨洋想了想，"不知道。"他说，"其实我们并不熟知彼此，我怎么可能知道你的去向呢？"

"你和杜马真的很熟吗？"齐霁转移了话题。

"当然，"杨洋飞快地回答，"他是我最好的朋友。"

"那你很幸运。"齐霁若有所思地说。

"幸运？"杨洋有些纳闷，"为什么这么说？"

"你的大脑真是不会拐弯，"齐霁嗔怪道，"幸运这个词，还有其他的解释吗？"

"可你说的是我和杜马的幸运，"杨洋赶忙解释说，"所以我不知道你所说的幸运从何而来？"

"现在什么都能买到，什么都不缺了，"齐霁沉思地说，"但缺的是朋友，所以你幸运，因为你有朋友。"

"你没有吗？"杨洋关切地问。

"目前还没有，"齐霁想了想说，"但我想会有的。"

他们已经步出了校园。刹那间各种市井的嘈杂声便如飞蝗一般轰隆隆地迎面扑来，他们两人就这样站在马路沿上，看着一辆辆像喝醉了酒似的大小汽车快速地从眼前驶过，在他们的身后，便是一片绿化带，几个伸胳膊踢脚的老人正在慢悠悠地施展着他们步入晚境的灵动，他们的脸上好像还呈现着纤尘不染的安详，宛如置身于这个世界之外。

"你还没告诉我要去哪儿呢？"杨洋忍不住又追问了一句。

"还能去哪儿？杜马家呗。"

齐霁目光仍然在注视着大街上川流不息的车流和人流，仿佛是漫不经心地说了一句。

"哦，是吗？"杨洋脸上立刻洋溢出一片喜悦，"那你也是幸运的。"

"幸运？"现在轮到齐霁纳闷了。

"当然，你也一定会成为他的朋友，这不正是你要寻找的东西吗？"杨洋天真地说。

"杨洋，我一直以为在这个世界上，已经没有了天真这个词了，可在你的身上我又看到了，你是一个好人！"齐霁由衷地说。

杨洋露出一丝腼腆，嗫嚅地说："我是真的希望你俩能够好，真的好。"

齐霁用一种在杨洋看来奇怪的表情望着他，杨洋不知道自己说错了什么，在她目光的逼视下有些不知所措。

"我怎么了？说错了什么吗？"杨洋冒着傻气问。

"你的好指的是什么？"齐霁显然是明知故问。

"你们无须再和我保密了吧？"杨洋咧着大嘴乐呵呵地说。

齐霁让杨洋的一番胡乱猜测弄得啼笑皆非，但她也同时再次证明杨洋的确是挺可爱的一个大男孩，他的心理年龄和实际年龄相距甚远，不时地会透出一种天真的稚气。她最初还以为这是杨洋的伪装，直到现在才发现其实这才是杨洋这个人，一个可能一辈子都长不大的小男人。

她知道自己比杨洋小很多，可不知为什么又觉得在心理上比杨洋要成熟，这多少能唤起她对男人的一种莫名其妙的关爱，过去她很少有过这种体验，她一向自恃聪明伶俐，因此周边的男人总会对她呵护有加，那时她觉得女孩子就应该受到这样的礼遇，挺轻松挺快乐的，可是今天，杨洋给予她的却是另外的一种感受。

"我饿了，你呢？"齐霁没有再接着说下去，换了一个话题说。

"哟，可不是，都快七点了，时间过得真快！"杨洋看了看表，吃惊地说，"你想吃点什么？我请客。"

齐霁环顾了一下周围，忽然眼睛一亮，用手指了指马路对面那尊用彩釉装饰出的矗立着的"老人"。杨洋顺着她的目光看去，那是"麦当劳"正在向他发出憨厚的微笑。杨洋很不屑地摇了摇头：

"麦当劳？不会吧！"

"为什么不会，我要吃的就是它呀。"

"我可没说要你为我省钱。"杨洋又唠叨了一句。

"我说了要你省钱吗？"齐霁问。

杨洋憨憨地想了想，晃了晃大脑袋："没有。"

"那我们现在可以去吃了。"齐霁说。

十五

当齐霁和杨洋敲开了杜马家的大门，连招呼也不打就鱼贯而入，杜马的确是大瞪着双眼，以为在做梦呢。眼前发生的事的确让他犹在梦中，于是他眼睛瞪得大大的，一脸的迷惑。此时，他仍沉浸在因齐霁的离去而备感颓丧的情绪中，他发现他的神经变得格外的脆弱，脆弱到稍微有一点点细微的动静都会让他产生歇斯底里的感觉。他想大声地喊叫。

他一直在努力控制自己，把手机关掉，厚厚的窗帘也被严严实实地拉上了，屋子里一下子变得黑暗起来，他觉得在这样的光线下自己才会有一种安全感，一种能让他稍感踏实的感觉。这时他才发现刚才在强烈的光线下活蹦乱跳的思维终于栖息下来了，就像一只古怪而又上蹿下跳的怪物一下子消失在了空气中一样。他如释重负地吸了一口气，躺倒在了沙发上，顺手从沙发底下抄出一个报纸包着的东西。那里面藏着他平时会偶尔地吸上几口的鸦片粉。

屋子里开始弥漫出他熟悉的香味，这是独特的"烟"燃烧后在空气中散发出的气味，这种气味能让人陶醉，也更能让他浮想联翩，但还需要一会儿工夫，他让自己的呼吸尽量变得平稳，以便迎接那种恍兮惚兮的感觉。那种身子漂浮起来的感觉肯定好极了。

他狠狠地吸了几口，心情仍处在烦躁的状态中，他不喜欢这种感觉，他认为一旦处于这么一种心境下，便会被情绪所污染，甚至被它控制，他必须试图摆脱。"烟"无疑是让他得以超然于世的最好伴侣，他已然百试不爽地用这种方式让自己多次走出了心理困境，为此他感谢它。

他就这么静静地吸着，脑子里暂时呈现一片空白，开始感到了四肢的疲软，还有一种麻酥酥的感觉。一股舒缓的热气正在悠然而又飘逸地窜向他的大脑深处，僵硬的身体好像正在一点点地融化，他追随着这种感觉。渐渐地，脑海里出现了各种幻象，它们就像幻灯片似地迅疾闪过，却无法构成一个完整的图像，他依稀觉得齐霁正在对他微笑，而且在向他走近，他感觉到齐霁温润的嘴唇正在亲吻着他的身体，他却不想动，他愿意享受这一时刻带给他的快乐。

当门外传来敲门声时，他还沉浸在他的幻觉之中，只是那个声音把他多多少少地吓了一跳，他迷迷糊糊地站起身来，鬼使神差地走向大门。

拉开门时，吓了一跳，仿佛现在呈现在他眼前的是幻觉，因为站在他面前的人居然是齐霁。

他无法将刚才在"烟"的作用下出现的齐霁，和眼下实实在在地站在他面前的齐霁重合为一个完整的影像，它们亦真亦幻，让可怜的杜马真假难辨了。

"烟"的气味也随着大门的敞开，像波涛般地扑向了站在门口的齐霁和杨洋，杨洋下意识地嗅了嗅飘荡在空气中的香味，他发现这香味的确能让人有一种迷幻的感觉。

"你瞧我给你带来了什么礼物？"杨洋得意扬扬地说。

其实不用说已经让杜马够惊讶的了，他的嘴巴一直在大张着，可就是始终吐不出一个字来，因为他不能相信眼前出现的这一情形，他原以为从他身边永远消失的齐霁不可能再出现在眼前了。可能吗？莫非是自己还在幻觉中？

"我还以为你真的消失了呢？"终于，杜马忧郁地说了一句。

"可我还是出现了。"齐霁说。

杜马没有再回答，而是自顾自地回到了沙发上，目光依然呆滞。

杜马的表现过于反常，杨洋不好意思了，他原以为随着他和齐霁出其不意的出现，以他对杜马性格的了解，他应当是欢呼的，他从不掩饰自己的情绪。可是激动人心的场面并没有出现，反而出现的是这样一种反常的态度，他觉得，杜马眼下的行为无疑是将他和齐霁晾在了门外。他是应该有所表示的，杨洋在心里说，他难道不应该感到兴奋吗？

杨洋有些生气地将齐霁的东西拎进了屋，还反客为主地将齐霁迎进门来，他是属于在某些方面看似笨拙的男人，现在的表现就显得利索，脸上仍堆着憨傻的笑意，仿佛在这一瞬间他成了这个家的主人。杜马依然坐在沙发上一动不动，好像这里出现的一切他都视而不见，其实他只是想让自己镇静，因为他已经不相信生活中会出现奇迹了，而且他也一直在怀疑是不是依然沉浸在幻觉中。

齐霁倒显得无所谓的样子，似乎对这里出现的气氛丝毫没有觉察，从她的反应中无法准确地看出内心反应，她只是跟着杨洋步入杜马的客厅，然后宾至如归般将放在提包里的衣物一件件地拿出，杨洋在一旁看得有点傻了，他觉得齐霁是不是搞错了，这可不是她的家呀，这是杜马的居室！当然，杨洋骨子里钦佩齐霁，因为从齐霁的行为举止中，他看到了她的敢作敢为，而这一点又恰恰是他身上最为缺乏的。

"你这是干吗？"杜马瞪大了眼睛，难以置信地问。

"你不至于出尔反尔吧？"齐霁一边收拾一边说。

"你的意思……"

"我正式接受了你的热情邀请，搬来和你同住了。"齐霁站起身来，伸了伸懒腰，漫不经心地说。

"合着你搬来这些东西，是要和杜马同住？"杨洋惊讶地问。

"奇怪吗？"齐霁侧过脸问了杨洋一句，然后耸耸肩膀，"这没什么，只是我想看看接下来到底会发生什么故事。"

"这还用猜吗？"杜马嘟哝了一声，"自然是爱情故事，但隆重登场的男主角肯定不是我。"

"你这么肯定？"齐霁调皮地反问了一句，迅速地瞥了杜马一眼，她在故意激他。

杜马抬起眼，看了齐霁一下，然后站起身，走到茶几前，喝了一口水，他尽量让自己装出一副无所谓的样子，其实心里却在等着齐霁接下来要说的话。齐霁的行为出乎他的意料，她为什么又回来呢？而且居然将她的家什也一并搬来，这是什么意思？他不明白。这个女孩的行为的确让人费解，他觉得自己对齐霁的欲望冲动不知从何时开始已然转化为一种说不上来的情绪——一种迷惑，和一种挥之不去的烦恼。他再次从齐霁的脸上看出了，她的贸然闯入绝不是出于一种对他的依恋。那究竟出于什么？

"你刚才吸的是什么？"齐霁忽然问。

"烟。"杜马说。

齐霁撇撇嘴，"你以为能瞒过我吗？你太小看人了。"

杜马看着她。

"劳驾，给我卷一支，行吗？"齐霁面无表情地说。

杜马无奈地摇摇头：

"你还没到抽它的年龄，但我可以让你尝试一下，只是尝试。"

现在轮到齐霁怒视杜马了。

十六

一个男人和一个女孩同处一室，却相安无事，在杜马最初的想象中简直是不可思议的，因为按照人之常情怎么着他俩也该发生点状况，何况是齐霁主动迁居于此，可是他们之间又确确实实相敬如宾。这是有悖常理的。杜马从脑子里蹦出这句话来。

让杜马纳闷的是，当自己处于沉思中时，齐霁似乎就成了他思考的对象，而非欲望的对象，他惊异于齐霁住进来之后的那种旁若无人，宾至如归的大大咧咧，仿佛这里天生就是她应该驻扎的居所，她像主人般地指挥着杨洋将这个邋里邋遢的屋子整理得秩序井然，目力所及让杜马居然有了一种陌生感。杜马平日里是懒得打理房间的，他懒散惯了，他觉得在乱糟糟的屋子里才能找到自己的感觉。他骨子里讨厌所谓的"小资"情调，他羡慕六十年代盛行于美国的嬉皮士运动，甚至对这场早已销声匿迹运动的生活方式也一并欣赏，可是那个年代毕竟一去不复返了，想到这里他多少有些伤感。

可现在眼见的一切都获得了改观，就连随意悬挂着的窗帘都被齐霁用刚从"宜家"买来的棕黄色的窗帘取而代之，他瞅着眼熟，想了想，明白了，这是他在陆岛家见到过的，他心里又涌起了一丝妒意——又是陆岛！

甚至在某些不引人注目的角落里多出了许多玩具动物，它们或憨态可掬，或张牙舞爪地在一旁乜视着他。他的那个脏兮兮的烂沙发也被一条带有温馨花色的棉布所覆盖，以至于居于客厅之中成了一个醒目的点缀。

女人是能创造奇迹的，他想，已经毫无感觉的屋子开始有了温暖和舒适的气息，这是他过去从未感受过的，他根本没想到他的屋子能在这么短暂的瞬间迅速获得改观，以至于面目全非。这样下去我快变成嬉皮士了，他自嘲地想。

齐霁一直在房间里乐此不疲地忙碌着，而杨洋则毫无怨言地听从着她的指挥来回奔忙，他突然觉得自己在这里似乎成了一个多余的人。眼前发生的一切和自己好像毫无关系，他成了一个地地道道的旁观者，仿佛在欣赏着由别人来创造的生活奇迹。可这毕竟是他的生活空间啊，而且是他必须就要面对的生活，只是不能想象和一个自己心仪的女孩同处一室会是一种什么心情？虽然他们曾经有过一个夜晚，一个相安无事的夜晚，可那毕竟不同呀，那是她临时性的寄宿，一个短暂的小憩，然后就是各奔东西，彼此可能再也不会相逢,可现在的情形却截然不同,齐霁已经开宗明义地宣称她将寄居在这里,也就意味着将要和他共同的生活在同一个屋檐下,在同一个空间中朝夕相处。

这可能吗?尤其是他们之间还不能发生大家都无师自通的那种事。他也不知道齐霁怎么想的,她难道就不怕别人会对她说三道四吗?因为在别人看来她毕竟和一个男人在同居,纵然费尽口舌去解释,也没人相信她与他其实"形同陌路"。

终于结束了。当房间整理停当之后,齐霁便兴高采烈地冲进了卫生间,从里面隐约传出了淋浴的水流声,似乎还能听到齐霁愉快的哼唱。杨洋也获得了"解放",肥胖的身子重重地压在了沙发上,沉重的喘息声不时地从他的鼻翼间徐徐升起,额头上沁出大颗的汗粒。他和杜马现在是面对面地坐着,彼此莫名其妙地看着对方,仿佛在这样一个时刻他们俩倒成了陌生人。

"是她自己要来的。"杨洋终于开口了。

"我知道。"杜马说。

"那说明你知道她喜欢你。"杨洋微笑着说。

"噢,你真是天真!"杜马苦笑地说。

"怎么了?"杨洋糊涂了。

"没什么,我觉得她只是需要一个住的地方,正好选择了我。"杜马说。

杨洋笑了,"是呀,她需要的是住在你这儿,这还不能说明问题?"

"什么问题?"杜马问。

"这还要问我吗?昨晚我就看出来了,她喜欢你,嘻嘻。"

"笨,你真是一个大大的笨蛋!"杜马站起身来大声地说着。

杨洋傻眼了，瞪着双眼看着他的朋友，一个他所无限崇拜的思想者。

"这是一种高尚的行为，你懂吗？"杜马忽然激昂地说。

粘在杜马嘴上的面包屑消失了，杨洋在心里说。

接下来，就是我们在上面的叙述中，看到过的对话。

杜马确实觉得杨洋笨得可以，一点眼力见儿都没有，他一准真的以为齐霁爱上他了呢！这怎么可能？可是他也奇怪齐霁为什么就能放心大胆地搬来和他"同居"，无论如何这是一个十分危险的选择，如果杜马强行要做些什么，她能阻止得了吗？显然不可能阻止，因为他有足够的体力去征服一个弱小的女子。女人，你的名字叫脆弱，他适时地想起了莎士比亚的那句经典语录。更何况是你齐霁主动选择住在了这里，即使有事发生也是你自找的，没人会来干涉。

可是，他杜马会这么做吗？当然不会，他从来就不是这种人，如果是的话，那天晚上，他定然破门而入了，也不会发展到现在，弄得好像犯了什么错误似的。没有发生的原因就在于他是有原则的人，他不能想象一个人能像动物一样强行和不情愿的女孩发生肉体的接触，他觉得那样做很恶心。他一直觉得男人和女人在性爱上要有一种肉体上的默契，一种无声的交流，这是通过眼神就能感受到的，它能让你的欲望像一团潮水般的迅速沸腾，做爱才能尽兴。齐霁没有给他这种感觉，尽管他承认自己的内心对她有一种隐隐的欲求，可她给予他的那种坦然的眼神已将这种隐然而生的欲望给浇灭了。所以杨洋的猜测让他觉得啼笑皆非。杨洋在这方面好像缺智力，他有时候觉得杨洋的思维像一个没长大的婴儿，这既是他的可爱之处，也是可恨之处，例如刚才，他只会做出简单有如一加一等于二的判断,而这个世界的神秘就在于答案的缺席。他觉得现在无须再向杨洋解释什么了,杨洋是他最忠实的朋友,一个可靠而又无怨无悔的朋友,人生中能有这样一个朋友已是幸事,他珍惜。

齐霁从卫生间里出来了,身上还散发着沐浴液的芳香,她的长发如瀑布般湿漉漉地披散在肩上,脸色润泽光滑,很迷人。她穿了一件粉色的肥大的睡衣,将她的瘦小的身子裹在里面,像个天真的高中生。空气中的味道因她的出现而获得一分清爽,这是一种只有女人才具有的味道,杜马想,心情忽然变得出奇的好,无欲无求了,只是在静静地享受着这一刻赋予他的那种异样的体验。他这时才发现女人有时真像是一个不可触摸的天使,她就站在近处,你却觉得遥不可及,只能欣赏,却不可亲近,仿佛太靠近她就会迅速消失,带着你的那种蓦然而生的感受转瞬即逝了。

"你们在说什么?"

齐霁斜着脑袋,用浴巾由上至下地揉搓着她的长发,漫不经心地问。

"在说你哩。"杨洋笑着说。

"背后说我的坏话吧?"齐霁说,她将长发甩向脑后。

"怎么会呢?"杨洋认真地说,"你会这么认为吗?"

"你真是一个不经逗的人!"齐霁被杨洋认真的样子逗乐了。

"我们只是在猜,你为什么要搬来这里住?"杜马终于开口了。

"你真的要知道吗?"齐霁悠悠地荡着步子,来到了沙发前,一仰身倒在了沙发上,舒坦地喘了一口气,然后分别看了杜马和杨洋一眼。

"哎，你们不觉得这里因为我的进入而大为改观了吗？"齐霁得意地说。

"可是你还是没有告诉我们，为什么要选择住这儿，而不是别处？"杜马问。

"当然是为了爱情。"杨洋耸耸鼻子，骄傲地说。

"我说出来你们也许会感到奇怪，"齐霁稍微停顿了一下，继续说，"我是为了陆岛。"

齐霁说出的这句话让在场的杜马和杨洋都感到意外。这个结论是他们没想到的。为了陆岛？这简直又是一个无稽之谈。本来齐霁莫名其妙地又出现在他的房间已经让杜马很纳闷了，而且事先杜马还见"义"勇为地带着齐霁去找了一趟陆岛——尽管杜马在见了齐霁之后，自己的内心已然蠢蠢欲动，但为了朋友他也就豁出去两肋插刀了，当然，这其中肯定也带着对齐霁和陆岛关系的好奇，想去探出个所以然来，可是结果还是悬而未决。陆岛对于她的出现并没有表现出兴奋，甚至有些冷漠。但他却看到了齐霁的性格，一个敢作敢为的性格，他很欣赏，虽然当时齐霁的过度"表演"让他很吃惊。但陆岛发出的信息却是再明白没有了，这就是齐霁"没戏"，以齐霁的聪明，她不可能不清楚，可是他还是来此"为了陆岛"，这不是有病吗？杜马一惊之后，在心里嘀咕着。

说实话，杜马当时是真心实意地想满足齐霁的愿望，他原以为齐霁和陆岛之间已经有了一个动人的故事，虽然这个故事可能意味着他和齐霁不可能再有新的续篇，但他依然好奇。只是令他莫名其妙的是，为什么陆岛要将他的电话告诉齐霁呢，而且并没有向她说明这是杜马的电话号码。现在看来，这里面多多少少有陆岛恶作剧的成分。可是细细想来，陆岛的性格也并不是一个善于制造恶作剧的人，这其中就必定另有缘由了。那会是什么呢？

"你能告诉我你和陆岛到底怎么了？"杜马小心翼翼地问。

"我对这个问题也有兴趣。"杨洋兴奋地嚷嚷着，鼻子上冒出了汗渍。

"这是我的秘密。"齐霁说。

"我怎么觉得陆岛好像和你并不那么熟呢？"杜马谨慎地说。

"你怎么认为都可以，无所谓。"齐霁说。

"可是你为了他却住进了我的家里，我能无所谓吗？"杜马有些醋意地说。

"如果你认为会给你带来烦恼，我可以马上离开。"齐霁白了杜马一眼，说。

"没这个意思，"杜马解释，"你别误会，我只是好奇。"

"如果我告诉你，我也是因为好奇呢？"齐霁说。

"你也好奇？"杜马更糊涂了，"这就更加奇怪了？好奇什么？陆岛吗？"

"当然是他，还能是谁？"

"能说吗？"杜马问，"你的所谓的好奇。"

"他是个很特别的男人。"齐霁略有所思地说。

"等于没说，难道我们就不够特别？"杜马略带讥讽地问。

"人和人都不一样呀，"齐霁想了想，"这可能只是一个女孩子自己的感觉。"

"我们感兴趣也许正是你的这种感觉。"杜马继续追问。

"这是我的秘密，我已经说过了，你觉得你还有必要问吗？"齐霁不高兴了。

杜马无话可说了。他觉得女孩子的心，真像是秋天里飘浮在天上的云，令人琢磨不透，对于他来说，现在只能是很现实地面对即将面对的所有问题，其中最关键的是如何对待齐霁的这个选择：他们必须天天同居一室，朝夕相处。是个难题，因为他知道自己喜欢她，喜欢看她玩世不恭的样子，喜欢她身上不时地散发出来的味道，喜欢她爽快的性格，以及和她聊天时的那种感觉，他过去一向认为女人低智，可齐霁改变了他的偏见。目前为止，他都无法判定齐霁为什么要选择住在他的家里，这是一个奇怪而又大胆的选择，因为她并不将他视为一个恋人，只是企图通过他接近他的朋友——陆岛，可她是否意识到这是冒险的？

十七

当袁璐再次出现时，陆岛的反应是诧异的。

他们已经太长时间没有联系了，虽然通过几个电话，但袁璐的口气都像是在搪塞，透过话筒，陆岛仍能感觉到袁璐的冷淡。这几次电话让陆岛感觉到了一种无聊，使他觉得自己分明是在自找没趣，不用多说，陆岛是知道袁璐的态度源于那次齐霁的出现，但他没想到袁璐会有这么大的反应，有必要吗？他和袁璐之间从一开始就有一个不成文的默契，双方只重视在一起时的欢乐，都不去探究各自另外的隐秘生活，保留一份属于自己的生活空间对于维系双方的关系都是至关重要的，起码在陆岛看来是这样的，他们完全没有必要将感情的触角再深入到对方感情生活的所有领域，这会让他有一种被窥视的感觉。他不喜欢自己彻底地裸露在另一个人面前，无遮无掩，他酷爱自由，这是他们的关系从开始发展时就一再声明过的，而且还得到了袁璐的赞许，她说，这也是她的想法，她不愿意被占有，她认为占有对双方都是一种非常自私的想法，更何况她还是有家室的女人，维系这样一种关系显然是相得益彰的，双方都不会损失什么，但却能得到一种隐秘的快乐。他们并不天天见面，平时只是通通电话，在电话中彼此寒暄几句，偶尔也会逗逗贫嘴，这里面都会暗含着只有他们之间才会心领神会的私语。

"嗨，我饿了。"陆岛总是这么说。

"是吗？那你可以在你们楼下找一家上等的餐厅饱餐一顿了。"袁璐轻笑地说。

"遗憾的是它们都不合我的口味儿。"陆岛调侃地说。

"哦，那很遗憾，只好你自行解决了，你不是经常'画饼充饥'吗？"电话那头传来袁璐开心的笑声。

"那毕竟是'画'的，不够痛快，现在需要的是实实在在的享用。"陆岛不甘示弱地说。

"那我就无能为力了，本人只能对你的状况表示同情。"袁璐故意装出一副悲天悯人的样子。

"那你就想象一下当我穿过平坦的大地，深入'敌后'的感觉吧！"陆岛笑说。

"你真坏！"袁璐捂住话筒轻声地嗔怪道。

"因为你现在好像胃口不太好，我给你来点上等的调味剂呢，怎么样,感觉如何?"陆岛继续进攻。

"我在上班,你别激我。"袁璐央求道。

"那是你的事,我已经备好了足以让你饱餐一顿的美味佳肴,你自己看着办吧。"

还没等袁璐说什么,电话就这样咔嚓一声挂断了。

每当这时,袁璐已然无心上班了。她常常觉得自己在恍惚中不知不觉地进入了一个魔障,她无法摆脱,只能心甘情愿地依附在它的神秘的氛围里,天旋地转地让它来征服自己,她承认,她的这种无边的欲望是陆岛帮她开发出来的,在此之前,她甚至从未感受过性爱居然会有如此的快乐,和极致的享受,她觉得高潮呼啸而来的那一瞬间,灵魂是在湛蓝的天空中飘荡的,她的身体在那一刻仿佛失去了重量,像一颗助推火箭般被迅疾地弹射了出去,她会发出一声撕心裂肺的大叫,犹如她的内心里蕴藏着一座巨大的火山熔岩,平时一直在昏然地沉睡着,现在它被唤醒了,山崩地裂般地腾空而起。

"你是个魔鬼!"

袁璐那一天从沉沉的迷醉中醒转来时,睁开迷离的眼睛看着陆岛说。她的眼球依然还在充血,脸也烧得通红,血液在身体里流动的速度已开始渐趋平缓。她被自己刚才的反应着实吓了一跳,那是自己吗?她没想到会这么的歇斯底里,仿佛身体的内力已经完全不受自己的控制了。她并不是以前没有过高潮反应,但现在想来那种反应竟是那么的微不足道,仅仅是下体肌肉的几次痉挛而已,她原以为女人间常常私下里悄悄议论的所谓高潮就是这么一点点肌肉的颤动,她没觉得这种些微的下体震颤值得津津乐道,她甚至觉得女人痴迷于这种过度的性反应是可笑的,直到今天她才真正的体味到性爱竟然是如此让人着迷和癫狂。

"是吗?那我一定是让你迷醉的魔鬼!"陆岛嘴角微微上挑,露出意味深长的表情说。

"你太可怕了,为什么我会这样?"袁璐仿佛在自言自语地说。

"告诉我,你感觉好吗?"陆岛俯下身去,吻着她的耳郭,悄声地问道。

"不告诉你。"

袁璐脸上的红晕还未退尽,她觉得自己的身体还在发烫,她不想动,她的确觉得现在舒服极了,但她不想告诉陆岛,她不想让陆岛太得意。

"其实你已经告诉我了。"陆岛说。

"去你的,我什么时候告诉你了?"袁璐娇喘着说。

"你的身体在告诉我呀。"陆岛不动声色地说。

"你坏!"袁璐摇着头说。

"你没听人说吗,男人不坏女人不爱。"陆岛给自己点了一支烟,说。

"我没想到会是这样!喂,能把你的烟给我抽一口吗?"袁璐挑逗般地说。

"会是怎样?你能说得再清楚一点吗?"陆岛将烟嘴递到她的唇间,"你不是不吸烟的吗,怎么了?"示意她吸一口,问。

"我现在想抽了,行吗?"袁璐有点亢奋地说。她仰起脸来猛吸了一口烟,突然失声地大口大口地咳了起来。

他们就这样开始了他们的隐秘生活,这的确给他们带来了无尽的快乐,彼此都没有负担,可以尽兴地享受极致的疯狂,直到出现了齐霁。

在齐霁出现之前，袁璐一直觉得这种生活的确让她的心情变得很愉快，可以和丈夫友好相处，他们之间一向彬彬有礼，虽说缺少激情，但却有一种夫妻间的温暖与和睦。和陆岛在一起时则不同，她觉得在他的面前，自己像是换了一个人，每当要见面时，她的心跳就会不受控制地加速，而且欲望之火会悄然升起，他们之间的对话都是充满着暗示性的，曲曲折折地通往那个隐秘的区域，那个只有他们才会心领神会的隐秘之所。她发现她开始疯狂地迷恋那种感觉，这感觉让她的心灵变得柔软和湿润，在此之前她真没觉得性爱会给她的精神带来如此大的变化。她沉迷在这种感觉中，觉得生活真好。

但是齐霁出现了。她的年轻漂亮让她感觉到了一种迫近的危险，她突然发现她的心情变得焦灼和烦躁，以至于会莫名其妙地走神，她一直想让自己尽快的平静下来，她意识到这种糟糕的情绪会毁了她，因为她现在变得什么也不想去做，只有陆岛的影子像一个鬼魂似的在她的眼前徘徊踯躅，挥之不去。

她这才真正地意识到，陆岛在她的生活中占据了多么重要的位置，而并不仅仅是性。尽管她过去认为，性，便是她和陆岛关系的全部内容。因为很长时间以来，她和陆岛之间具有实质内容的交流越来越少了，或者说，他们也已懒得交流了，一切都变得直接而又主题明确。她经常会如饥似渴地需要他的身体，就好像那成了她生活中必不可少的内容，每次见面都会让她有一种酣畅淋漓的感觉，就像是趋于僵硬的身体被他给予的热能一下子激活了，她由此感到体内的细胞开始舒展和扩张。这真是一种人世间最奇妙的感受，她经常这么想。

可是现在却有了一种莫名的失落感。过去只要想起陆岛，她的心情就会为之震颤，现在这种感觉正在消失，代之而来是深深的忧伤。她知道自己是没有什么权利去干涉陆岛的生活的，在一起时她也常说：

"陆岛，有一天你爱上谁了，别忘了告我一声，我会从你身边消失的。"

陆岛总是咧嘴一笑。她喜欢看他微笑的样子，有一种挑逗的意味深藏其中，让她情不自禁地要吻他。她并不否认当时她说这话时是由衷的，她知道自己的身份仅仅是个情人而已，陆岛迟早有一天会远离她，因为他不可能一辈子单身。他们现在之所以能在一起，只是彼此需要而已，时间会改变这一切，到那时陆岛还会需要别的女人，她当然只能是自动走开，这就是她的位置，这一点她太清楚了。可当这些戏言真的需要兑现时，她发现，心灵居然有一种不堪承受之重。她开始陷入一种两难境地，一方面希望自己尽快远离这场稍现端倪的纷争，一方面又觉得自己真的是离不开陆岛，她的情绪也由此低落到了极点。

为了整理纷乱的思绪，她决定不和陆岛联系了，尽管每天她都恨不得能接到陆岛的电话，可是当手机显示屏出现他的号码时，她还是用毅然决然的口吻告诉他自己有事。她知道这也是在考验自己。可为什么一旦辞掉了陆岛的约会后自己又会后悔呢？这的确让她的心里有些拧巴，可是除此之外又好像别无选择。

她其实希望陆岛有一天能意外地出现在她的面前，给她一个惊喜，可她太了解陆岛的为人了，他的自尊心足以阻止他做出这一选择，他是不可能在他们关系处于冷战状态下时出现的。这是一种脆弱吗？不知道。他们在一起相处时她是很注意保护陆岛的自尊心的。记得有一次,她去外地开会,会议结束后她一下飞机就直奔陆岛家,当时她太累了,等见面时才发现没有了做爱的情绪,他们闲聊了几句,当陆岛开始拥吻她时,她将他轻轻推开了:

"唔,对不起,我们今天不做行吗?"袁璐说。

"没关系。"他的身体离开了她,做出一副无所谓的样子。

"你不会失望吧?"袁璐发现陆岛的表情流露出一丝不易觉察的沮丧,这让她有些愧疚。

陆岛耸了耸肩,然后站起身,走到旁边的凳子上坐下了。

"我真的很累,我们改日吧。"袁璐说,同时她央求他坐回到她的身边来。

陆岛没动,目光也有些游移,袁璐这时才觉得自己做得有些过分了,她其实是应该为陆岛想想的,毕竟,他们已有一段时间没做爱了,她应该理解一个男人在欲望上的饥渴。

"好吧,"她说,"我知道你想,我们来吧。"

她站起了身,熟练地解开了身上的衣服,她是希望陆岛快乐的。

可是,陆岛对她的回应没有任何反应,身子一动不动。

"你怎么了?"她停了下来,不解地问。

袁璐走上前去,伏在他的身上,抬眼望着他。

陆岛还是没动。

"没什么。"他面无表情地说。

袁璐笑了笑,"你呀!"袁璐说,她伸出了双手,开始抚摸他的胸,然后又慢慢地向上探寻着抚摸他的脸,她的手在陆岛的脸上轻轻地爱抚着,陆岛依然像木偶似的一动不动。她在他的脸颊上亲吻一下,双手迅速下移,熟练地解开了他的裤带,她相信陆岛底下的那个小东西一定会即时地鼓胀起来。

可是她错了。

她的双手被陆岛有力地抓住了,她惊讶地抬脸看着陆岛,不明白陆岛为什么要制止她,这不正是他想要的吗?陆岛只是对她微微地摇了摇头,示意她不必再进行下去了。他拉住她的手,让她站了起来。

"不必了,"陆岛说,"既然你不想,何必呢!"

袁璐觉得很扫兴,也觉得很委屈,我这是为了你呀,难道你不明白吗?

"我是不会强迫别人做一样事的,这就是我,你记住!"陆岛坚决地说。

"可是以前你也'强迫'过我呀!"袁璐愠怒地说。

"你说错了,"陆岛说,"那只是我做了我们都想做的事。"

"你胡说!"袁璐高声抗议说。

"你可以否定,但我知道我只是做了你也想做的事。"陆岛自信地说。

陆岛就是这样一个人,尽管他们之间已有过多年的交往,但平心而论,她觉得自己还是不能完全地了解他,他的内心深处似乎有一块空间是别人无法占据的,这也正是他在她面前的魅力所在。她一直试图进入到他的那个隐秘的空间中去,可是她失败了,有时候她真的不知道他的心里想的是什么。会是什么呢?也许,当一个男人内心的全部秘密让人掌握了,他也就失去味道了,也许!正是因为如此,这才是一个自己未曾全面征服过的男人,让自己对他始终充满了好奇和冲动。他们之间的关系曾经让她享受过极致的快乐,因为他们没有过任何承诺,陆岛也从不追问她和她丈夫之间的关系，在他们两人间的言谈中，这个人似乎从来就未曾存在过，这便使他们之间的交往没有了任何压力。她也曾试想过，如果有一天他们之间充满情趣的谈话中突然出现了关于她丈夫的话题，他将会有什么反应呢？她想他会尴尬的。

陆岛已经有一段时间没来电话了，这便使她突然地陷入了一种无法排遣的痛苦中，她产生了一种莫名的忧郁，过去有他时，她会觉得自己的脚底下有一块坚实的大地，她的内心不再寂寞，任何时候想起他，都会有充实感。可现在好像什么都没有了，心里陡生出空空荡荡的感觉，像是身体里有一个什么东西被抽走了，无依无靠了。

尽管在工作场合，她都能始终保持微笑，没有人能从她的脸上读出她内心的秘密，她的确能做到这一点，可接下来的代价却是更加痛苦。于是她终于决定直接去找陆岛，她觉得再不见到他自己会崩溃了。

十八

袁璐做出这个决定时，似乎是一种冲动下的选择，那时她正在上班的路上，她出门的时间比往常要早了一点，事先她并没有想到要去见陆岛，她只是觉得晨起后神思恍惚，集中不了精神，心情便有了些烦躁。她打开了电视，习惯性地拨到凤凰卫视台，然后正襟危坐地看着，电视里正播着早间的重大国际新闻，都是关于伊拉克局势的最新变化，她努力地让自己进入情况，认真地听着新闻里播出的内容，可是很快发现一切努力都是徒劳的，她根本就听不进去，她的思维一直在胡乱地东跑西颠。

她的先生钟卫平，沏了一杯咖啡坐在了她的身边。她能感觉到一个黑沉沉的人影在她的边上落座了，沙发无声而又悠然地颤抖了一下。她突然想发怒。她现在需要的是安静，需要一个人静静地待着，没有人来惊扰她，可是他却很不合时宜地出现了。她从未像现在这样厌烦身边的这个人，她站了起来。

"你怎么了？"钟卫平开口问，莫名其妙地望着她，感觉到了她的情绪。

"没什么。"她没好气地说，侧脸看了他一眼，她注意到他的脸上满是狐疑。

这才发现自己可能反应过度了，她没有理由对他甩脸，他是无辜的，他只不过是想表示一下对自己的关心。

"我也去冲杯咖啡。"她说，对他笑笑，她知道自己的微笑很勉强。

"你平时不是不爱喝咖啡的吗？怎么改习惯啦？"他关切地说，同时也有一点点试探。

"没有，只是工作上的事有些烦。"

她搪塞地说，走到了咖啡机前开始操作。机器旋转的噪声掩盖了她的心情。她平时是讨厌听到这种声音的，可是现在却奇怪地发现，咖啡机的怪叫声居然和她此时此刻的心情产生了某种不可思议的共鸣。

咖啡机的轰鸣声终于停止了，房子忽然安静了下来，她蓦然间产生了一种空虚的感觉，紧接着对这种倏忽而至的静寂有了一种莫名的恐惧。她在奇怪自己为什么会这样呢？就在刚才，她还在心里抱怨钟卫平的贸然"打扰"，而在渴望宁静，可当宁静终于又一次降临时，她却不由自主地开始惧怕了。

她现在没有理由不重新坐回到沙发上，这是她的晨起的习惯。冲上一杯牛奶，然后闲适地靠在松软的大沙发上坐下，打开电视。每天都是如此，周而复始，这似乎成了她晨起的一种仪式了。可是她敏感地发现这个每天都会遵此办理的生活仪式居然是如此荒唐，好像她已在不知不觉中被束缚在了一个看不见的枷锁中，每一个生活细节都被事先设置好了，无须质疑它存在的合理性，只需按部就班，这是多么可怕，她过去还一直悠然自得地认为这是一种多么美妙的享受。她愿意过这样的生活吗？她问自己，她没有发现结论。

"你最近好像总是心事重重的？"钟卫平关切地说。

"是吗？"她在装傻，"那是你的感觉。"

"那你是什么感觉呢？"钟卫平追问道。

"我？"她假装想了想，"没什么感觉呀，可能是工作压力太大吧。"

钟卫平不再说话了，而是很斯文地呷了一口咖啡，沉静地看着电视里的新闻。

她忽然感到了愧疚。她真的是没有理由对钟卫平表示出厌烦的，他有什么错吗？应该说没有，他一直对她不错，从认识她的那天起，就对她呵护有加，也正是因为这一点才打动了她，尽管在此之前她对他没有任何感觉。他为她放弃了他已然拥有的舒适的家庭，持之以恒地追求她，无论她多少冷漠都无怨无悔。

可是她发现自己还是完全不能控制烦躁的情绪，而且这种莫名的情绪正在进一步的蔓延和滋长。她不再说什么了，她觉得再说下去就是一场战争，因为她需要发泄。

现在，陆岛就站在了她的面前，她感到了一种慌乱，事先想好的许多话，瞬间消失了，大脑一片混沌，杂乱无章，努力想让自己说出点什么来，但都归于失败了。她注意到陆岛开门的刹那间脸上的神情，是一种诧异，怔了一下，好像在说，怎么是你？你怎么来了？可他什么都没说，只是嘴角挤出一丝似有若无的浅笑。

他们在门口僵持了几秒钟，可这几秒钟在袁璐的感觉中却有一种难耐的漫长感，她仰起脸来看着陆岛，希望能从他的脸上发现些她期待中的内容。可是没有，陆岛现在只是平静地望着她，甚至她没看出他想开口的意思。她太熟悉陆岛了，甚至一个小小的表情都能让她迅速地捕捉到他在想什么。可是今天她对他，不，或者说他对她而言是那样的陌生，就像在面对一个陌路人，甚至连一个陌路人还不如，因为他开始有了客气，一个只有面对初次相遇的人才会有的客气。

他欠了下身，"进来吧。"陆岛说。

窗帘是关着的，屋内的光线幽暗，她向屋内走去，脚步很轻，仿佛生怕惊动什么似的，陆岛在她的背后一动不动，她感觉到了。她心里在说，你动呀，你不能站着不动。她拼命在想能有什么东西打破这个令她窒息的宁静。

她听到了脚步声，像阵风似的从她身边吹过。他站在了窗前，一甩手拉开了窗帘，屋子里一下子就敞亮了，像是一道从天而降的白光迅速地吞没了原有的幽暗，她甚至有了一种似是而非的幻觉：这刺目的白色的光线是带着一丝"哗啦"的声响出现的。

"坐吧。"陆岛说，语气仍然是客气的，他站在窗前，背着身对她说。

她环顾了一下久违的房间，发现床的位置重新移动了，书架也从向东的墙面挪到了西边，自然，沙发的位置也有了相应的变化。她像是在打量着一个完全陌生的环境，家里摆设的物件是她熟悉的，熟悉的让她有了丝丝缕缕的伤感，因为这里的一切仿佛都曾留下过她的痕迹，他们在这个小小蜗居里度过了许多欢乐时光。可是现在，似乎都成了一个遥远的追忆。

她过去很讨厌《红楼梦》里的林黛玉，有什么男人值得爱成那样？欲死欲活的，成天蹙着眉，一副要死不死病恹恹的样子，她觉得可笑；相反，她倒觉得薛宝钗是一人物，有个性，而且矜持沉稳，落落大方，是她欣赏的人物。

直到这一刻，才发现她误解了林黛玉。一个女人一旦爱上了便是灾难——这是她现在的观点，一个不可自拔的灾难，一旦遭逢，接踵而至的就是痛苦和忧伤，一如林黛玉那般心事重重愁眉不展，她现在理解了，每个女人心中其实都潜藏着一个林黛玉，寻常看不见，偶露峥嵘，只是这个"峥嵘"是有条件的——是否陷入了真爱，刻骨铭心的爱，一如此时此刻的她。

她坐下了，尽量地让自己显得平静，仿佛什么也没有发生似的——可能吗？她在心里问。

陆岛还是没有回身，静静地呆立在洒满阳光的窗户前，像是在凝神地看着什么。她知道他什么也没看，只是在思考着他下一步的打算，他知道接下来要谈的内容可能是自己不想要的，因为他目光中没有了激情——以前他不是这样的，目光如炬，能让她的身体也跟着这团烈火燃烧起来；现在它熄灭了，她看到的是一片被水浇灭后的灰烬。

"你真的不想再说什么了吗？"袁璐试探地问，尽量地让自己的口吻显得温柔，内心却已经翻江倒海了。

"我没想到你还会来。"他说，语气也是平缓的，幽幽地，像是从很远的地方传来，他仍旧没有转身。

"你是不是觉得，我甚至不值得你再看上一眼？"袁璐逼问了一句。

陆岛身体不自觉地抖动了一下，一个极其微小的动作，可她感觉到了。

"也许，"他转过了身，目光终于落在了她的身上，"也许，我们不再见面会更好。"陆岛说。

袁璐的心里像是被什么东西重击了一下，她知道这句话的分量，她了解陆岛，他不是一个轻易把话说出口的人，他一旦说了，那就是经过了深思熟虑，可她不甘心，她不认为这次来得到的仅仅是他的这句表面看似和气，实际是冷冰冰的结论，她无论如何是不能接受的。

"你还在生我的气吗？"袁璐问，但马上意识到这句说得有点傻，这还用问吗？他当然在生气，否则，陆岛不可能是这种态度，可她确实也不知道该说些什么了。

陆岛从她的面前划过，她的脸上微微地感觉到了他划过时带过的一阵轻风。他在床沿上坐下了，又想起了什么，起身，从沙发边的茶几上抽出一支烟，刚要点着。

"给我也来一支。"袁璐说。

陆岛的打火机已点着火，正要点燃香烟，手停住了，歪着脖子看了袁璐一眼。

"你好像过去不抽烟？"

"那是过去，现在想抽。"袁璐说，语气中含着哀怨。

陆岛犹豫了一下，将打火机顺势关上，又从茶几上抽出一支烟，递给袁璐，然后弯腰再次摁响打火机，将袁璐的香烟点着，接着，直起身子，又为自己点燃香烟，吸了一口，回到床沿上坐下。

空气显得沉闷，一时间谁都没有开口说话，只有火燃烟丝传出的嗞嗞声，屋里迅速笼罩了一层淡淡的轻雾般的烟尘。

他们还在僵持着，好像谁都不愿率先打破这宁静似的，似乎这宁静能片刻间让他们彼此获得一种调整，然后再进入下一局的纷争。

"我们也不能这么干坐着，"陆岛开口说，"我去放点音乐？"

陆岛的语气缓慢，他吐出一口烟雾，看了一眼袁璐。

袁璐刚想说什么，可一口烟雾呛了她一下，她咳嗽了起来，大口地咳着。

"你呀，不会抽，干吗要逞能呢？"陆岛说，口吻却是友好的。

袁璐还在使劲咳着，咳得很凶，她觉得嗓子眼被什么东西给卡住了似的，抑制不住地大声咳了起来，眼中溢满了泪水。

陆岛在一旁看着。袁璐的样子让他看着很难受，他想去帮帮她，捶捶背什么的，这样她可能能缓过神来，可他什么也没做，只是这么干坐着，他有点不知所措。

他还是起身走了过去，给袁璐端过一杯水："喝点水就好了，不能抽你就别抽，香烟又不是什么好东西。"陆岛说，语气开始变得柔和。

"我不要你管，不要……"袁璐忽然大声地嚷嚷起来，又开始了大声咳嗽。

陆岛上去轻轻地为袁璐捶背，怜爱地看着她。

"你别折磨自己了，好吗？"陆岛说。

袁璐从陆岛手中接着水，咕嘟咕嘟地喝了几口，咳嗽总算是止住了，她忽然嘤嘤地哭了起来，哭声哀伤而又无助。

陆岛在她身边坐下了，将她揽过来，轻轻地搂着她，拍打着她的背说：

"袁璐，你别这样好吗？你这样会让我难过的。"

"难过？你会难过吗？难过你为什么要对我这样，我做错了什么啦？难道你招惹的事，就不让我难过？"

"我知道，我也理解你，你先别哭好吗？"

陆岛怜爱地抚摸着袁璐的乌黑的头发，像是在哄一个小孩：

"行了，别哭了好吗？瞧你哭得像个泪人似的，一会儿怎么出门呀，人家一见你，哟，这么大一人物还哭鼻子呢？丢不丢脸呀？"陆岛试图逗她笑。

"丢脸又怎么样了？我的脸丢得还不够吗？还有什么能比这更丢脸的？你说？"袁璐一边哭，一边咄咄咄逼人地问。

陆岛哭笑不得，他觉得袁璐这时怎么也成了一个孩子了，她过去不这样的呀！完全不像他熟悉的袁璐，那个矜持稳重，遇事不慌的袁璐。

"哎，我拿个镜子来让你自己看看，好吗？你瞧瞧你现在这样儿，像变了个人似的，真的，不信你瞧瞧？"

说完，陆岛真起身去卫生间拿来了一面镜子，蹲在袁璐的脚下，拿镜子向袁璐晃着。

袁璐这时低垂着脑袋，还在哀哀地哭着。

"喂，你看看，看看，这还是咱袁璐吗？先擦擦脸。"陆岛递过一条毛巾。

袁璐看也不看地从陆岛手中拿过毛巾，抹了抹流淌在脸上的泪珠，仰起了头，轻声地抽泣了几下。

陆岛从她手中接过毛巾，替她揩去泪痕，然后假装上下打量着，故作满意状的"嗯哼"了一声：

"现在还凑合，你自己看看。"说着，又将镜子晃到了袁璐的面前，笑着说。

袁璐拨开挡在面前的镜子："你是不是很得意？一个女人在你面前哭了，就因为你做的那点破事，你得意了是吗？"

"我有什么好得意的？"陆岛瞪大了眼睛，"你不至于这么看我吧？"

"那你还要我怎么看你，对你一副笑脸？然后再赞美你事情做得棒极了？是吗？你是不是就要这样？这样你就满意了？"袁璐不依不饶的发出一连串地追问。

"我知道你在为那天的事耿耿于怀，我不想解释，而且我认为也无解释的必要。"陆岛说，他松开袁璐，站起了身，来到电视柜前，打开了音响装置，然后在 CD 架前逡巡了一眼，从中抽出一张，放进了机器里。

陆岛放的是西贝柳斯的小提琴协奏曲，他没有将音响开得太大，只开了一点点声，他觉得现在屋里的空气太压抑了，需要新的声音，以此来缓解眼前紧张的气氛，他一直以为，优美的音乐是有医治情绪的强力功效的，每当他遇到什么烦心事时，都会放一段自己喜欢的曲子，以便让自己在音乐中获得宁静。他觉得现在他也需要音乐。

小提琴声一出现，便刹那间让沉浊的空气获得了温暖的气息，悠扬的琴声先是舒缓而又小心翼翼地上扬着，像是在暗夜中寻找着最后的希冀，轻轻地，一点点地探寻着，一如静夜中的脚步。

陆岛又给袁璐续了茶水，在床沿上坐下了，袁璐的情绪也稳定了一些。

电话铃声不合时宜地响起了，陆岛拿起了电话，喂了一下。没有回应，电话中静悄悄的，陆岛又喂了一声，还是没有回应，他一脸的纳闷，连续在电话中"喂"着，还是没有声音传来，他开始怀疑电话出了故障。

"我不知道你是谁？我听不到你的声音，麻烦你再打一次，或许是电话出了点小问题，再打一次。"陆岛说。

他放下了电话，发现袁璐在看着他，他无奈地摆摆手，正在坐下。

电话铃声又尖锐地响起了，他镇定地让它多响了几声，起身拿起——

"你好，请说。"

一片沉寂，他彻底糊涂了。

"你听到我的声音了吗，听到了吗，我一点也听不到你的声音，我是陆岛。"他几乎是嚷嚷上了。

电话咔嗒一声挂上了，陆岛拿着电话愣住了，他不明白这是为什么？他将电话拿到眼中看着，像是在琢磨这究竟是怎么回事儿，然后将电话重新放回机架上。

刚放下，电话铃又响了，这次他动作很快，几乎是不假思索地将话筒拿起——

"喂，请说。"

"你的电话没问题。"是袁璐的声音，电话又断了。

他放下电话，看着袁璐，袁璐正在将手机放回包里。她说的没错，电话是好的，她用她的手机证明了这一点，陆岛心里想，但又能是谁呢？

"也许是有人打错电话了。"陆岛说。

"我可不愿做出这样的猜测，我宁可相信可能是一个怀有一定目的的电话。"袁璐冷静地回答。

"你为什么会这样认为？"陆岛问。

"因为她还拨出了第二个电话。"袁璐毫不犹豫地说。

"这能说明什么？我指的是第二次电话？"陆岛不解地问。

"说明她在打第一个电话时已证实了是你，她有话要说，所以才有了第二次电话。"袁璐说。

"你现在的口气又像个老板了，"陆岛说，"既然有话要说，为什么没说就挂断了呢？"陆岛反驳说。

"那得问你自己啦，"袁璐说，"你是不是又为自己招惹了什么事？"袁璐讽刺地说。

"袁璐，你这是什么意思？"陆岛皱了皱眉，袁璐话中带刺的语气让他感到不舒服。

"我并没有说什么，你也大可不必那么敏感。"袁璐说，她端起杯子，喝了一口茶。

"我不想和你吵架，真不想吵。"陆岛强调了一句。

陆岛沉吟了一会儿，拿起了电话："喂，杜马吗？……是我，刚才你来过电话了？……没有？那会是谁？"他自言自语地问："哦，没什么，你没告诉齐霁我的电话吧？……那就好，什么……

搬你家住了？……这是你们的事，……再说吧，我挂了。"

"那能是谁呢？"陆岛困惑地自问。

袁璐没说话。他们又一次地陷入沉默。

西贝柳斯的小提琴协奏曲仍在鸣响着，有一种忧郁在沉寂的空间中荡漾着，但一切都安静下来之时，这旋律便如流水一般轻漾在他们的心底，缓缓上升，那一刻，他们都会被这感伤的情绪所萦绕。

"我一直喜欢这支曲子。"袁璐轻轻地说。

"我也是。"陆岛说。

"关了吧，好吗？"袁璐哀伤地说。

陆岛愣了一下，看了眼袁璐，袁璐的神情在明确地告诉他，希望他能理解她的要求。

"那好吧。"他说，起身，将音响关上了，他知道这首曲子让袁璐想起了他们曾经在一起的日子。

再度传来的是窗外嘈杂的市井声。

"你不想再对我说点什么吗？"袁璐问。

陆岛这时被袁璐问住了。其实这一段时间以来，他一直想找袁璐谈谈的，他觉得袁璐完全误会了那天齐霁的出现，他看出袁璐对于齐霁的到来很不高兴，那天，他自己也显得颇为尴尬，自作聪明的恶作剧终于换来了自我惩罚，而且和袁璐的关系也在别人的眼皮底下一览无余，这是他不愿看到的，可谁能想到事情竟会这样奇峰突起呢。

他连续给袁璐打了好几个电话，想约她出来聊聊，结果都被袁璐冷冰冰地挡回去了，这便促使他重新思考和袁璐的关系。

我爱她吗？在一个夜晚，他听着弦乐四重奏，想着这个目前看来他不得不面对的问题。他发现很久以来自己一直在回避思索这个严峻的问题，他觉得每次见到她都挺好，澎湃的激情能得到舒解，而且他们也聊得来。他知道袁璐理解他，理解他的愤世嫉俗，桀骜不驯，了解他深埋在心底深处的孤独和忧伤，他一直觉得自己无法进入这个越来越显露出赤裸本性的社会，尔虞我诈，钩心斗角让他疲惫和心力交瘁，袁璐就像她的一位红颜知己，一个可以畅所欲言的人，在她面前他完全可以无所顾忌。她欣赏他，她像一个母亲包容自己的孩子一样包容着他，小心地呵护他。他在她的面前有一种安全感。而且，她还会利用自己的资源，不动声色地帮他拉到一些广告。这个行业竞争得太厉害了，能揽上一单活儿有时比登天还难，更何况像他这样的无名之辈。

他最初也没在意，就是觉得开始有活儿来找他了，还以为好运在向他招手，是因为自己过去拍的东西不错，才让广告商刮目相看呢。

直到有一天，他忽然觉得不对劲，每次谈判都出奇的顺利，他觉得这也太不正常了吧，在今天的中国，如果干一件事过于顺利了，要不背后还潜伏着更大的危机，要不就是有贵人帮忙，他明白了，他不属于前者，而是后者——袁璐悄无声息地在暗中帮他。

他也没有点破，只是多了份感动。他是知道自己不属于能当上班一族的那类人，如果生活竟是这样编派他，他非疯了不可。他酷爱自由，如果没有了自由的生活，他会觉得生活毫无意义，他也没有太大的野心要去做什么惊天动地的事业，他知道自己没有那样的本事，他只想保持一种闲适自由的生活状态，有点钱了就出外走走，他喜欢去一些非旅游区的穷乡僻壤，那里乡亲们的纯朴和善良让他心生感动，他觉得每当在这些默默无闻的乡亲们家里坐下时，心里是安稳和透亮的，他会将城市中的烦恼和郁闷通通忘掉。

毕竟生活是实际的，又是那样的残酷，他需要必要的生活来源维持现状，这个来源还必须是靠自己的劳动挣来的，于是袁璐不声不响地打点着这一切，但从不在他的面前张扬。

她了解我的自尊心，陆岛想，可是他还是会有寄人篱下的感觉，但他别无选择。自尊，他想，这个疯狂的时代已不需要自尊了，需要的是大胆和无耻。

也就是在那个夜晚，他再次想起了小镇之夜，想起了那位不知姓名的女孩。

她究竟是谁？尽管那天晚上他们聊了很久，而且她把话也说得很明白，但他还是不能完全地理解她，他只知道她离去那一刻，他心中涌出一股挥之不去的忧伤，那是他一生从未遭遇过的情绪，有点冷意，又有一种温暖，他说不清这是一种什么情绪，他长久地沉浸其间，让它轻轻地笼罩着自己，他不想让它离开，就这样浸没在它气息的萦绕之中，静静地品尝着，回味着，他觉得就像有一支自己亲切、熟悉而又悠长的旋律在心中无声地荡漾着，犹如明镜般的湖水中，在风的抚慰下，一波波泛起的涟漪，一圈一圈地拓展着，向远方扩散。

他很后悔没坚持要她的联络方式，只要他一再坚持或许她会妥协的，毕竟有过短暂的刻骨铭心。在茫茫的人海中萍水相逢，一对素不相识的孤男寡女，意外地相遇在远离城市喧嚣的小镇上，好像是冥冥中命运的一种安排，如果不是自己亲身经历过，说出来别人还以为准是一个编造出来的故事呢，可它是真的，实实在在地存在过，就发生在自己生命中的某一个时刻。

仅仅是一次艳遇吗？如果从形式看无疑可以被命名为艳遇，而且是一次非常浪漫的艳遇，可他现在不这么看了。对他来说，那是一次心灵遭遇的激荡，让他久久地萦绕在心底不愿离去的激荡，而且是富有诗意的激荡。诗意，陆岛觉得诗意这个词是非常贴切的比喻，只是在诗意上还要加上一个修饰语：忧郁，这份忧郁让他的心境也为之湿润和开阔了许多，一路行走中，青山绿水亦多了情意，仿佛都成了心情的绝妙隐喻。

他又想起了回到北京的第一个晚上，他没有告诉袁璐，也没有给她留下信息，只是一个人像个鬼魂似的来到了酒吧，又鬼使神差地遇到了那个叫作齐雾的女孩，她给他留下的印象是距离自己很遥远。她是典型的都市女孩，直言不讳，性格率真且无所顾忌，与小镇遇到的女孩完全是两个不同类型的人，聊天同样是愉快的，那个晚上让他很开心，他发现和这样的女孩谈天说地时间过得很快，一会儿就到凌晨了，但他只是把她当成生活中偶遇的匆匆过客，没必要留下什么痕迹，聊完了各自消失，这就是今天的中国，什么事都可能发生，什么人都可能遇见，但并不是所有发生和遇见的人都值得挽留，所以他没有答应她再联系，而是制造了一个恶作剧，但最终自己没有摆脱成为这个剧目的主角，这让他很狼狈。

他从来回到北京都会在第一时间通知袁璐的，那么这一次为什么没有通知袁璐呢？当时他没想，只想让自己静一静，可于今想来，是潜意识中有一种东西在作祟，他发现，自从遇见小镇女孩，他的心境变了，似乎有一种他过去未曾意识到的东西正在从心头悄然泛起，只是他刻意地在躲避，在逃遁。

袁璐那天出现在他的小屋里,他一反常态地让自己变得像头野兽般地疯狂,连自己都感到吃惊,他不知道自己为什么猛然间变得那样的穷凶极恶?当冷静下来的那几天,他开始思索这个问题,那是他吗?是真实的自己吗?他和袁璐在性爱上确实做到了淋漓尽致,甚至可以说达到了高度的和谐,但这真是他想要的吗?

那个小镇遇见的女孩又一次出现在他的脑海中,最初是模模糊糊的。后来越来越清晰,她的那张轮廓鲜明的脸庞及清秀的眉目,就这样在静夜中伴着弦乐声浮现了出来,他喜欢她温柔地看着他,目光中亦有秋水在无声地荡漾,他喜欢她的腼腆羞涩,红扑扑的脸像一朵盛开的花蕾,是的,那一刻,他心中悄然地涌出了一股温柔的忧伤,他发现那种忧伤的滋味恰恰是他最喜欢的一种感觉,好像非常接近自己最真实的心境,在这样一种忧伤中心境是平和安稳的,就像一股清冽的乡间小溪潺潺流淌着,延伸至无尽的远方,他不知道那个远方是什么地方,但知道那正是他愿意踏足的去处,是不是就是他向往的陶渊明笔下的"桃花源"——"问今是何世,乃不知有汉,无论魏晋"的桃花源?

他明白了为什么反复的四处行走,是为了找寻心灵的解脱。问题在于对北京还有许多留恋,好像他又摆脱不了城市的诱惑。他一直是一个矛盾的人,那天与袁璐"疯狂的"一反常态似乎也在隐隐约约地说明一个问题,他在苦苦挣扎,苦苦寻觅——城市与大自然,这一直在这两者间徘徊游走,这是他精神生活中的两种截然不同的状态,他知道自己真正需要的是心灵的栖息地,他很累了,可是在现实的困扰下,他一再地陷入无以解脱的困境,而永恒成了一个高远的梦想——他究竟想要什么呢?他迷茫了。

他觉得自己与袁璐的爱中少了点什么,过去他是不想追问的,只要快乐就好，理想只是高悬于上空的一种企盼，而现实是你不得不生活在世俗的尘嚣之中，袁璐是一个可以获得短暂宁静的避风港，他累了，可以喘口气，歇息歇息，然后再重打精神继续走向喧嚣的现实，可问题在于这个"现实"是不是自己最终想要的？

他还没有答案。

十九

杜马接到陆岛的电话时，正坐在电脑前码字，这是他的生活习惯，在电脑前毫无目的地敲击着各种字符，他有记日记的癖好，这几天的日记中，出现频率最高的字是齐霁的名字，他一直琢磨不透齐霁的心思，这就更加激发了他的探究欲，他对目前和齐霁的关系感到茫然和困惑，他无法弄清楚齐霁对自己究竟是什么态度。齐霁在他的面前总是嘻嘻哈哈的没个正经，他也拿她无奈，她像是吃准了他的脉息，每当他自认为可以巧妙地拐弯抹角地探究她的心理时，她便会在一阵嘻哈声中将他的问题机智地化解，他承认这个女孩聪明绝顶，他拿她没脾气。

杜马现在住在书房折叠式的行军床上，那本来是备着给偶尔来的朋友用的，没想到现在派上了用场，并不是齐霁主动要占据他的卧室，而是他的坚持，他从来就是一个大方的人，常为朋友着想，这一次也无例外。

几天的"同居"生活,让他觉得齐霁很像自己的一个小妹妹,她有时会呈现出一副难得的天真,有时又成熟得让他惊诧,她看的书很多,这便让他们拥有了更多的话题,从托尔斯泰的《安娜·卡列尼娜》到司汤达的《红与黑》,以及夏洛蒂·勃朗特的《简·爱》,她好像无所不知,以致他会情不自禁地问:

　　"你怎么可能读这么多书呢?以你的年龄,按说也就读点《哈里·波特》、网络小说什么的。"杜马嘿嘿笑着说。

　　"太小看人了吧?是不是觉得我们这批女孩都是不学无术,成天瞎折腾?告诉你,错了,折腾归折腾,读书归读书,两不耽误。"齐霁说。

　　"你可真让我长了见识,改变了我对一代人的看法。"杜马感叹地说。

　　"好像你有多大似的。"齐霁不屑地说。

　　杜马顿时来了情绪,因为他听出齐霁的语气中并没有把自己划入"代沟",这让他暗自惊喜:"那是与你比,当然稍稍大点,当然也大不了太多,但我很高兴你能这么说。"杜马心虚地说。

　　"说你好,你就跟着喘,不至于吧,按说,你也老大不小了。"齐霁又说。

　　刚刚兴奋起来的杜马又被齐霁的一番话弄得很没情绪了。

　　"你能不那么尖刻吗?"杜马问。

　　"我吗?看对谁了。"

　　"当然是对我。"杜马说。

　　"我好像曾经对你有过评价。"齐霁看着他,又说。

　　"有吗?我怎么不知道。"杜马兴致颇高地直起身子。

　　"说明你忘了,我不爱重复说过的话。"

"再说一遍,你又不会损失什么。"杜马涎着脸问。

"你好像很喜欢死缠烂打,告诉你,我不想重复,这个结论满意了吗?"齐霁很坚决地问。

杜马讨了一个没趣,只好不再打探,但他的大脑飞快地在寻觅着齐霁对他的评价。她说过什么呢?他皱着眉思索着。

"想不起来就别想,有劲没劲呀?"齐霁不高兴地说。

杜马一拍脑门,腾地一下站了身,脸上呈现出一片喜悦的光芒。

"没错,你是对我有过一句评价,总算想起来了。"杜马很得意。

"是吗?想起来也不至于这么激动呀,我说过什么了?"齐霁故意问。

"又考我不是?我不说,我知道就行了。"

杜马想起来了齐霁曾经对他说过一句:"你其实挺可爱的。"

"哟,你还神气上了,下次再说话时得留点神,省得你自以为是,男人得意起来真没劲。"齐霁撇撇嘴说。

她拿出自己的小包,开始对着镜子化起妆来,先用口红抹着嘴,然后又开始勾画眉毛,杜马注意到她一边化妆,一边在镜子里观察着自己。

"你好像要出门?"杜马问。

"可能,"齐霁说,继续化着她的妆,"刚才是陆岛的电话吗?"齐霁突然问。

因为话题转了,杜马一时还没反应过来,支吾了几声。

"我在问你呢?"齐霁从镜子中看着杜马。

"问我什么了?"杜马开始装疯卖傻,他不想过多与齐霁讨论陆岛，陆岛的态度他已经看得很清楚了，就是不想让齐霁踏入他的生活区域，他现在无论是为自己还是为陆岛都得挡着，不能让她乘虚而入。

"就你肚里那点小九九还以为别人看不出来？别扯了，说吧。"

"说什么？"杜马一副很无辜的表情。

"陆岛，我还要再重复一遍吗？"

"这可奇了，你不是声称最不爱重复的人吗？这又算什么？"杜马故意说。

"看对谁了。"

"这又是一句重复。"杜马兴奋地说，他觉得刚才激烈的论辩终于让自己占了上风。

"你贫不贫呀！"齐霁掉转身，冲着杜马嚷嚷了一句。

杜马吓了一跳，一张俏丽的面孔冷不丁地就出现在视野中，贴着很近，甚至能感觉到她呼出的气息，他及时地闭上眼，抽动了一下鼻翼，这让他觉得非常的舒服，他希望齐霁离他再近点，让这种迷人的气息再猛烈一些。

气息远去了，他睁开了眼，抬眼望去，齐霁正站直了身子不高兴地盯着他呢。

"你别这样看我，行吗？你刚才就挺好。"杜马啜嚅地说。

"刚才？刚才怎么了？"齐霁被杜马给说糊涂了。

"哦，"杜马一脸的坏笑，"刚才从你的身上飘荡出来的气息，气息，你懂吗？"杜马歪着脑袋解释着，"气息里是藏着学问的，你看过《香水》那本小说吗？那是关于气息，关于味道的，"杜马忽然又向往地闭上了眼睛，"气息有时让人迷醉，例如……"

"杜马,你还想听我的一句评价吗?"齐霁打断了杜马的话。

"当然!"杜马立马睁开了眼,目光炯炯地看定齐霁,她的评价对他来说太重要了,这是他所渴望的。

"你不但喜欢臭贫,你还挺酸!"

杜马沮丧了,满怀希望等来的竟是这样一句评价,他原以为齐霁会对他关于"气息"的学问感兴趣呢,如果是杨洋在,他一定会不耻下问地追问关于"气息"的哲学,杨洋才是自己最忠实的听众,可惜啊,毕竟齐霁还年轻,她难得明白人生中深藏着许多深奥的道理,比如眼下要探讨的"气息",杜马不无遗憾地想。

"你不是就想知道刚才的电话是谁打的吗?好吧,我告诉你,是陆岛,怎么了?"杜马说。

"这还差不多,别一说话就拐弯,烦不烦呀。"齐霁脸色缓和了些,"他说什么了?"

"没什么,他可能接了一个莫名其妙的电话,以为是我,我是这种人吗?吃饱了没事干吗骚扰他?"杜马不高兴地说。

"你没告诉他,我住你这儿了?"

"说了,他好像没兴趣听。"杜马说着,又悄悄偷窥了齐霁一眼,他想看看齐霁的反应。

齐霁的脸沉了下来,又转回身,对着镜子夹着她的细长的睫毛。

"好了,我要出门了。"齐霁说。

"OK,祝你玩得愉快。"杜马说。

"你不想陪我一道出门吗?"齐霁俏皮地说。

杜马正准备起身离去,站住了,不相信地看着齐霁,"陪你?"

"别用这种眼神看着我,行吗?"齐霁嘻嘻笑了一下,"陪我去北京站接个人,如果你有时间的话。"

"当然。"杜马痛快地说。

二十

"接谁?"杜马问。

他们现在坐上了43路公交车,车上的人很多,显得有些拥挤,大多都沉默着,表情木然。马路上挤满了像蚂蚁一样缓慢爬行的车流,阳光虽然耀眼,但看不见艳红的太阳,天空中浮动着一层白雾般的尘埃,灰蒙蒙的,没有蓝天白云。

"我表姐的同学。"齐霁说。

"来北京玩吗?"

"好像不是。"

"好像?"杜马不解,"为什么是好像?"

"她是一个特别的女孩,和我表姐完全属于两类人,我表姐爱闹,爱折腾,她却十分安静,不太爱说话,谁也不知道她平时在想些什么,好像还没谈过恋爱,我们都很好奇,现在的女孩子没她那样活着的。"齐霁说。

"唔,你让我对她产生兴趣了。"杜马似真非真地说。

齐霁斜了他一眼,不屑地说:"怎么,你有兴趣?告诉你,没戏,别瞎琢磨了。"

"你什么意思？好奇就非得有什么想法吗？你也太小看我杜马了。"杜马不满地说。

齐霁偷笑一下，撇撇嘴说："你这人不经逗。"

"随你怎么说，"杜马无所谓地耸耸肩，"你好像跟这个女孩也挺熟？"

"当然，表姐的朋友就是我的朋友，我们不分彼此。"

"啧啧"，杜马咂巴了一下嘴角："也是，现在的'80后'了，独生子女，表姐妹都成亲姐妹了，也怪可怜的。"杜马说，"唉，国家政策，家族血源中的一些亲属系列也快消失了！"杜马感叹了一句。

"所以我们是与你们不一样的两代人。"齐霁快人快语地说。

"别呀，两代人？有那么玄吗？咱们年代隔得不远，别没事尽制造代沟。"杜马没皮没脸地说。

"又臭贫。"齐霁说。

他们站在了出站口，门口挤满了接站的人，大厅内人声喧哗，叽叽喳喳的声音不绝于耳。紧靠栏杆的边上，是举着牌子的人，上面写着某某某的名字，甚至后面署着某某单位，或某某旅社的名字，他们无精打采地靠在横栏上，木然看着从站口走出的人流。齐霁拉着杜马在稍后一点的位置上站着，但齐霁的目光一直盯着出站口涌动的人潮，终于，她向人流中招了招手，喊了一声：

"江月！"

齐霁向出站口快步走去，杜马也赶紧跟上，他的目光也在人流中逡巡着，寻找着目标。人太多，呼啦啦一大片像潮水一般蜂拥而至了，根本分不清谁是谁。

齐霁一直在大喊着"江月"的名字，步子也在加快，人群中没有人做出回应,大家都在行色匆匆地向前走着,目光直视,偶尔能看到个别人和接站的人会合,一张张亲切和快乐的笑脸,互相寒暄着,打着招呼。

齐霁一阵风似的冲进了出站的人流中,生拉硬扯地拽出一人来,那人还在懵懂着呢,抬头看到是齐霁,立刻笑了,笑得很开心,但绝不是齐霁的那种大大咧咧不管不顾的疯笑,而是矜持的微笑。杜马在边上看着,他觉得从笑的方式上就能看出这两个女孩截然不同的性格,他也注意到这位名叫江月女孩的嘴唇,厚厚的微微地噘起,湿润而又性感。

齐霁兴奋地拉着她的手,大声地说着话,由于大厅内过于嘈杂,杜马一句也没听见,只见齐霁挥舞着手臂机关枪似的大声说着,还不时地抖动一下腿,好像地面上有什么东西在妨碍了她似的,嘴巴张翕,一脸的亢奋。

杜马走了过去,站在她们的旁边,等着齐霁说完,顺手接着江月手中的拉杆箱,江月下意识地闪避了一下,拉紧了手中的箱杆,警惕地打量着他。齐霁这才想起刚才忘了介绍杜马。

"杜马,我的朋友。"齐霁说。

江月礼貌地笑笑:"你好,不好意思。"可是她忽然觉得这个名字好像在哪儿听过,在哪儿呢?她下意识地搜索了一下记忆,结果一无所获。

"别客气,一人出门在外,警惕性是得高点,只能怪齐霁刚才忘了介绍。"杜马说。

"哟,杜马,什么时候学的跟个绅士似的?我怎么过去没看出来呀!"齐霁讥诮地说。

杜马有些尴尬,毕竟是在陌生人面前,他还是很要面子的一人。

"走吧,这里太乱。"

杜马说着,拉着箱子向门外走去。齐霁和江月说说笑笑地跟在后面。

他们坐上了出租车,杜马落座于副驾驶位上,齐霁和江月则坐在后排,一路拥堵,出租车像一只疲惫的蜗牛,走走停停好不容易才挨到了团结湖。

齐霁一路上滔滔不绝地说着,江月倒是话不多,但心里一直在揣摩杜马与齐霁的关系。他们俩是男女朋友?

江月与齐霁的表姐丹妮是知心好友,对外号称是"死党"关系,为什么性格迥然不同的两人竟成了生死相依的"死党"?恐怕连她们自己也说不清。江月来之前只知齐霁还在上大学,并被告知还没有男朋友,记得她曾问过丹妮齐霁是否已在谈恋爱,丹妮笑言自己的这位妹妹宣称是位"独身主义者",围绕在身边的男生倒是不少,她的方式是可以接触,但不谈恋爱,丹妮说她也搞不清齐霁心里究竟想着什么,说是齐霁的许多想法在她看来匪夷所思。

走进杜马的小屋,江月注意到齐霁在这里颐指气使,似乎已是这家的主人,杜马一副言听计从的模样,她有意让齐霁带着她在房间里四处参观了一下,书房里夸张的那张支着的单人床让她更加惊疑,从床上杂乱无章的状态上看,刚刚有人睡过,还有别人借宿在这里吗?她没好意思张口问,但她很好奇。

"我姐好吗?"齐霁问。

"挺好,"江月说,"她还捎了点东西给你。"

江月大包小包地拿出一堆来,都是些平时当零食吃的各种甜点，齐霁开始欢呼起来。

"还是我姐好。"齐霁高兴地说。

"嗨，我说齐霁，夫子曰：'有朋自远方来，不亦乐乎'，你倒好，搁着眼前的'朋'不悦，直接就'悦'着远方的亲戚去了，这合适吗？"杜马故意打趣地说。

"就你话多，我们姐妹之间的关系有你什么事，犯得着你来评价吗？"齐霁不悦地说。

江月笑了，"瞧瞧你俩，怎么跟斗鸡似的，照面就吵架。"

"你不知道，江月，杜马这张嘴就是闲不住，你不说他两句，他不舒服，是不是杜马？"齐霁瞪大了眼睛问。

"哦，我俩是冤家，不打不成交，你习惯了就好了。"杜马怔了一下，尴尬地说。

江月觉得齐霁和杜马真像一对孩子似的，一点小事就开始吹胡子瞪眼，挺好玩，从关系的亲密程度，她判定他们真是一对，而且是挺般配的一对，毋庸置疑，否则齐霁怎么可能说话这么的肆无忌惮呢？

"丹妮可没告诉我你谈朋友了。"江月笑说。

"朋友？我是没谈呀！"齐霁说。

"说明你保密工作做得不错呀，你别担心我会给你姐打小报告，你不让说，我肯定不说，放心。"江月笑着说。

杜马听了江月的一番话，倒觉得有趣，虽然明摆的是一场误会，但他心里是高兴的，因为这种阴差阳错的误判，说不定还歪打正着呢？他心里是愿意和齐霁凑成一对，只是中间还隔着一个陆岛让他不爽，齐霁是目前他所遇到的最想让自己轰轰烈烈地开始一段恋爱的女孩，只有在这时，他才发现过去的那种混乱不堪的生活是多么的无聊,他很想开始一种全新的生活,但前提是这种生活中不能没有齐霁。虽然齐霁嘴尖皮厚,经常弄得他下不了台,但他欣赏,他觉得这也是一种乐趣,起码在智商上与他杜马旗鼓相当。他喜欢高智商的女孩,觉得只有这种女孩才配得上他,想起以往那些和自己有过短暂"亲密"关系的女孩,脑子多少都有点进水,他几番高论就能将她们轻易地给煸晕乎了,一双眼睛瞪得像一白痴,然后经过一番巧妙的哲学海聊,机智地拐向"主题",说起萨特的私人生活,语气似真非真往女孩身上引,让她们不知不觉中就上了钩。当然还要看对方的情绪了,如果对方不情愿,他立马会做出反应,打一个哈哈,又拐回到哲学上:"萨特的存在主义哲学的核心理念便是'存在即选择',是你对生活的选择,不是受别人的掌控,这是一种个人的自由选择,人生的至高境界,就看你愿意不愿意选择了,你明白吗?"杜马目光炯炯地盯着女孩的眼睛说。

一般情况下,女孩都怕在这位莫测高深的"哲人"面前丢人现眼,会频频点头,以示明白。一副无限向往的神情。杜马看得出来她们其实狗屁不通,只是附庸风雅而已。当然,他紧跟着就是因势利导,及时将她们引领到自己的家里,但杜马会及时地赞美女孩做出一个了不起的存在主义的"选择",似乎这一切行为都是一种哲学行动,由跟他上床而成了萨特的忠实信徒。

接下来发生的事就简单多了,因为跟他走,就是一种不言自明的心理暗示,这年头谁把性看得那么重要?感觉好该干吗干吗,及时享乐才是生活的真谛。这便是所谓独身的好处,他可不愿耽误大把的美好时光。可是让他不明白的是,一旦床上的那点事得以尽兴之后,接踵而至的便是更加的空虚和无聊,躺在身边的女孩开始让他不舒服了，他恨不得一脚把她踹出门去，他也觉得自己很不地道，毕竟有过一夜风流，怎么着也该有点情意呀，可他无法自控发泄完了后随之而来的那种懊恼与烦躁。

起床后，他便会找个适当的借口，把女孩给打发了。当然，他以后还会接到这些女孩的约会电话，他总能巧妙地找到各种借口推托，他以为，只要有过那么"一次"便足矣，女人身体的秘密一旦被破解，对他而言，意义也就跟着丧失了，他不想再拖泥带水。

可齐霁则不然，她的桀骜不驯反而令杜马刮目相看，齐霁的直率和聪明，让他的内心真的很澎湃，这是他过去从未有过的。

"江月，你说什么呐？"齐霁叫道。

"我怎么了？"江月还是微笑的表情，"杜马不是你的男朋友？"

"什么乱七八糟的，"齐霁挥挥手，"这位叫杜马的男同胞是我的朋友……"

齐霁说着，瞅了杜马一眼："我可以这么说吗？"

杜马赶紧点头，一脸的笑意。他对齐霁关于朋友的这种说法很是满意。

"但不是你说的那个意义上的朋友，一句话，他不是我男朋友，是普通朋友，我说明白了吗？"

齐霁说完，扫视了一眼杜马和江月。

杜马的表情当即就颓了，刚才还像一个充满了氢气的气球，现在一下子就蔫了，一副失望沮丧的表情；而江月则有些惊诧和疑惑。

"我有些不明白，"江月有些犹豫地说，"也许我不该这么问……"

江月沉吟着,她不知该不该说出口。

"有话直说,别支支吾吾的好不好?"齐霁无所谓地说。

"哦,你们难道不是住在一起吗?"

"没错。"齐霁说。

"可又是普通的朋友?"

"没错。"齐霁说。

"这我真是不懂了,住在一起,又都是单身,还不是男女朋友?"江月欲言又止。

"嗨,江月,瞧你说点什么都吞吞吐吐的,又没人不让你说,真让我着急,好,我满足你的好奇心,我也搬来没多久,学校反正也是要求我们实习,待着也烦,杜马倒是一个不错的可以聊天的人,我就住进来了。"

"你好像还忽略了一个重要情节。"杜马话中有话地说。

"情节?"齐霁不解地问,"你怎么说话也开始阴阳怪气了,什么情节?别弄得江月更糊涂了,我姐说了,她可是不大懂人事的一人,单纯。"

江月腼腆地笑笑,没吱声。

"齐霁迷上了我一哥们儿,就这么简单,我只是一陪衬。"杜马说,给自己点燃了一支烟。

"哥们儿?"江月好奇地问,"为什么他成了重要情节?"

"江月,"齐霁说,"你不觉得杜马说这话时,一副吃醋的样子吗?"

"我没觉得呀,"江月天真地说,"怎么啦?"

"我吃醋吗?"杜马蹦了起来,"我和他,打小就在一块厮混,我能吃他的醋?"杜马的脸涨得通红地说。

"哟,就跟受了多大委屈似的,至于吗?心眼也就针尖那么大。"齐霁鄙夷地说。

"齐霁,我还没跟你急过,你再这么说,我可真急了。"杜马嚷嚷道。

"哟嚯,杜马同学,我还真没见过你急赤白脸的样儿,你倒是露一手呀,也好让我们姐俩见识见识?"齐霁嬉皮笑脸地说。

江月看着他们两人斗嘴,一来一去的似乎还挺热闹,她更加迷惑了,感觉是冤家路窄的一对"活宝鸳鸯",在她看来挺有趣,挺可爱的。她注意到齐霁与杜马说到这个男人时的神情,让她觉得这个男人可能非同寻常,他是谁?他和杜马和齐霁究竟是什么关系?看起来他像是齐霁有心要追求的男人,可是既然如此,齐霁为什么又会住在了杜马家里?况且这个人又和杜马是所谓的"发小",这就更奇了,齐霁不担心这个男人会在意她和杜马之间的这种"微妙"关系吗?

她不懂,她真觉得自己快成一白痴了,过去社会上的喧哗与骚动她一向敬而远之,在她看来,那一切都太过于肤浅,她只想潜心读书,并非为了什么看得见的目标,而是自小就有读书的嗜好,她觉得没事时抱着一本喜欢的书看,是一种无法用别的东西替代的享受,她从书中明白了许多人世的道理,可到了又发现,这一切与她所处的现实是格格不入的,越读越觉得自己离这个世界很远,内心的孤寂就愈加强烈。

她怀念四处周游中路遇的那个小镇,那种安详和静谧是她所向往的一种生活,但她知道她是不可能留在那儿的,她只能作为"旅行者"而留下一个记忆。是的,记忆——就在那个小镇,她偶遇了那个男人，那个让她有片刻的心动又让她好奇的男人，她毫不犹豫地将自己的身体交给了这个陌生的男人，现在想来，她都会惊异于自己当时的那份罕见的勇气。为什么会这样？甚至当时连对方的名字都没问过，她也不想问，她觉得这样挺好，彼此都是生命中的匆匆过客，但为对方留下了一个永恒的记忆。她不会忘记那天晚上朦胧的月色，还有他孩子气的表情和笑容，那一刻是激烈的，也是温馨的，从此，她开始成了一个真正意义上的女人。

可是现在让她成为一个女人的男人现在在做什么？她突然萌动了想了解一下这个男人现状的欲望。这个念头就如同闪电般地从脑海中迅速掠过，她很快又平复了下来，她想起了在火车上她给他打的那个电话，她当时就是想听听他的声音，只是这么一个简单的想法，但当那个声音真的清晰地响起时，她又一时无语了，心里却在淌着热泪，一种难以言表的泪水。

那天早晨她留下了那个男人的电话和录像带，她觉得即使自己从此消失了，也要为自己留下点什么，录像带是她刻意留下的，她有时会情不自禁地偷偷看上几眼，还是会感到脸红耳热，心中悄然升腾起一团火焰，燃烧着，像要融化了自己；只是事后再看，心中多少有点感伤，她总觉得这其中有一种说不出的神秘，两个完全陌生的身体就这样无所顾忌地投入了，而且如火如荼地融为一体！她将那次的"经历"视为自己对过去的告别，从此踏入真实人生的第一步，而且这一步的完成就像是在经历一个古老的仪式——一次身体的献祭完成了生命的蜕变，她不再是过去的那个她了。她不后悔，因为这是她在冥冥之中就计划好的，只是那么意外的就出现了，于是亦无怨无悔地走了进去，没有回头。

只是在有一天，她决定离开她生活了二十多年的小城市，去北京开始新的人生（北京，为什么就这么固执地决定了去北京，而不是别处？她自问），于是她拒绝了父亲通过关系在当地为她找好的工作。她并不想平平淡淡地在这样的一个散漫悠闲的小城将生命无谓地打发掉，她觉得自己一直在回避与现实的"交接"，她想考验一下自己面对现实能深入到什么程度，即使失败她也无悔了。她不想再委屈自己了。

她将计划告诉了好友丹妮。

丹妮拥抱了她："亲爱的，我真没想到你会做出这样的决定，平时看你蔫不出溜的，可一旦决定要做什么有点吓人，一个人闯北京可不是那么容易的，别一不留神成一'北漂'了。"

她笑笑，神情却是坚定的。

"那好吧，"丹妮说，"我了解你，谁也改变不了你的决定。"

丹妮松开了她，又在她的肩上重重地拍了几下，"知道吗？我会时时想念你的。"丹妮的话，让江月感受到了友谊的重量。江月知道丹妮是舍不得她走的，毕竟彼此已将对方视为知己，这年月能交一个真正意义上朋友是件很困难的事，更别说是知己，她一旦真的离开了，丹妮会孤独的，她知道，但她不会改变决定，这就是她的性格，自己拿准的事，任何人都无法逆转，她是表面看起来柔弱，内心其实很坚强的一个女孩。还是丹妮了解她，她想。

"江月，北京你人生地不熟，两眼一抹黑的，这样吧，我让表妹先接待你，你以前也见过她，然后我让我们老板联系他的老同学，那人好像在北京商圈也是一号人物，给你安排一个合适的位置，你可以先在那儿落个脚，人首先要做的是生存，求发展是以后的事，你说呢？"丹妮语重心长地说。

江月点了点头。她们之间是不言谢的。

火车快到北京时,她发现一个固执的念头在困扰着她,她其实一直在抗拒着那个念头的袭扰,她不想让它盘踞在心里,她觉得那件前尘往事就像一道轻烟似的不知不觉地来了,又不知不觉地消失了,就这样无声无息地沉潜在心底深处,偶尔她会不无忧伤地将它唤醒,悄悄地与它"说"上几句,然后又将它重新掩埋。自从有了那个疯狂的夜晚,她发现自己的心灵有时会变得格外的温柔和敏感,有时还会变得格外的脆弱。她觉得她真是变了,内心也开始成熟,她想起了丹妮说过的一句话,女人是通过爱情才开始成熟的。是这样的吗?最初她是有疑问的,她不认为爱情能真正地改变一个女人,更别说成熟了,可那天晚上的"艳遇",却给自己的心灵留下了那么大的反响,久久回荡着。

当那次的出游结束后,丹妮一见她就瞪大了眼睛,一双审视的目光长久地凝视着她:

"你好像变了一个人?"丹妮说。

"不会吧,可能我们太长时间没见了。"江月敷衍地说。

"你骗不了我的眼睛,"丹妮说,"告诉我,在外面发生了什么,遇见什么人了吗?"

"没有,你别瞎猜了,"江月掩饰地说,"你还不了解我,我能遇见什么人?"

"江月,一个女人经历过爱情会很不一样的,"丹妮说,她的目光就像要穿透江月的内心,"告诉我,你真找到你要找的人啦?"

"没有。"这一次她回答得很坚决,因为她知道那不是她真正要找的,只是一次意外的奇遇,是她为自己设定中的奇遇,那个真正要找的人还没有出现，她也不知道他会在哪里，会在什么时间、地点奇迹般地降临，她只能等待。

"一个女人，只有发生了爱情之后，才能开始真正地成熟。"

这是丹妮当时发出的感慨，这句话给她的印象很深，她觉得自己像触电一样被击中了，内心颤动了一下，但她没有表现出来，还是一副镇定自若的样子，但她注意到丹妮看着她的目光是有疑问的，她深深地记住了这句话。

可那是爱情吗？她自问，那不过是一次如书中所说的艳遇而已，可是为什么当火车临近北京时，那个埋藏在心底的念头又会顽强地骚扰她呢？她打开了车窗，让强劲的风吹动着自己有点发烫的脸颊，她的一头长发也被劲风吹得恣意飘荡。外面是飞驰掠过的一片片原野，能看到一座座像城堡一般的北方农舍，这和南方青砖黛瓦的房舍有着天壤之别，这或许就是南北文化的差异，这里是一望无垠的大平原，人的心胸也会不由自主地开阔了许多，难怪北方人会较南方人更粗犷和豁达，这和地域环境有关，视野的辽阔会铸造出一种强悍的性格，一种胸怀。

北方是雄性的，她想。她又想到了陆岛。

那个夜晚在她的记忆深处留下了深刻的印象，于今想起，仍会有一丝不由自主的惆怅，她常会想起小镇上飘扬的霏霏细雨，有秋风吹过，偶尔，会有一两瓣枯黄的叶片随风而逝，静静坠落，宛如等待着下一个春天的召唤。

她没有留下自己的姓名和联系方式，她当时是决绝的，她不想问他是谁，为什么来到了这里，这都不重要，她那时唯一要关心的是自己的感受，是自己事先设计好的"付出"是否值得在这样一个邂逅的男人身上为此一搏。

那个晚上是美好的,她感受到了作为一个女人的快乐与痛苦,也许在别人看来是一种堕落和无聊,但她不以为然,既然是自己的选择,她便无怨无悔了,她甚至有了一种无法言传的隐秘的快感。

她很想忘掉这个人,彼此天各一方,重逢的概率几乎是零。可她却留下了他的电话。她也不知道为什么当时一冲动就要了他的电话?这并不是在她预定中的行为,她的设计是与一个陌生但自己有冲动的男人发生一夜情后,立即消失,彼此从此了无牵挂,只把它埋藏在心底的某个隐秘空间中,偶尔,静静地体会它的滋味。只是偶尔。因为生活还要继续,她还会再遇见其他的男人,并和他开始真实的人生,他不可能知道属于她的那个夜晚,和那个神秘的男人,从这个意义说,这个隐秘的世界独属她一人,她不会与人分享,只会悄悄地在内心深处守护着它,直到有一天离开人世,和这个秘密一道彻底消失。

这个念头的出现让她觉得浪漫,但也有一种难掩的悲凉和惆怅,她发现,很长时间以来,她的脑海里总会浮现出一个若隐若现的影子,他的音容笑貌时不时地侵扰着她,打碎她的宁静,她变得忧郁了,有时候一个人静静地坐着便会走神,神情恍惚,丹妮有一次与她聊天,她忽然间大脑就溜号了,以致丹妮大叫:

"你怎么了,总是心不在焉的,发生了什么事?你肯定是爱上什么人了?"

"没有。"她赶紧回过神来,装作若无其事样子。

"你骗不了我,"丹妮紧紧地盯着她的眼睛说,"我了解你,你过去不是这样的。"

她只是不好意思地笑笑,没有再说什么,她知道她的变化瞒不过丹妮，但她仍不想对她说，尽管她们是无话不说的朋友，但有些珍藏在心中的东西她还是希望唯自己所独享，一旦说出了，就似乎让那个又苦涩又甜蜜的感觉变了滋味，她不想让它变味，只想让它在心里悄悄地滋润着自己。

丹妮对她可是无所遮掩，她知道丹妮与她的老总之间的隐秘关系，丹妮爱他，每当说起这位情人时她便会兴致勃勃，说到伤心处也会潸然泪下，因为他们只能是秘密交往。他有家庭，而且他也不愿失去这个家庭，这是他们的关系一开始就已经摆定的事实，丹妮最初不以为然，认为只要有爱无所谓那些世俗的形式，结婚多俗呀，有爱比什么都重要，可是久而久之她发现她不能承受他的家庭了，她想彻底地拥有他，唯她一个独占，她不能忍受他下班后还要回到他的家庭，甚至一想到他的身边还有妻子和孩子她就要崩溃。她也想到要逃离，找一个男人嫁了算了，可是她发现自己根本不可能再爱上别人，不可能，他的目光对她具有绝对的威慑力，她只要一见到他就彻底被征服了，甚至像只听话的小鸟般依偎在他的目光下。那时江月听了她的表白之后，脸上露出惊讶的神情，她不能理解她的这位好朋友，为什么会将自己的感情陷得这么深而难以自拔？她没有恋爱过，所以真的不能理解。

现在她能理解一点了，感情会让一个女人产生无法抗拒的依恋，一旦堕入，便无力解脱。江月知道自己在挣扎。终于有一天，她决定去北京，她不知道这个决定是否与那个男人有关，不知道，但她能强烈感觉到她现在需要北京，需要呼吸那里的空气，和感受那里的气息——尽管谁都在说北京的空气是污浊的，对人的身体有害无益，但她需要的是精神上的空气，以及那个男人的气息，虽然她可能不会去找他，但同在一个城市中的感觉是让她心安的。

当列车接近北京时，她不由自主地拿出了手机，窗外的风吹动她的发际，她能感受到这风的丝丝凉意，但她更能感受到的是自己的心跳，"咚咚咚"跳得让她发慌，她有些不知所措，一直看着手机，她发现在下意识地寻找着通讯录里的名单。陆岛的名字像闪电一般出现了，她才从恍惚状态下惊醒，吓了一跳：这是在做什么？难道我想和他通话吗？她恨自己不争气，违背了自己的初衷，她的初衷是告别陆岛之后就从此消失，除非出现奇迹，他们将在茫茫的人海中擦肩而过。可现在，她有一种强烈地想听到他声音的渴望，这就是她渴望的气息吗？

心还在跳着，像是一声声清晰可闻的鼓点之声，她觉察出脸上有一丝麻酥酥的感觉，她流泪了，无声地流着。她闭上了眼睛，几乎像是被人强迫般地拨出了那个电话号码。

鼓点声骤然消失了，世界也在这一瞬间变得寂静，好像所有的东西都在刹那间终止，只有一个声音在响着——电话铃声，一声，又一声，清晰有力，她的心抽紧了。

"喂，"电话中清晰地传来一声深沉的男低音，有些沙哑，但却是熟悉的，她的心跳又开始加速了，像是急促的鼓点声震得她发慌，她一直拿着电话，屏息静气，唯恐自己的喘息声会传出去。对方又"喂"了好几声，她听到他在说："我不知道你是谁？我听不到你的声音，麻烦你再打一次。"

她将电话挂断了。按着自己的心口，大喘了几口气，竭力想让自己重新平静下来，也就在这一刻，她才发现其实自己一直没忘了这个男人，这个与她曾有过一夜风流的男人。她闭上了眼睛，他的形象开始从她的记忆中浮现，清晰而又逼真。她下决心般地又将号码重拨了一次，这次传来的是客气的声音："你好！"她想开口告诉他自己是谁,可她惊讶地发现自己根本发不出一丝声音,只是沉默,心慌得更厉害了,他的声音开始变得烦躁,他在电话中一连声地追问她是谁。

她流着泪再次挂断了电话。

她开始低声地号啕起来,完全不顾及边上的旅客用惊异的目光在打量她。很长时间以来憋闷在心头的哀怨在哭声中得到了释放,她觉得自己真是不争气,为什么会这样?记得那天走出他的房间时,虽然有些许的惆怅和失落,但内心深处是飘荡着一丝暖意的,这是她第一次亲近一个男人,一个陌生男人,与他有了肌肤之亲,就像一个遥远的梦,由最初的素不相识到彼此的亲密无间,相依相偎,这是神秘的,身体的亲近居然让她有了刻骨铭心的记忆,她以为自己很快会忘掉这一切的,就像她在有限的人生之旅中经常忘掉的一些经历一样,只会偶尔因为某些机缘而想起。可终究是失败了,这个男人已深深地镌刻在自己的心底深处了,她无法忘怀,她知道了,她是不可能忘记这个教她成为女人的男人。

"齐霁,咱俩也别斗嘴皮了,啥时候我把他约出来,也让江月见见?"

江月听到杜马在一边嚷嚷,转脸看他,笑笑:"你们说这个人很长时间了,我很好奇,我还真想见见让我们齐霁迷上的男人究竟长得一副什么模样?"

"喂,江月,你可是在夸大其词,别听杜马瞎掰,我可没迷上,是好奇,只是好奇的内容和你不同而已。"齐霁说。

"那就更有趣了,看来这事只能拜托杜马办了。"江月说。

"没问题,包在我身上了,只是陆岛看不看得上齐霁那是另一码事了。"杜马调侃地说。

"你说谁?"江月猛然间听到这个名字,大吃一惊,她的大脑五雷轰顶般地炸了开来,有些犯懵。

"你怎么了,江月?脸色都变了?"齐霁不安地问。

江月迅速恢复了镇静:"哦,没什么,只是忽然有些不舒服,可能是累了。"

杜马一直盯着江月看,脸上满是狐疑:"你好像认识陆岛?"

"没有,"江月掩饰地说,"你说的是陆岛吗?"

"是的,我的这位哥们儿叫陆岛。"杜马加重了语气说,"可你为什么会对这个名字有这么大的反应呢?"杜马追问。

"我有一个朋友也叫陆岛,你们冷不丁一说,我有些混淆了。"江月找了一个托词说。

"这位也叫陆岛的人,恐怕和你发生过什么故事吧?"齐霁也在观察江月,旁敲侧击地说。

"不会是同一个人吧?"杜马俏皮地问。

江月摇了摇头:"他不是北京的,天下重名的人太多了!"她感叹般地说了一句,但直觉在强烈地告诉她这个名为陆岛的人一定不会是别人。

"那好,我组一饭局,让陆岛一同赴宴,"杜马说,"也让你见识一下这位让齐霁心仪又与你认识的另一位重名的北京的陆岛,如何?"

江月很想告诉他,不必了,她不想这样见到陆岛,可她又知道不能说出口,这会让他们更加怀疑,她陷入了为难。

杜马起身,拨通了电话:"喂,陆岛,我是杜马,一块儿吃个饭吧……别以后呀,你不至于忙成这样吧……什么?想安静一下……哈哈,我猜你就是遇到闹心的事了……出来聊聊,再烦心的事也一风吹了……什么？再约？你真不够朋友。"

杜马放下了电话，摊了摊手，一副无奈的样子："他就是这个性格，不想做的事，你就是再较劲也没用，只好再约了！"

江月暗暗地松了一口气，她可不想在这样的场合下与陆岛再度相逢，天下竟有这么巧合的事？人生真像一出戏！她想。

二十一

几天来，江月一直在想是否应将自己在北京的消息告诉陆岛，她一直在矛盾着，她和齐霁住在一起，好奇心重的齐霁似乎也没放过对她的一再追问，她知道，那天当陆岛的名字出现的一刹那，自己的表情有些失控，敏感的齐霁似乎觉察到了什么，穷追不舍地向她打听，那位重名的陆岛究竟与她发生过什么故事？她摇头，三言两语地搪塞了过去，她知道她不能说，说多了可能会露馅，她不是一个善于掩饰的人，但她是位善于将内心的隐秘悄悄地埋藏在心底的人，可是陆岛这个名字却一直在困扰着她，她知道不能再这么待下去了，她必须给自己找份工作了。

江月给丹妮老板的朋友打了一个电话，说明了来意：

"您好，不好意思，我是丹妮的朋友，也许她向您说过我？"

"哦，是的，丹妮说过你的事，你是江月吧，"对方嗓音浑厚有力，"这样吧，我下午两点在长城饭店咖啡厅见个人，你两点半过来，当面说。"

还没等江月开口，电话就挂断了，江月知道，并非是这个人摆架子，或是不懂礼貌，从语气上听得出，他是一位处事果断的中年人。

陆岛那天与袁璐长谈了一次，他觉得他们的关系不能再这样延续下去了，他觉得自己的精神处于极度疲惫的状态，这让他的感觉非常不好，而且他发现，一向矜持冷静的袁璐也处在一种失控状态，这是他所不想见到的，他一直认为，双方都应当轻松面对这种关系，而不是像现在这样陷入一种歇斯底里的焦虑和狂躁，这让他很烦，尽管他理解袁璐的心情，他知道她爱他，不能没有他，可是他们的关系是不可能有结果的，这是一条看不见尽头的漫漫长路，他们都累了，是到了终止的时候了。

那天他说得很理智，而袁璐则失声痛哭，他心里也很不好受，可他是男人，他必须克制，他知道只有他能控制现在这个局面，这种关系再发展下去将是危险的，因为袁璐的事业离不开她的丈夫，可她在这样一种情绪状态下，她丈夫再麻木，也不至于无所察觉，他不想让这种秘密发展成一场灾难。

袁璐那天黯然离去，哭得稀里哗啦的，他悄声地安慰她，他们还是好朋友，是知己，这是不会改变的，他对她说。说着说着，发现自己也控制不住的热泪盈眶了，毕竟他们在一起已有几年了，她已不知不觉中成了他的亲人、爱人，甚至有了一种难得的默契，彼此间一个眼神，一句似是而非的言语就能明白对方在想什么，这是很难得的，今天的人与人之间除了利益还有什么？看起来表面是亲热的，其实彼此是疏离和陌生的，心与心的距离就像一个星球与另一个星球一样遥远，这也是为什么他常常要一个人出门远足。

　　而他们不是，他们很近，近到仿佛对方就是自己，他很珍惜这一点，也正因为这样，他们的关系延续至今，一旦要道声再见，他肯定是痛苦的，可这就是人生，人生中没有不散的筵席，他心中充满了难言的悲凉和哀伤。

　　彼此都沉默了好几天，这几天是难挨的，他很想给她打个电话，问候一声——可仅仅是问候吗？他问自己，好像只是一个借口，爱情就像一辆充满运动感的高速列车，启动了，就难以适时地迅速刹车，他们曾经享受过极度的快感，在那个速度中他们体验到了极致的晕眩和升腾感，现在这一切都消失了，甚至悄无声息得连一丝音讯都没有，他觉得有点承受不了。他知道袁璐也在忍受着痛苦的煎熬，想到这，他的心会隐隐作痛！

　　他强行把自己关在屋子里，拉上窗帘，一如待在暗夜中，享受着由暗夜所带来的静谧和安抚，然后没完没了地开着音响，听着他喜爱的古典音乐。那几天，他听得最多的是斯特拉文斯基的《春之祭》——这是他最喜爱的乐曲之一，他喜欢在它尖锐刺耳的无节奏和无规则的旋律中——如果它可以称之为旋律的话，所传达出的叛逆的激情，以及对天、地、人、神坠入深渊般的探寻。那是一个关于春天的祭祀，关于天地人神的交流与对话，温煦的春风不再是那样的舒缓和柔顺，它呈现出狰狞可怖的一面，嘶声号叫着，并发出一声声骇人的哀鸣，你能感受到神的震怒，它以电闪雷鸣之势发出了天罚之音，祭天的先民们在狂风骤雨的泥泞之地扭曲着身躯，似乎颤抖的不是人的躯壳，而是灵魂。他们绝望地伸出祷告上苍的双手，宛如一排排擎天的立柱划过上空，终于，天边透出一线阳光，穿过云隙，乌云在散去，那一抹玫瑰红的火烧云映染着天际，映照着湿润丰饶的大地和森林，以及祈祷上苍的人群……

颤抖的躯体终止了无尽的扭动，僵直地摆出各种虔诚的姿势，凝然不动，矗立在被雨水浇灌的大地上，享受着阳光雨露，享受着春天宜人的气息，领受到了神的旨意，生命在春天里获得了浴火重生。

他的心境多少获得了宁静，他知道，他的人生必须要有一个彻底地改变了。

就在这时，他接到袁璐的电话：

"你好吗？"

电话中传来他熟悉的声音，而现在听起来竟有些许的陌生，可是无论如何声音中包含着一种过去曾感受过的亲切和温暖，他再一次地被这个声音所吸引，但他必须控制住自己的情感。

"我还行，你呢？"他冷静地说。

"那就好，我们可以见见吗？"袁璐语气平静地问。

他沉默了。他想见，可他又隐隐地在恐惧着什么，他发现自己真是一个充满了矛盾的人。

"在哪儿见？"他问。

"你不必紧张，"电话中的袁璐笑了，"我只想找个环境好点的地方随便聊聊，换了地方见面也挺好，你说呢？"袁璐说。

"这倒是一个不坏的主意。"他说。

"我是否可以理解为这是你同意的表示？"袁璐又说。

"当然，我想你是了解我的。"他说。

他一直试图从袁璐的声音中去辨别她的情绪状态，可袁璐的异常平静着实让他暗暗吃惊，他发现她恢复得很快，甚至快到了让他感到了不舒服，人有时真是一个奇怪的动物，他一直怕伤害到她，希望她能平复痛苦，可当这一切真的发生了，他又不舒服了。

"那好，下午三点，我们在长城饭店咖啡厅见，不见不散。"袁璐说。

袁璐知道自己为什么会刻意选择那个她所言之的"环境好点的地方"她知道。那是她的一个大胆的选择。

就在昨天傍晚，她无意中听到了他先生在电话中与一位商界朋友约谈生意的时间与地点，她竟在一刹那间突然做出一个让自己都感到意外的决定——她也要将陆岛约到那里，跟他深入地谈谈自己的心情和决定，而且是当着她先生的面。袁璐觉得这些年来一直笼罩在一种虚假的家庭关系中，她越来越不爱她先生了（可我真的爱过他吗？她问自己），这种关系让她感到了窒息。她想改变，想坦诚地向先生说出她的心情和她的内心中所拥有的那个真正的爱，可一时又缺乏这种勇气，这让她变得异常纠结与扭曲，痛苦的折磨像漫漫长夜般地缠绕着她，让她无从解脱，只有在见到陆岛时她才觉得真实的那个自己活了过来，可她从来没有跟陆岛说过自己的这种感觉，她怕会给他带来不必要的压力，为了他的快乐，她一直在默默地隐忍着、承受着。可是在这一天，她突然觉得自己的生活不能再这样延续下去了，这一切必须要有一个彻底的改变，哪怕这种改变会因此给自己的事业带来难以设想的厄运，她也无所畏惧了。她相信自己这些年来从实践中打磨出的应变能力，即使从头再来她也心甘情愿，她有足够的信心与勇气重建自己的事业。

她不是没有想到陆岛有可能会拒绝她的爱情，她了解他，他从来就是一个天马行空独来独往的人，从不会为了一个人而停下自己匆匆行走的脚步,她知道。她所有的决定其实都是为了自己。爱情唤醒了那个蛰伏在内心深处的那个真正的自己,起码她由此而知道了自己要什么了,而在过去,那个真实的自己始终在沉睡着,从这个意义上说她要感谢陆岛,没有他的出现,她还真不知道什么叫作爱情和沉睡中的自己!

想到这儿,袁璐忽然觉得轻松了,她从此可以坦然地面对她的生活了,人,最终还是要为自己而活着,她想。

电话挂断了之后。陆岛却陷入了沉思,他意识到将要开始一个失去袁璐的生活,他在想自己将要做出的改变——我要告诉袁璐吗?他问自己。

江月赶到长城饭店时,已是午后两点二十分了,她看了看表,然后问了一下大堂的服务生咖啡厅的位置。服务生微笑地指了指:"左手拐弯就看到了。"她谢了一声,穿过几束硕大的闪烁着金属光泽的圆柱,她觉得这种设计别具一格,匠心独运,就像在穿越豪华的金属森林,这让她有些晕眩。

左拐没多远,一个视野开阔的咖啡厅出现在眼前,宽大而敞亮,客人不算太多,颇为安静,有轻松的弦乐在幽幽回荡,丝丝缕缕地在空气中飘浮着,给人以恬静的舒适感。

她用目光逡巡了一下,咖啡厅里的客人在低声的窃窃私语,她没法判断哪个是她要见的人,踌躇着。这里的富丽堂皇让她多少有些望而却步,毕竟自己来自一座古老的小城,这种现代化的氛围让她觉得缺少了自信,有些尴尬。

身着红色旗袍的小姐迎着她快步走来,一望而知便是这里的服务生,她笑容可掬地躬身问:"小姐是来找人的吗?请这里坐。"

她伸出手引领她在一张桌前落座。

她知道她的神情让这位敏感的小姐猜出了她的来意,显然她见到的客人太多,一看表情就知道你是来做什么的,她想。

"小姐要喝点什么?""红色旗袍"柔声问。

她很尴尬,她知道这里的东西贵,但又不能不要。

"给我来杯咖啡吧。"她说。

"您要那种咖啡?"小姐继续问。

"'拿铁'吧。"她想了想说。

她品着咖啡,坐在咖啡厅的一个角落,这一带只有她孤零零的一人,显得有些落寞,她从包里拿出了一本书,随意地翻着,眼角的余光却注意到左侧有一个男人在观察她,时不时地撩来两眼,她也没敢往那边看,只是一种感觉。

那桌人终于散去了,她依稀听到了客气的告辞声,接着,刚才的那位服务生又走了过来,俯身低问:

"您是江月小姐吗?"

她合上书,点了点头:"是的,我是。"

"哦,那边那位先生说要见你。"服务生说。

她侧过脸,向小姐示意的方向看去——是刚才看他那位中年男人,西装革履,身形微胖,微笑地向她招了招手,她起身走了过去。就是他了,她要见的人。

"坐吧。"中年男人仰头看着她,没有站起,颔首示意。

她点头,"谢谢!"坐下了,有些别扭,她不知道第一句该说什么,正犹豫——

"你多大?"

她没想到对方上来就问这一句,微怔,注意到了他看向她目光的特别。

"二十三。"她说,尽量让自己显得落落大方,迎着他的目光看去,她在他异样的眼神中看到一种她一时还无法判断的内容,闪烁又微带探究,但是深不可测。她还涉世未深,她并不能完全读懂男人的眼神,但那目光让她本能地紧张。

"你好像很紧张,还想喝点什么吗?"男人说,颇有派头地点燃了一支雪茄,吸了一口,"把你约到这里就是为了能轻松地聊天,既然你是丹妮的朋友,对吗?"他的脸上挂着笑容,笑得意味深长,表情轻松地说,"所以你不必紧张。"

"哦,我是有点紧张,"她拘谨地说,她觉得说出来反而放松了些,"钟总,您看我……"她想尽快地进入正题,因为不知道能和这位或许将成为自己老板的男人聊些什么,她现在渴望的只是得到一份工作,而这个男人可以决定她现在的命运。

"那你自己想做什么?"男人问。

"我也不太清楚,我还没做过什么,但我会很努力的。"她诚实地说,她觉出这个男人的洞察力,他知道自己在想什么。

"你就跟在我身边吧,"他说,"我正好缺一个秘书,你看怎么样?"他不动声色地问。

她觉察出他的目光像一把剑似的射向她,她心里感觉到了一点什么,感到了一丝不安。

陆岛提前了一点来到了长城饭店的咖啡厅,找了一张空桌坐下了,他有一个习惯,任何约会都不愿迟到,他知道袁璐也不会迟到,但他是男人,遵守时间是一个男人必备的品质,他一向如此地要求自己,他很讨厌总是迟到的人,生活中这种人很多,为此他蔑视。

他要了一杯咖啡,顺手拿出了一本书,目光随意地向周围环视了一眼，当他正准备将目光落到书本上时，忽然觉得不远处的一张桌前有一个人影有点眼熟，一怔，再凝神望去，是一个侧脸，能看到大致的轮廓，可他的心却在那一瞬间忽然荡漾了一下：难道是她？他自问，但还拿不准，他不能肯定就是她，这是在北京，这怎么可能？印象中她是外地的女孩。他注意到她在和一位中年男人聊天，她安静地坐着，有些拘束，似乎在认真倾听对方说话。他又观察了一下那位男人，看起来颇有些派头，嘴里衔了根雪茄，幽幽地吸着，显得城府颇深，因为有点远，他听不见他们在说着什么。他觉得心里有一种久违的感觉又被唤醒了。

袁璐出现了，站在台阶上向他挥手打着招呼，他还愣着，袁璐快步向他走来，就在她站定的一瞬间，陆岛发现她的目光也落到了那张不远处的桌上，她的表情瞬时呆了一下，他再次向那张桌上望去，那位中年男人也看到了袁璐，表情一下子凝固了，他站了起来，向他们缓步走来。就在这时，他终于看清了侧过脸来向他这边望去的女孩。

果然是她。他的血一下子沸腾了起来，也不知是悲是喜，总之是百感交集，他没有想到会在这里遇见她——那个无数次在他的脑海中出现的女孩，那个不知名的给他的生命留下一道抹不去痕迹的女孩。

几乎与此同时，他们俩都站了起来。

中年男人已来到身边。

"这是钟卫平，我的先生，这是陆岛。"袁璐冷静地介绍说。

陆岛感到了意外，他与钟卫平客气地握了握手，稍有些拘谨，说了声："你好。"

"你怎么会在这儿？"陆岛听到钟卫平在问。

"你不是也在这儿吗?"这是袁璐的回答,语气有些冷漠与傲慢。

陆岛没有再听下去了,他不由自主地向江月走去。他注意到江月的眼神一开始还在躲闪着,但很快,目光凝定在了他的脸上,似乎笼罩着一层淡淡的忧伤,但也抑制不住地流露出一丝不易觉察的欣悦。

他站在了她的面前,发现自己的情绪开始激动,翻江倒海一般,望着她,一时又不知该说些什么了。

"你好吗?"江月细声问,声调轻得像一阵微风掠过。

"还行,你呢?"他控制着自己的情绪,问。

"没想到这么快又遇到了你,而且这么巧!"她感慨地说。

"我还以为,自从上次一别,我们就此擦肩而过,天各一方了呢!"

"但我们还是不期而遇了!"江月意味深长地说。

他们相视而笑,好像岁月中的重逢是冥冥中命定的邂逅,一切尽在不言中了。

咖啡厅的另一边,袁璐和钟卫平面对面地坐着,显得很无聊的样子。袁璐没想到她和陆岛的约会,竟会与钟卫平以这样一种方式撞上——他身边有一个女孩,更没想到的是,这位亭亭玉立的女孩竟会是陆岛的熟人,世上会有这样的巧事吗?她感到了震惊。虽然这次见面是她刻意安排的,她也事先预见了会出现一个戏剧性的场面,但她无论如何也想不到,这一预想中的戏剧性场面是以这样一种荒诞的形式呈现的。

凭感觉,那位陌生的女孩和陆岛之间的关系非同寻常,她太了解陆岛了,了解他的每一个细微的情绪反应,尤其是他的目光,那天齐霁出现在他家时，她就是由最初的恼怒，很快地转化成了相对的平静，因为她马上明白了陆岛的无辜，尽管在心里也在责怪陆岛的无事生非，但她清楚陆岛和齐霁之间什么事也没有发生过，那只是齐霁的一厢情愿，但是这位不速之客却给她提了一个醒，让她深刻地意识到了她在陆岛生活中的位置和身份，她的伤感和怨尤也为此而生，让她很是无奈，所以想到了要默默地离开陆岛，既然迟早会发生，自己何不早点隐身退出呢？

上次到陆岛家时，她还没有完全梳理清楚自己的想法，很冲动地就去找他了，结果遭遇到的冷淡，让袁璐迅速地感觉到了陆岛的心里所发生的变化，并不是因为自己几天来的冷漠，而是他在做自我调整，走出笼罩在他们生活中的那种压抑的氛围，这其中，当然也有为她着想，他不想让她继续地痛苦下去了。

从陆岛家回来后，袁璐就一直在进退之间徘徊犹豫，因为痛苦，也因为依依不舍，最后，她彻底明白了，其实她很想永远地和陆岛生活在一起，虽然会贫困，会失去以往的奢侈生活，但精神却是充实的，想到这儿，心情居然豁然开朗。

今天约陆岛，本来是想向他告诉她的这一决定，所以她才会特意将这次谈话的地点安排在了钟卫平也会在的现场，这就无形中给了自己背水一战的决心。她不知道陆岛听了她的决定后会怎么想，但她知道陆岛过去从来没有过结束独身的打算，他会拒绝吗？或者流露出大为吃惊的表情，高兴地拥抱她？

她不知道！

听天由命吧，她想，这才是自己一生中最重要的决定，而且目的是纯粹的。

在她过去的人生中，还很少有过纯粹。现代人出自纯粹目的的选择实在是太少了，任何选择的背后都隐伏着或明或暗的杂念——我能让自己"纯粹"一次吗？即使未来有一天后悔了，但也毕竟"纯粹"过，而且是为了爱情，一个女人的生活中是不能没有爱情的。

可是，当袁璐看到眼前的这位女孩时，还是不由自主地产生了一股醋意。因为有钟卫平在，她在尽量控制，她知道他在悄悄地观察她，他是了解她的——本来约个男人在长城饭店咖啡厅谈点事偶然遇上是正常的，可这次她在约见的男人有点特别，他不可能不感觉到，钟卫平在某些方面精明得像一只嗅觉灵敏的狐狸，他一定能感觉出点什么，而她，本来就是想让他感觉到的。可是现在却出现了意外，一个大大超出她预想的意外，她一下子不知道该怎么办了——意外的是那位女孩的出现，她的心理再坚强也无法面对这位突如其来的女孩，她一再地告诉自己冷静，必须冷静。

"她是谁？"袁璐问，尽量让自己表现得从容一点，况且她也的确好奇，这位陆岛认识的女孩为什么会和钟卫平在一起？

"你说她吗，那个女孩？"钟卫平漫不经心地问。

"是的，当然是她，还能有谁？"袁璐瞥了钟卫平一眼。

"哦，一位求职的女孩，朋友介绍来的。"钟卫平说，"你好像很关心她？"钟卫平诡秘地笑笑说。

"你是不是想问我约的这位男人是谁了？"袁璐很不喜欢钟卫平的这种口气，反唇相讥地说。

"我问了吗？那不过是你的猜测。"钟卫平不为所动地说。

袁璐知道她有时候根本不是钟卫平的对手，这个人的城府和手段她早就领教过了，最初她非常佩服甚至仰视，认为这是一个成功者应有的风采，随着生活的深入，逐渐发现她开始讨厌这些东西，后来才意识到，讨厌是因了陆岛内心的纯真和清澈，让她潜在地有了一个比较，她发现不知不觉中陆岛改变了她的许多人生态度，并使她意识到自己其实是希望生活过得简单一点的女人。

她知道钟卫平在外面并非是一个老实人，只是她早已不再关心了而已。

"好了，卫平，我们彼此都了解对方，我们都不是小孩了，捉迷藏的游戏已经不属于我们的这个年龄了，你说呢？"袁璐柔中有刚地说。

"是你好像有什么心思吧？"钟卫平笑笑，莫测高深地说。

袁璐表情忽然间变得强硬了起来，目光犀利地看向钟卫平，一字一句地说：

"如果你这么认为就算是吧，我并不想在这里和你吵架，至于你怎么理解那是你自己的事，与我无关。"

说完，袁璐大步向陆岛走去。

"既然你遇见熟人了，你们聊吧，我先走了。"袁璐对陆岛说。

说完，准备离开。陆岛叫住了她：

"袁璐，你约我来，一定还有什么话要说吧？"

袁璐沉默了，看着他，似乎有千言万语，又不知从何说起，许久，才说："没什么了，都过去了，只希望你好！"

尽在不言中了。

她转过身要离去。

陆岛叫住了她："袁璐，我想告诉你，我要离开北京了。"

"哦，又要去当你的背包客？"袁璐还是吃了一惊，她没想到陆岛会做出这样一个决定。

"这次可能不仅仅是背包客,我想找到一个合适的地方就安营扎寨了。"

"你的意思是不回北京了?"袁璐问,心中有些不舍。

"也许,哦,我想是的。"陆岛说。

袁璐知道陆岛的性格,一旦做出了决定,就会九死不悔,没有什么能阻挡得了他,她知道陆岛没有开玩笑,他的表情和语气都在证明他已经做好了充分的思想准备。

她明白了陆岛为什么应邀而来了,是为了来向她做最后的告别,她的心里泛起一丝怅惘。她知道,到了他们必须分手的时候了。人生没有不散的筵席,她忽然想起了这句谶语,尽管她隐约料到这一天终究是要来临的,但没想到是在这一天——她本来已做好了要与他好好谈谈的准备。

她知道现在只剩下她孤身一人来面对一切的时候了,她必须独自担当,让自己从情感的困境中走出来。只是她有些惋惜,自己来前的那个决定还没来得及告诉陆岛,他就要离去了。她又看了一眼站在她面前的这位女孩。她不知道她的名字,但她觉得她长得真的很美,纯净略带点羞涩,他会和她在一起吗?她禁不住在心里问自己,很快又觉得这个想法很傻,现在这一切都和她没有关系了,他要走了,去很远的地方。但是陆岛的身边出现的这个陌生的女孩,还是把她深深地刺痛了,她知道从此在精神上她再也无所依傍了,她只能独自行走。

"再见,"袁璐说,"如果有什么需要我做的,告诉我一声……"

她知道自己不能再停留了,心中有一股酸楚的滋味往上涌,她毅然地转过身。钟卫平已经不在了,她也知道他能感觉出点什么，无所谓了，这不正是她想让他知道的吗？她现在必须勇敢地面对有可能发生的一切，她也该坚强起来了。

她走了，没有再回头。

"她是你的朋友吗？"江月问。

"是的，一个很好很好的朋友，也是你见到的那个人的妻子。"陆岛望着远去的袁璐，迷离地说。

"是吗？"江月望着陆岛，好像明白了点什么：

"也许你应当和她一道离开？"

"生活中可能会有很多'也许'，但我到了要结束这些'也许'选择自己路的时候了！"陆岛说。他知道，他的心在痛苦地号叫着。

"你真的要离开北京？"

"是的，我越来越觉得我不适合生活在这里了，我需要安静。"陆岛说。

"唔，我刚来你就要走了，"江月轻轻地叹息了一声，"能告我你要去哪儿吗？"

"我想先去云南住一段，如可能，我会在那待上几年，我一直觉得那是适合我的一块净土。"

"我们刚见面就又要告别了。"江月忧伤地说，"你知道吗？我现在暂时住在你的朋友杜马家里。"江月说。她看见陆岛一脸的迷惑，笑了，"我知道你会惊讶，是我的朋友齐霁住在那儿，我们就一块扎堆了。"

"齐霁？她是你的朋友？"

江月笑了一下，点了点头。

"哦，这世界真是太小了！"陆岛感叹了一声。

"她好像很喜欢你,她是为了能见到你才住到杜马家的。"江月说。

可陆岛的神情在告诉她,齐霁和他之间其实没有任何故事,这个发现让她的心里很舒服。

"所以我要走,我不想见任何人了,我必须改变我的生活。"陆岛说。

"包括我吗?"江月忽然说,抬起脸目光灼灼地看着他,流露出一丝期待,她发现在他的面前自己现在非常放松,而且任性。

陆岛长久地看着她,沉默着,目光中闪烁着许多一言难尽的内容。江月凝视着他,忽然有一种感动,她很想将脸倚靠在他的肩上,让他抚摸着自己的长发,他记得他曾对她说过,他喜欢她的长发。她感到自己真的有些累了。

"也许,我们还会有一天不期而遇的。"陆岛深沉地说。

"也许,"江月说,"现在我相信这个'也许'了。"

他拍了拍她的肩膀,凝定地看了她一眼,转身准备离去。

"等等。"江月忽然说。

他又回转身,纳闷地望着她:"怎么?"

"你能让我轻轻地抱抱你吗?就一下。"

陆岛怔了一会儿,移动了步子,把她轻轻地搂在了怀里。江月把头靠在了他的肩上,她觉得此时她的心,一下子变得踏实却又百味杂陈,心中涌起一股清泉般的温暖,缓缓地流淌着。她偏过脸来,入迷地将脸贴在他浓密的发际间长久地吻着,发间散发出的熟悉而又陌生的味道,让她觉得时光在倒流,她又回到了那个从前,那个小镇,那一个让她刻骨铭心的夜晚。

他感觉到了陆岛的身体在微微地颤抖。

陆岛走了。

她站在空空荡荡的大厅里，一直看着他的远去，眼中有泪光在闪烁。

他走出了长城饭店的大门。

风起了，天空灰蒙蒙的，一片深秋的萧瑟景象，就像他此刻的心情，他知道，该向这座城市告别了。

他不知道这算不算是对生活的逃避？但他知道他需要结束现在这种混乱不堪的生活，他隐隐地觉得，在远方，那片洒满了微妙光线的天地中，有一个神秘的声音在召唤……

1999 年 9 月 5 日未完成稿

2007 年 10 月 10 日续完

2012 年 2 月 6 日再改于北京

虚构的力量：关于《相遇的别离》的后记

当我如释重负地写完最后一笔时，我知道，到了该向《相遇的别离》告别的时候了，我没想到它会拖延我这么长时间，也没想到我最终会为它画上一个感叹号。

《相遇的别离》起笔于 20 世纪末，那时我的精神状态与今日截然不同，面对喧哗与骚动的时代我无所适从，我甚至不知道我生活的位置究竟在哪里，我也不知道我的精神坐标应当如何确立？

困惑、苦闷与迷惘或许是无病呻吟，但它们的确又发生在我的身上，自小所受的教育及精神价值在崩溃，而胸中始终在燃烧的理想主义激情又在驱使我寻找着人生的意义，可这种寻找在严酷的现实面前却是一败涂地，我不知道是我出了问题还是时代使然，这让我对现实发生的一切都产生了怀疑和好奇，于是一种不由自主的探究欲油然而生，于是有了这篇小说《相遇的别离》——那是我曾亲历过的时代。

当时是出于漫不经心，甚至对发表也没抱太多的奢望，我一直迷恋文字，一直觉得文字之于我有一种神秘的缘分和亲切，觉得有必要试试自己的虚构能力，权当是一次自我设置的写作游戏，而其中的规则将由我来设定。

我以为写作的最佳状态便是处在一种游戏感中——它并非一种随意的玩耍，而是在高度的认真中，成竹在胸，而创作者的内心则有自由般的欢畅，亦不为文字之外的世俗利益所驱动，且纯粹出于自我的喜好，只有这样才能渐入写作的狂欢，它是一种境界。

于是我决定摒弃"先验式"的，基于一个事前准备好的构思而写作的方式——这是在电影创造中必须具备的前提。为什么要事前构造一个故事框架呢？小说仅是一个自我的想象性的创造"运动"，无须为谁负责，它不必像电影那般要过多地考虑票房和商业利益，它纯属私密性的个人行为。我以为最好的小说应当信马由缰，它可以在自由的天空中任意翱翔，一句话，它应当是天马行空、无拘无束的。

考验是显而易见的，因为事先没有了故事的引领，逼迫着我要寻找到一个良好的感觉状态，而且我在其中还要发现"生活"的景观，以及这一迷人的景观，在喧嚣的时代中所不经意留下的精神轨迹，亦须挖掘出它潜藏的意蕴（我不希望我的小说仅只是在写一群人的生活状态，这不能让我满足）。

我必须实事求是地说，最初我脑中蹦出的人物只是杜马与杨洋，他们怪异的行为，以及不着调般地一通胡侃让我着迷，我不知道接下来还会出现谁？他们那时还在隐而不显地等待我的召唤。

写作一开始就没有预想中的那么快乐，因为没有故事，没有事先的编排，只能追随着我的感觉一路于黑暗中前行，直到偶然间发现了陆岛——一个喜好在生活中"失踪"的人。

在我过往的生活中，经常出现这样一类人，他们总是莫名其妙地出现，又莫名其妙地"失踪"，就像在预示着这个时代的奇妙和变动不居，他们的生活状态一直让我好奇，我想知道他们在

"消失"后的那一段日子里都做了些什么？又遇见了些什么人？他们又为什么要"失踪"？他们在现实的生活中又将呈现出怎样的精神状态？

于是我迅速将他锁定。我知道了——陆岛，这位完全偶然从我的笔下冒出的人物将是我小说中的主角，因为我开始对他充满了兴趣。就是因为他的出现，随之而来的江月、袁璐及齐霁陆续地站在我的面前，我甚至能"看见"他（她）们的音容笑貌，这让我感到神奇。

我就这么随心所欲地写了十几万字，直到有一天突然发现我没有兴致再继续写下去了。

我发现失去了写作的方向，我已经无从确知我笔下的那些人物的精神命脉，及最后的"归宿"！写作上出现的彷徨一如我笔下的人物，他（她）们仿佛在一瞬间便消失在了嘈杂的人群中，汹涌波涛般的人流像海浪一般淹没了他们，我无法再看见他（她）们的身影了。

为此我痛苦甚至绝望。而且也对自己叙述的文字开始怀疑。这是我写的吗？我一再追问。

那时我的思想也在发生急剧的变化。历史跨入了新的世纪，21世纪的钟声业已敲响，我开始接触我们民族的历史，且在其中一醉方休，我在其中发现了中华民族曾有过的血性与豪迈，以及义薄云天的铮铮铁骨。我开始畅游于远古的春秋气象，汉唐雄风，并以崇敬的心情仰视业已消失的魏晋风骨，心中竟涌起"念天地之悠悠"的怆然。

我在惭愧。我们这一代从20世纪80年代开始从事文学创作的同道者，都是以"反传统"起家的，我们那时如饥似渴地阅读西方的著作，且从中寻找我们所亟须的精神或思想，却对我们自己这个绵延数千年的历史及传统深恶痛绝，我们将所遭逢的世纪灾难归罪于传统，却忽略了自身的责任和义务。那时我们幼稚，那时我们还不知道在厚重的中华历史中沉埋着被湮没的壮怀激烈，它们默默无语地注视着迷失的我们，知道终究有一天，我们将会再度回首，将会拂去覆盖在历史表面上的尘埃，重新发现它悠远的宏大与壮阔，以及业已被遗忘的来自远古的春秋大义，因为我们是炎黄的子孙，我们奔腾的血液里流淌着它的精神血脉。

我的文风也开始有了转变，开始在不知不觉间多了些厚重和内敛，但在《相遇的别离》中的文字却不是，虽然洒脱和率性，但仍有一丝轻薄和放浪的痕迹。

再就是我的人物。虽然我知道他（她）们是真实的，而且在起笔之初亦对他（她）们充满了好奇，我甚至试图通过叙述他（她）们的生活写出一种我所能感受到的时代气息，以及在特殊的时代氛围中躁动不安的世态人心。这是中国在高速发展中必经的历史阶段，我们都在经历着精神的蜕变。他（她）们确确实实是现实中的某一类活生生的人，过着一种可能不为人所知的"另类"人生，这是中国现代化发展的过程中所必然出现的特殊人群，我们不能简单地用固有的"道德意识"对他们评头论足，因为时代的变革摧毁了许多"传统"的价值尺度，一切都变得似是而非了，而适应时代的崭新的价值体系尚未确立，我们还没有在历史与现代的价值天平上找到一种恰当的平衡基点，于是我的人物，在迷茫的人生中晃晃悠悠地寻找着精神向度，可能是徒劳的，但并非无益。

我一直以为他（她）们是一群可爱的人，他们在这个时代中所产生的迷茫、苦闷和困惑，乃至精神迷失责任不在他们自身，而在于我们的时代给他们究竟提供了什么？当一个社会环境及机制不能有效地为所有的人群提供应有的价值指向和生存意义时，他们便会应运而生，因为他们要为自己寻找生活的意义，哪怕是短暂和虚幻的，否则将无所适从。

我从来就认为文学中的人性意义高于道德，我不希望我笔下的人物戴着面具招摇过市，即便人们不认同他（她）们的人生态度，但也必须承认他们是真实的存在。

即便如此，我还是搁下了笔——在新世纪的钟声响起之际。我看不见他（她）们的身影，也不知道他们的最后归宿。我沮丧地离开了电脑，再没有自信给任何人看，我以为，它就将这样的默默消失了。我说了，它只为我而存在，既然已然没有了感觉，只有迷失般的困扰，那就让它沉默吧。

文学在我的心中是神圣的，我不想亵渎它。我甚至在一次更换电脑时，毫不犹豫地将它删除，因为我潜意识里就不想让别人看到，当时我为写下的这些东西感到了羞愧。

直到2007年，一位一直在看我博客的"80后"的朋友问我为什么不写小说？她认为我文字的生动及形象传神足以写出好小说。我这才想起是写过的，只是被我删除了。她的话，唤醒了我的记忆。我迅速地查看了我的U盘。还好，它还在那里无声地待着。我犹豫了一下，还是决定发给了她看。

结果令我吃惊，她对小说的评价是"无论人物、情节还是结构都非常精彩"，但却认为"颠覆了我的道德底线"，因此我在她的眼中不再像博客中所能感受到的那般，亦如一位古代义士般的遗世独立，她表达了对我的失望。

这两点都是我没有想到的。首先是关于"精彩"的评价，其次是关于"道德底线"。我彻底糊涂了。

也许是为了探究到底，亦为了弄清楚这个让我"迷失"的未完成的小说在别人眼中到底会是什么模样？我分别发给了一些"80后"及"70后"的年轻朋友看，让我意外的是几乎所有的评价均为"小说很精彩"，甚至在追问我这么好看的小说为什么没写完？他们觉得故事的悬念让他们欲罢不能。

有一位年轻朋友看完后迅速给我发来邮件："不知道你为什么会对现在的年轻人的状态那么了解，通常人们看到他们的是'现实'，以为这就是他们，以为这就是真实的他们，但在你的作品里，我感觉到人们以为的他们是被这个复杂的生活环境造就成这样的他们，而他们的真实，是不被人看到与理解甚至尊重的。现实的他们为生活而生活，真实的他们为自己生活。同时，也是最重要的一点，在这部小说里，将性的原因远比性本身更充满欲望表达得很完美，我喜欢《相遇的别离》。真的喜欢。"

于是我知道了，虽然我事先没有设置"构思"和故事，虽然我是每天坐在电脑前才开始想象接下来要写些什么——它的情节和人物？我只是顺着人物的性格及命运小心翼翼地寻找着他（她）们可能出现的生活轨迹和遭遇。

在《相遇的别离》中，居然没有因了我的"无构思"，而丧失了故事的"魔力"，相反，朋友们在其中发现了故事，而且被它所吸引，这是虚构的力量，这让我惊喜。

同时，这是否也在说明，虽然我们已昂扬地进入了一个新的世纪，虽然距离我这篇初始的写作时间已过了好些年，但是，我笔下的生活和人物依然映照出了我们正在发展和扩张中的时代？

且我们的时代精神依然在迷茫中恍惚？

毋庸置疑，与20世纪末相比，这些年的时尚与流行是更为丰富了，正在崛起中的"80后"也在引导着时代的风向，他们代表着一种渐行渐近的"价值观"和潮流——无法抗拒，因为他们正趋强大的"消费欲"在改变着这个纷扰的世界——在消费至上、快乐致死的时代，谁能成为这一潮流的主体，谁就意味着将有资格成为这个时代的潜在引领者，这肯定是"资本的阴谋"，但我们无力改变，精神的衰落让我深感忧伤。

当我确证我的《相遇的别离》让年轻的朋友们喜欢时（我感谢我的这些年轻的朋友，否则，我是没有信心将它续写完的），我知道，我不能再让它继续沉睡了，我必须重新唤醒它，为它找到最后的归宿。

于是事隔多年之后，我又重新坐在了电脑前，这才有了这个终结版的《相遇的别离》。

最后要感激的是我的老朋友余华，20年的友谊没有因为我们彼此疏于联络而淡漠，当我遥想起我们相识的20世纪80年代，心中竟会涌出巨大的怀念之情，那时我们一贫如洗，凭着青春和热血，以及对文学的虔诚，我们抒写了我们所处的时代，我仍记得我在看过他的一系列小说出现在各类杂志上时的那种兴奋，那时我还不知道他是谁？是来自何方的"神圣"？又有过什么样的经历？但他沉稳的叙述和对死亡的"迷恋"足以让我着迷，我当即写下了《论余华小说中的"死亡意识"》。

后来我们在前辈作家李陀的引见下结识了，从此开始了我们的友谊。我们纯洁而真诚，文学是我们永不改变的信仰，在那个沸腾的狂飙突进的80年代，我们都留下自己的声音和足迹。

毕竟那个时代消失了，毕竟我们不再年轻，那个属于文学的80年代也已成往事，时隔那么多年，当我战战兢兢地将我的这部小说《遇》寄给他看时，充满了一种忐忑和紧张，因为我根本不知道接下来他会给我什么样的评价。余华是我心目中最好的小说家，我对他有一种信任。我告诉他我要听到的是真话。

当天晚间他打来了电话（我没想到这么快他就将我的小说一口气读完），他说我想象不到这是你写的小说，并对我的小说给予了很高的评价，他的语气是真诚且由衷的，他说最让他欣赏的不仅仅是人物及故事，而是我在叙事节奏上的控制力，他认为我是应当写小说的，因为我有很好的形象塑造能力。

我尤为感慨的是，我们好像又回到了热烈谈论文学的80年代，一切都是那么的熟悉且陌生，但我们毕竟又回到了那个消失的已久的话题，我们毕竟还在信守文学。

我也许说得太多了，因为作品本身已经在"说话"，一切都交给历史及时间吧，我想，我终于了却了一个夙愿——写出一部真正的小说。

2008年9月15日
北　京